前向きになった
元引きこもり
溝口《みぞぐち》 真琴《まこと》
完全復活！
超オタク少女
水橋《みずはし》 澪《みお》
ほんわかとした
達也の妻
香月《かづき》 詩織《しおり》

女性恐怖症克服も間近(?)な創造神
東《あずま》宏《ひろし》
微妙にポンコツ気味な時空神
藤堂《とうどう》春菜《はるな》
愛妻家のイケメン良夫
香月《かづき》達也《たつや》
みんなのアイドル
東《あずま》冬華《とうか》エアルーシア
春菜ちゃん、がんばる？
フェアリーテイル・クロニクル
2
Haniwaseijin
埴輪星人

「こんなに足を出すことってありませんから、
なんだか少し恥ずかしいです……」
日本文化に興味津々のお姫さま
エアリス

春菜ちゃん、がんばる？ フェアリーテイル・クロニクル ② 埴輪星人 Haniwaseijin

CONTENTS

始まりの独り言

えーと、ここはもう私の担当で確定なのかな？
まあ、それならそれでいいんだけど

ゴールデンウィークを使っての能力管理訓練も終わって、
本格的に日本での生活に戻った私達

で、私としてはダダ漏れにした覚えはないんだけど
登校初日に美香と蓉子から
いきなり宏君との関係を指摘されちゃって
フィクションを交えつつ、
これまでの成り行きを説明をすることに

おかげで、クラスメイトのみんなからは
茶化されることなく見守ってもらえる体制が
作れたので、これはこれでよかった……のかな？

そのあとは、私が趣味で農園を始めたりとか、
ストーカー先輩事件とか、エルちゃん来日とか、
私の家でのお泊まり会とかいろいろあって、
澪ちゃんの回復を機に、私を探しにフェアクロ世界に
来てくれた知り合いを探す旅に出たんだ

そしてたどり着いた繊維ダンジョンの隠れ里で
知り合いを見つけたんだけど……
いろいろ反省することが多すぎて凹むなぁ

第9話　こんなに真祖の子供を見る日が来るとはのう

「……ねえ、春菜《はるな》。もしかして、探してた人って……」

「うん。私が時間経過的な面で気にしてなかった理由、納得してくれたと思うけど、どうかな？」

「そ、そうね……さすがに幽霊だとは思わなかったわ……」

奥から出てきた半透明の女性を見て、思わず春菜にそんなことを確認してしまう真琴《まこと》。

純和風の質素な着物を着た半透明の女性……というよりは少女。

その姿を確認した春菜が、安心したように息を吐き出す。

「よかった。お華《はな》さん、ちゃんと受け入れてもらってるんだ」

「はいはい～、ちゃんと仲良くしていただいてますよ～、春菜ちゃん」

春菜の言葉に、お華と呼ばれたどこからどう見ても幽霊の類《たぐい》にしか見えない女性が、にこにこと笑顔を浮かべながらものすごくのんびりした口調でそう告げた。

指導教官をはじめとした何人もの人物に頼まれ、こちらの世界と日本とのラインをつなぎつつ春菜を探すという仕事を快く引き受けてくれた女性である。

「でもね～、春菜ちゃん。半年ぐらい前に隠れ里まで来てたのに～、私に全然気がつかずにさっさと立ち去ったのは～、いくらなんでも薄情すぎると思うのですよ～。不十分な自覚はありましたが、それでも可能な範囲で一生懸命いることを主張したのですけど……」

もっとも、にこにこしていたのもその時だけ。すぐに寂しそうに表情を曇らせ、春菜に苦情を告げる。薄情という点においては反論の余地が一切ない苦情の内容に、全力でぺこぺこと頭を下げるしかない春菜。

「ごめんなさい！　本っ当にごめんなさい！」

「まあ、済んでしまったことは仕方がありませんし～、本来なら私が探しに行く立場ですしね～」

そう言ってから、奥のほうで成り行きを見守っているアルケニー達のほうへ、ふよふよと移動を始めるお華。どうやら、アルケニーとの間を取り持ってくれるようだ。

「それで春菜さん、あの人は何もんなん？」

「お華さんっていって、私や宏君《ひろし》の指導教官が管理人をしてる寮の守護霊様。三百年以上前の人らしいよ」

「そんな人が自分らにも普通に見えとんのは……まあ、こっちに来とるからやとして。前々からの知り合いっちゅうことは、春菜さんは最初からそういうの見える人やったん？」

「神化する前は霊視能力なんてなかったよ。環境が環境だったから、多少は霊感っぽいのがあったかもしれないけど、気のせいとかちょっと勘がいいとか、それで説明がつく程度だよ」

「っちゅうことは、あの人自身が誰にでも見えるぐらいの力持っとる、っちゅう感じなん？」

「正確には、その寮が聖域寄りの心霊スポットになってて、そこでなら誰でも普通に見える、って感じかな。といっても、見えるのはお華さんだけだったけど」

春菜の説明に、いろいろ納得してしまう宏。春菜のことはこちらに来るまで大して知らなかったので断言はできないが、それでも春菜が霊能力だとかそういった類のものを元から持っていたとしても、普通に納得できる。

「春姉《はるねえ》、捜索を急がなかったのって、相手がお華って人だったから？」

「そういう部分も少しは。まあ、理由の大部分は急ぎようがなかったから、だけど」

澪《みお》の質問に、そう答える春菜。

守護霊になってすでに一世紀以上のお華。超越者との関わりも多いために性質が大きく変化し、浄化系の攻撃を受けてもパワーアップこそすれど消滅したりはしなくなっている。

それ以外の対非実体用攻撃は通用してしまうため絶対とまでは言い切れないが、まだ人のくくりに入る範囲ではあっても結構霊格が高いので、生半可な攻撃は通用しない。

そのため、戦役当時のウォルディスのような地域に飛ばされでもしない限りは、そうそう危険な状況にはならない。

寿命云々《うんぬん》に関しても、すでに死んでいるのだから関係ない。幽霊なので食事も必要なく、方向性の違いで力の総量では大きく負けているが、飛ばされた直後の宏と同等程度には生存能力（と言っていいのかは不明だが）が高いのである。

結果として関係者全員、心配していないわけではないが、多少見つけるまでに手間取っても気にする必要はない、という認識になっていたのだ。

「まあ何にしても、近くまで来て、しかも私は感知能力も上がってたのに、いるのに全然気がつかずにスルーしちゃったのは反省しなきゃいけないところだよね……」

「そこは大いに反省してもらうとして、逆の話として気になることがあるのよね」

「逆の話って？」

「春菜の不注意で済ますにはちょっとおかしいっていうか、この里の広さが分からないからはっきりとは言えないけど、さすがにあんな特殊な知り合いを見落とすほど、今のあんたの感知能力って低くないわよね？」

「断言はできないけど、多分」

「いると思ってなかったとか、積極的に探知の類をかけてなかったとか、そういう部分を差し引いても、ちょっとおかしい気がするのよ」

真琴の指摘に、確かにといった表情で頷《うなず》く春菜。

前回、繊維ダンジョンを訪れた段階で、少なくとも超常的な存在相手に対する感知範囲は澪より春菜のほうが広くなっている。精度についても、最も安定しているときで比較すれば、春菜は澪を凌駕《りょうが》している。

とはいえ、感知能力全般で比較するとなると、方式が大きく違うため有効な場面がほとんど重ならないうえに、春菜のほうはいまだに範囲以外の面で不安定なので、単純に優劣を比較するのは難しい。

だが、真琴が指摘したとおり、いくら不安定といえどもお華のような存在を見落とすほど安定していないわけでもない。

真琴が春菜の見落としを気にしてしまうのも、無理はないのだ。

「あ、でも、お華さんの状況とかアピールの仕方によっては気がつかないかも。あの時の私って、入ってくる情報量を持て余してて、直接的な危険がないようなものの大部分はフィルターでカットしてたんだ」

「それはちょっとどうなのかって思わなくはないけど……まあ、過ぎたことだし仕方ないか。で、お華さんは春菜が来たことに気づいてたみたいだけど、どうして顔を出さなかったのかしらね？」

「あ〜、確かに。すぐに出ていったから間に合わなかったのかな？」

「すぐっていっても、ピクシーの洗礼があって宏を立ち直らせる時間も多少必要だったし、アルケニーのお姉さんとも話してたわよね？　そんなに長居したわけじゃないけど、顔を出せないほどでもなかったわよね？」

「まあ、それも里の広さが分からないとなんとも言えないかな」

真琴の指摘にある程度納得しつつも、一応、穴となっている部分を指摘しておく春菜。

食事するほどの時間滞在していたのであればともかく、十分やそこらの時間では顔を出せなくてもおかしくはないだろう。

「おまたせしました〜」

「申しわけありません。お華さんのお客様だというのに、随分お待たせしてしまいました」

「いえいえ。急に押しかけたのはこちらですから」

話が終わったらしく、お華に連れられたアルケニーの女性が、恐縮しながら頭を下げる。それに柔らかい態度で応じる春菜。

「ところで春菜ちゃん、ご飯は食べました〜？」

「ここで場所を借りて食べようかなって思ってたから、まだなんだ」

「だったら紹介したい人達もいますから、一緒に食べましょう〜」

「そうだね」

お華の誘いに対し、アイコンタクトで他のメンバーの意見を確認してから頷く春菜。これぐらいのことであればわざわざ口に出さなくても意見交換できる。

「では、こちらへ～」

お華に先導され、里の中にある食堂へと移動する宏達。そこを管理していたのは、ヴァンパイアの一家であった。

「いらっしゃいませ、ようこそ隠れ里へ」

「お世話になります」

ヴァンパイアの一家、その中の母親と思《おぼ》しき女性の挨拶にそう返した後、思わず春菜が首をかしげる。

「……あれ？　この感覚、もしかして？」

「どうなさいましたか？」

「あ、いえ。なんとなくヴァンパイアの真祖みたいな感じだったから、もしかしてアンジェリカさんの知り合いなのかな、って」

「まあ！　アンジェリカ様のお知り合いでしたか！」

アンジェリカの名を出したとたんに、顔をほころばせて大げさに喜ぶヴァンパイアの女性。そばに寄り添っていた男性も嬉《うれ》しそうな表情を浮かべる。

「里を出て二千年以上経《た》ってしまって、どうなさっておられるのか心配していたのです」

「ただ、我々もこちらで所帯を持ってしまい、動くに動けなくなりまして……」

「あ～、なんだか、お子さんいっぱいいますね」

春菜の言葉に、照れくさそうにするヴァンパイア夫婦。その後ろには、人間で言うなら青年ぐらいのヴァンパイアが数人、赤子や幼子を抱っこしている。

「実は、他にも真祖が数人、こっちに来ていまして。といっても、子供や孫を入れても五十人はいないぐらいなんですけど……」

「そういう話は～、ご飯を食べながらにしましょうね～」

話したいこと、聞きたいことがいくらでもある、という感じの春菜とヴァンパイアに対し、お華がそう釘《くぎ》を刺す。

「そうですね。せっかく来ていただいたことですし、いろいろご馳走《ちそう》させていただきますね」

お華に窘《たしな》められ、笑顔でそう言って厨房《ちゅうぼう》に消えるヴァンパイア夫婦。

それを見送った後、適当な席に座る宏達。

「あ、そうだ。お華さんに私の仲間を紹介しておくね」

とりあえず落ち着いたところで、お華に宏達を紹介する春菜。

その紹介をニコニコしながら聞くお華。

「春菜ちゃんがお世話になったようで～、ありがとうございます～」

「いえいえ。こっちこそ春菜がいないと何もできない感じでして」

関係者に会うたびに繰り返される、お約束の会話。今回は真琴がそれを担当する。

「あ、それでちょっと気になってたんですけど、いいですか？」

「どうぞどうぞ～」

「前回あたし達がここに来たとき、お華さんは春菜が来たこと分かってたんですよね？」

「ええ～」

「春菜のほうはお華さんの存在に気がつかなかったみたいなんですけど、いくら不安定でも今の春菜の能力で分からないのは変だな、って気になって。それに、お華さんのほうも、春菜が来てたと分かってたのに顔を出さなかったのはなんでかな、っていうのが気になってたんですよ」

「ああ～」

真琴の遠慮のない疑問に、笑顔のまま得心がいったと手を叩《たた》くお華。聞きようによってはかなり無礼なその言葉に、特に気を悪くした様子も見せず答えを告げる。

「顔を出せなかったのはですね～、里の中に変な溜《た》まり方をしていた穢《けが》れをがんばって祓《はら》っていたからなんですよ～」

「穢れって、瘴気《しょうき》ですか？」

「多分そうだと思うんですが～、本職ではないので断言はちょっと～」

「なるほど。っていうか春菜、それは感知できなかったの？」

真琴に聞かれ、情けない表情で首を左右に振る春菜。どうやら、感知できなかったらしい。

「でも、お華さんの話でなんとなく分かったよ」

「心当たりがあるのか？」

「うん。お華さん、多分穢れを祓うときはものすごく存在感が薄くなるんだと思う。詳しいことはそれこそ本職の人に聞かなきゃなんだけど、そうしないと穢れを取り込んで禍津神《まがつかみ》とかになりかねないんじゃないかな？」

「よく知ってますね～、春菜ちゃん」

「知ってるっていうか、神になってそういう力の流れとか理屈が分かるようになったというか」

春菜の推測に満点をつけるお華。

春菜とお華の会話に納得したようで、真琴も疑問が解けてすっきりした顔をしている。

「まあ、そういう事情なので～、春菜ちゃんがすぐに気がつかないこと自体はしょうがないとは思うんですよ～。ただ、それでも、結構至近距離に小さな分体を飛ばしたりして～、できるだけ所在を知らせるようにはしたんですよ～？」

「あ～、ごめんなさい」

「私だからよかったようなものの、場合によっては結構危険ですよ～？」

「はい、反省してます……」

お華に指摘され、ガクッとうなだれながら反省の言葉を口にする春菜。お華の存在に気がつかなかったこともそうだが、至近距離に分体がいたことに気づかないのは、さすがに言い訳ができないミスだ。

その時、宏が妙な表情を浮かべて自分の背後を確認し、さらに春菜と澪の後ろを見たあと、今度はお華に視線を向ける。

その宏の反応に少々困った笑みを浮かべているお華だが、当時のミスにへこまされてか、春菜はそのことに気がついていないようだ。

「まあ、春菜がポカやったのは事実として、それとは別にちょっと気になったんだけど」

「はい～、なんでしょう～？」

「ずいぶん里に馴染《なじ》んでるみたいだけど、お華さんってどれぐらい前からここにいたの？」

「正確なところは分かりませんが～、まだ季節が一巡していないので一年は経っていませんね～。

転移してきた先がこの里でしたので〜、結局どこにも行っていませんが〜」

「その間、春菜を探すためにこの里から出よう、とか思わなかったの？」

「思わなかったわけではないのですが〜、まずこちらの地理や言葉を勉強して〜、幽霊が一人でうろうろと人探ししても大丈夫なのかといったことを確認しているうちに〜、外がとても出歩けない状況になったようでして〜」

「ああ、そういえばこのあたり、外はもろ戦場になってたわね……」

お華の事情を聞き、出歩けない理由に納得してしまう真琴。

繊維ダンジョンまで戦火は届いていなかったが、半周ほどはウォルディスのモンスター兵が暴れていた土地に囲まれており、土地勘のない存在が下手にうろつくと高確率でウォルディス軍に遭遇していたのは間違いない。

「で、そうこうしているうちに〜、定期的に外部から穢れが流れ込んでくるようになって〜、出歩けない状況になっているうちに春菜ちゃんが来て〜」

「もう一度来る、みたいな話をしてたから、二重遭難を避けるためにここに居座ってた、と？」

「はい〜」

さらに事情を聞き、いろんな意味で納得する真琴。お華の行動が全て最善だったかどうかはともかく、割と合理的な判断をしていたようだ。

そんな話をしているうちに、ヴァンパイアの料理人が料理を持ってくる。

「お待たせしました」

「わっ、ごちそう」

「こういう機会でもないと作らない料理ですからね」

テーブルの上に並べられた力作に目を輝かせる澪。

さすがに宏と春菜が作る神々の晩餐《ばんさん》には及ばないが、普通に暮らしている分には滅多に食べる機会のない豪華な料理ばかりである。

「とりあえず、これ食べたらアンジェリカさんとヘンドリックさんに連絡とって、こっちに案内しないとね」

「春菜ちゃ〜ん、春菜ちゃ〜ん」

「どうしたの？」

「私達〜、連絡済み〜」

「アンジェリカちゃん、正座で待機〜」

「残念ながら、全裸待機じゃないの〜」

「いや、全裸待機されても困るんだけど……」

やたらと手回しのいいオクトガル達。そのいつもの妙な台詞に苦笑しながら食事を続ける春菜。

待たせるのはどうかと思うが、慌てて味わわずに食べるのも失礼に過ぎる。そう考え、特に食べるペースを変えたりはしない。

「春菜ちゃん〜、人を待たせているのですから〜、もう少し急いでもいいと思いますよ〜」

「そうなんだけど、下手に急ぐとすごい汚い食べ方になりそうな料理だから、つい」

「上手《うま》いことやったら神の城経由でここに転移してくるんも、無理ではないんちゃうかな？」

お華に窘められ、なるべく急いで食べようとする春菜を見かね、宏がそう提案する。

食べにくいわけではないがソースが飛び散りやすい料理もあり、春菜の苦労が他人事《ひとごと》ではなかったのだ。

「あ、そっか。できそう？」

「ちょい待ち、今ローリエに確認中や…………できるっぽいな。ほな、アンジェリカさんに神の城に転移するよう伝言して」

「は～い」

宏に頼まれ、適当に盗み食いしていたオクトガル達が一斉に転移する。オクトガルネットワークで伝言だけすればいいのに、わざわざ転移するあたり、完全に遊んでいる。

オクトガルが転移してから十分後。食堂の入口にざわめきが生まれた。

「里の者がおるというのは、本当か？」

「あ、アンジェリカさん、いらっしゃい」

「うむ。すまぬな、食事中だというのに」

「こっちこそ、待たせちゃってごめんね」

「お主らが気にすることではない。おると分かればいつでも問題なかろうに、こらえきれなくて早くから待っていたのは我の勝手よ」

そう言いながらも、そわそわと食堂の中に視線を這《は》わせるアンジェリカ。

そんなアンジェリカを、遅れて入ってきたヘンドリックが窘《たしな》める。

「これこれ、落ち着かんかい」

「分かっておる。分かっておるのだが……」

そう言いながら、まとわりついてくる真祖の幼児をわしゃわしゃと撫《な》で回すアンジェリカ。現在はロリッ娘モードなので、姉が下の子を可愛《かわい》がっているようにしか見えない。

「しかし、こんなに真祖の子供を見る日が来るとはのう」

「やはり、引きこもりはよくなかったじゃろう、アンジェリカよ？」

「言われずとも分かってはおったが、今までの状況で我らがそう簡単に外に出られるものか」

「まあ、のう……」

久しぶりの同族の子供とのふれあいについつい甘やかしながら、そんな会話を続ける祖父と孫娘。隠れ里に最後にヴァンパイアの乳幼児がいたのは、最低でも二千五百年は前。甘くなるのも仕方がないだろう。

「アンジェリカ様!? 本当にアンジェリカ様ですか!?」

「ヘンドリック様まで!?」

「ロベルトにジュスフィーヌか。よくぞ無事でいてくれた」

「アルベルトがアンデッドになっておったからのう。正直に言うと、儂《わし》はあやつを見たときに、お主らも無事ではおるまいと勝手に覚悟を決めておった。正直、すまぬ」

「そうですか、アルベルトが……」

二千年以上の時を経て、ついに再会した真祖達。離れている年月が長かっただけに、積もる話も多いようだ。

「それにしても、幸せそうじゃのう」

「こんなにたくさん子供を作ってくれて実にありがたい。正直、もはや真祖のヴァンパイアは儂らで終わりかと覚悟を決めておった」

「私達夫婦以外にも、エーリッヒやギルモア、シャルロッテなどもいますし、その子供達やさらに孫もたくさんいます」

「繁栄しておるようで、何よりじゃな」

「風の噂《うわさ》では、他にもヴァンパイアがひっそりと暮らしている隠れ里がいくつかあるようです」

「ほう。それは、探してみねばなるまい」

積もる話で盛り上がりかけたところで、食事を終えた春菜達に目が行くヘンドリックとアンジェリカ。

「そういえば、お主らはこの隠れ里、以前にも一度来ておったという話だったのう？」

「春菜ちゃん達ですか？　ええ～、来ていましたよ～」

「ふむ、なかなかの霊格のようじゃが、貴女《あなた》は？」

「これはこれは、ご挨拶が遅れまして～。私、お華と申します～。こちらに飛ばされた春菜ちゃんを探しに来ていました～」

「ご丁寧にどうも。儂はかつて真祖のヴァンパイアの里を束ねておったヘンドリックと申す。しかしどうやら、その話ではせっかく探しに来たあなたも、碌《ろく》な確認もされずにスルーされたようじゃの」

「実はそうなんですよ～」

ひそかに重要な情報が山盛りであった、繊維ダンジョンの隠れ里。それをあっさりスルーしたこと、もっと正確に言えば、それなりに高位の存在に補足されているのに気がつかなかったことに対して、いろいろ思うところができたらしい。

ヘンドリックとアンジェリカの視線が、宏達に向く。

「我らでは探しようがなかった、同族の重要な情報をもらったことには感謝しておるが……」

「さすがに、ちょっと手間をかけて確認すれば分かるお華殿をスルーしたのはいただけんの」

「恩はあれど、それとこれとは別問題だと思うが、じーさまはどう思う？」

「恩を仇《あだ》で返すような形にはなるが、人の尺度だと手遅れになりかねん要素もある。少々経過やら何やらを確認しておいたほうがよかろう」

あまりに取りこぼしが多い今回の件に関して、さすがに放置できぬとばかりに宏達に迫るヘンドリックとアンジェリカ。


結局このあと宏達は、ヘンドリックとアンジェリカに十分ほど愚痴交じりの突っ込みを受けることになる。

さらに帰還した際、お華から報告を聞いた指導教官から、高位存在が至近距離にいることに気づけないフィルターのかけ方をしていたことや、指導後も同じミスを繰り返していることについて小一時間ほど問い詰められる羽目になるのであった。

余談ながら、お華もアピールが足りなかった点については多少指導を受けたものの、善意の協力者として頼み込んで行ってもらった都合上、指導教官的にあまり厳しい追及はできなかったのはここだけの話である。

第10話 そろそろ東君と藤堂さんの行動が目に余るのですが

「あ、そうだ。今週から毎週土曜日に補習が入るから、夏休みになるまで向こうへ顔出すのはちょっと難しくなりそう」

六月下旬に入ったある日。

達也《たつや》と詩織《しおり》が不在の、いつものチャットルーム。

みんなで勉強を始める準備をしていた春菜《はるな》が、思い出したように真琴《まこと》にそう告げる。

「補習って、例の事件での休校の穴埋め？」

「うん。夏休み一週間も短くなるぐらいなら、って、全校集会で土曜日を補習にあてることで話がまとまったんだ。先生方も赤点の生徒に対する補習の計画が合わなくなるからって大筋では同意してたよ。それでも、どうにかなるのは五教科だけで、副教科の分は二学期始まってすぐの土曜を使うことになってるし、体育なんかは潔く全員出席扱いで授業を取りやめにしたみたいだけど」

「……そんなことまで全校集会で決めたの？」

「うん。っていっても、体育なんかは決定事項が告げられただけだったし、それ以外は事前に生徒会と先生方との話し合いでプランを出して、全校集会で投票って形だから、別に直接意見とか言ってたわけじゃないよ」

「よく考えたら、普通、全校集会で決定ってそういうやり方よね」

事の経過を聞いて、いろいろ納得する真琴。

余談ながら、こういうときの投票は学校のコンピューターを使い、全員の手元に投票ボタンが投影されるやり方で採決を取る。一度押すとボタンが消えるため二重投票などの問題もなく、コンピューターを使ってのリアルタイムカウントなので票の数え間違いなどもない。

「あと、うちの学校は七月九日から学期末試験なんだ」

「了解。試験日程は？」

「副教科の試験もあるから一週間全部試験。ただ、土曜日に補習入れても全部カバーできるわけじゃないから、先生もちょっと大変そうだったよ」

「そうでしょうねえ」

春菜の言葉に、さもありなんという感じで頷《うなず》く真琴。

非合法な組織にそそのかされた愚か者の行動は、まだまだあちらこちらに根深く爪痕を残している。

「で、澪《みお》のほうは期末試験とかどうなってるの？」

「まだ編入手続き終わってないから、テストそのものは前の中学のをやる。ただ、住居は近いうちにこっちに移るし、一度も通ってない学校にテストだけ受けに登校するのはややこしいことになるから、ネット使ってそれ専用のソフトで試験」

「なるほどね。前からそうだったの？」

「ん、そんな感じ。まあ、小学校はテストで落第とかなかったけど」

澪の最後の余計な一言に、むしろ落第させたほうが当人のためだったんじゃないかと思ってしまう真琴。

とはいえ、なんだかんだ言って澪の学力は最低ラインをちゃんと超えているので、仮に落第があっても落とされることはないのだが。

「真琴姉のほうは、受験勉強どんな感じ？」

「なんかずるしてるような感じがしてあんまり嬉《うれ》しくないんだけど、すごく順調よ。前の時は大学に入るのも結構必死だったのに、もっとレベルが高い海南《かいなん》大学でも余裕のA判定とか、あの時の勉強はいったい何だったのかって思うわ」

「真琴姉のそれは、向こうで命張ってがんばってきた結果。ズルなんてしてない」

「分かってるんだけどね。大図書館で底上げされた分とかマジックマスタリーの分とかはまだしも、バルドとか闇の主とかとやりあった後で神様からもらった分に関しては、さすがに行動が学力と無関係すぎて申しわけないのよね……」

「実はボクも、そこはちょっと後ろめたい気分」

お互いに意見が一致したのを受け、小さく苦笑しあう真琴と澪。

努力や行動の結果として得た能力ではあるが、正攻法で勉強して鍛えたものではないだけに、どうにも褒められたことではないという意識が抜けないのだ。

「そのあたり、能力が百パーセント定着しちゃった悩みだよね」

「っちゅうても、その能力に今まで散々助けられとるわけやし、今更ずるしとる気ぃするから使いたない、っちゅうんも虫がよすぎんでな」

「まあ、そうなんだけどね」

黙って勉強を続けていた宏《ひろし》が、春菜達女性陣の会話に口を挟む。

その反論しづらい言葉に、思わず黙ってしまう女性陣。

「つちゅうかな。一応努力の裏付けがある分、食堂の出前とかにオクトガル使うんに比べたら、はるかに真っ当やと思うで」

「確かに、あれはかなりずるかった気がするよね……」

「背に腹は代えれれん状況やったうえに、本人らがやたらやる気やったからお願いしてもうたけど、正直あれは反則どころの騒ぎやなかったでな」

ルーフェウスのアズマ食堂でのことを引き合いに出されて、なんとなく納得してしまう女性陣。

学食の立て直しに目途が立っていない現状、ルーフェウス学院の昼食はほぼアズマ食堂が担う状態になっている。結果としてアズマ食堂の店内スペースではどうがんばっても需要が満たせず、テイクアウトと出前を始めざるを得なかった。

とはいっても、同じくスペースの問題から従業員はそれほど増やせず、かといって二人や三人増やしたところで、テイクアウトや出前まで対応するのは不可能。

結局、省スペースで無駄に対応能力が高いオクトガル達に手伝ってもらうことで急場をしのいでいるのが現状なのだ。

はっきり言って、転移能力を使い倒しているという一点だけでもかなりずるいのに、オクトガルは何体雇っても人件費がかからない。

一応ちゃんと報酬を出してはいるが、相手はオクトガルだ。その報酬というのも売り物にならないレベルの残り物だったり、試作品の試食だったり、客から食事を分けてもらっても黙認することだったりと、本来なら報酬と呼べないレベルのものばかりである。

オクトガルにお金を渡しても意味がないとはいえ、いくら何でもこれはダメだろう、と利益を享受している宏達が後ろめたさを感じてしまうのも無理はない。

もはやルーフェウスの名物として定着している以上、自分達の後ろめたさだけではやめられないのが難儀なところであろう。

「結局、慣れるしかないよね」

「そうね。今更どうにもならないし、慣れるしかないわよね」

「ん。ボク達の場合、老化問題で頭を抱えないで済むだけ、師匠や春姉《はるねえ》より恵まれてる」

「そうね。ってか、この件に関しては、宏が一番大変なのよね。神様になっちゃったのは春菜も同じだけど、春菜の場合は家庭環境的に多少は慣れとか心構えがあったっぽいし」

「確かに、私は体質の問題以外にはそこまで戸惑うようなことはなかったよ」

「まあ、ええ加減慣れてきたし、トラックにでもはねられん限りごまかし効かんような事態にはならんと思うで」

「さすがに、トラックにはねられちゃうとごまかせないよね」

「せやから、交通事故とか崩落事故とかの類《たぐい》だけは、とにかくとことん注意せんとあかんねんわ」

数式を解く手を止めず、超越者の悩みについて駄弁《だべ》る宏達。目指せ一・般・市・民、という目標を達成するには、いろいろ厄介なハードルが存在するのだ。

「で、話は戻るんだけど、宏と春菜は中間試験とか全国模試の成績、どんな感じ？」

「中間は、加減が分からんで学年三位っちゅう感じやったわ。一位は言うまでもなく春菜さんやけど、こっちはいつものことやから誰も注目してへんかったで」

「模試のほうは確か、お互い辛うじて全国で三桁順位だったかな？　小論文とかで結構マイナスが入ってるし、文系科目の解釈関連の問題だと腑《ふ》に落ちない問題で意地張っちゃうから、たぶん今ぐらいの順位が限界だと思うよ」

「せやな。数学なんかでも、式の展開書けっちゅうやつは標準と違うやり方やってマイナス食らったりしとるし。まあ、手ぇ抜かんでもええ感じのところに落ち着いとるっちゅうんは、考えようによっちゃありがたいわな」

「そうだね」

「つまりマークシートのテストだったら、問題によってはもっと上も狙えるって感じなわけね」

宏と春菜の答えを聞き納得したとばかりに頷く真琴。そんな彼女の模試の成績は、現在五千位台。大学受験の総人口を考えれば、十分に自慢できる順位であろう。

なお、天才・綾瀬天音《あやせあまね》効果でレベルが極端に上がってしまった海南大学といえども、文系学部はさすがに旧帝大レベルと張り合えるほどではない。なので、今の真琴の成績なら鼻歌交じりで合格できてしまう。

「何にしても、油断せずに勉強を続けたら、無事に大学生になれそうな感じだよね」

「っちゅうか、普通に考えてこの成績であかんとか、よっぽどのチョンボせんと無理ちゃうか？」

「そうね。あたしの場合は、赤門くぐろうとするとちょっとやばい感じだけど……っと、ごめん。ここ分かんないんだけど、教えてもらっていい？」

「ちょっと見せて。……ああ、ここはね。丁寧にやるんだったらこうやってこっちの式をこう展開して、なんだけど、この公式をここに代入すればショートカットできるから、試験だけだったらそっちを覚えれば楽かな？」

「……ああ、なるほど、分かったわ。ありがとう」

春菜の説明を聞き、もう一度自分で解きなおして納得する真琴。すぐに同じタイプの違う問題を解いてやり方を確認する。雑談を続けながらも、ちゃんと勉強はしているようだ。

「それにしても、数学とか物理とかは勉強しやすうてええわ。最近の地理とか時事問題が絡むやつは、正直ややこしなりすぎててついていけんでなあ」

「そうねえ。中東のほうとか、分離合併が連打で起こって前より国が増えてるものね。正直、そうでなくてもあのあたりは国が多くて覚えきれないのに、今となっては何が何やらさっぱりだわ」

「あのあたりに関しては国境線とかが民族や宗派に合わせて再編されただけで、実際のところは細かい部分はあんまり変わってないんだけどね」

「春姉、春姉。日本人に中東の民族とか宗派の話しても、全然ついていけない」

「まあ、それはそうだと思うよ。そもそも日本国内のことでさえ、関東の人間は関西をイメージだけでしか理解してないのが普通だしね。よその、それも遠く離れたたくさん国がある地域のことなんて、専門家でもなきゃ知らなくて当然だと思うよ」

ある程度数学の勉強に区切りがついたところで、宏のボヤキに乗っかって最近の国際情勢の面倒くささを愚痴る一同。時事問題が面倒くさいのはいつの時代も変わらないが、宏達の地球、宏達の生きている二〇二〇年代後半は特にややこしいことになっている。

イスラム圏を中心に国名や地名が変わるような大規模な出来事がごろごろしている中、時折国民投票で国旗が変わったなどのような細かいネタが入ってくるのが、ほっこりしつつも面倒くささに拍車をかける。

図らずも香月《かづき》夫妻以外全員が学生、もしくは受験生となってしまった宏達が、このあたりについてぼやきたくなるのも無理からぬことであろう。

「ホンマ、国内はむっちゃ平和やのになあ……」

「少子化も解消傾向らしいし、経済も雇用もずっと上向き。一国だけものすごく順調な状態になってるよね」

「まあ、むしろそんな状況だから、ずっとそのきっかけになってる綾瀬教授っていうか綾瀬研究室と、その本拠地の潮見《しおみ》市をどうにかしたい連中が、少しぐらい足掛かりになれば程度の感覚でストーカー先輩とやらをそそのかして事件を起こしたんでしょうね」

「そうだろうね」

天音が表舞台に立ってからこっち、現地生産以外のグローバル化に完全に背を向けて、どんどんガラパゴス化を進めていった宏達の日本。エネルギーも資源もどうにかなる目途が立ってしまったこともあり、別に無理して海外に売らなくてもいいのでは、ということに気がついてしまったのが最大の原因であろう。

さすがに輸入をやめたり減らしたりすると、それこそ世界大戦の引き金になりかねないため、自給できる体制を作りつつも輸入量は維持している。

すでにその努力は実を結んでおり、実のところ輸出入に関してはいつでも鎖国状態にできる準備は整っている。

そう聞くと輸出も大した額ではなさそうに思えるが、世界標準に背を向け世界的な競争からもとっとと離脱し、海外での売れ行きを気にせずどんどん独自路線で様々な商品やサービスを発達させていったにもかかわらず、現在はグローバル化に巻き込まれて世界中の国と競争していた頃よりも輸出金額や品目は増えている。

なので実際には、むしろ輸入よりも輸出や現地生産を止めるほうが、世界に対して大打撃を与えてしまう。ここまでくると、うかつに貿易摩擦で日本を叩《たた》けなくなっており、油断すると国内に引きこもりそうな日本を必死になってつなぎとめているのが現在の国際情勢だ。

ここまで至ってしまうと、その存在を面白く思わない国があの手この手で内部から混乱させようとするのも当然であろう。

もし、日本が混乱し産業に打撃を受けると、ちょっかいを出した国にもかなりの被害が及ぶのだが、自国の競争力をつけるより先に他国の足を引っ張ろうという発想をする国に限って、そこまで考えないのもよくある話である。

「なんか、考えたら気がめいってきたし、ちょっと気分転換かな」

「そうね。あ、そうだ。明日ぐらいにあたしと澪で向こう行って、宏と春菜があんまり顔出せそうにないって連絡してくるわ」

「うん、お願いね。一応できるだけ日曜日は向こうに行くようにするけど、ちょっと忙しいことになりそうだから」

気分転換用にバーチャルなお茶を用意し、ついでに軽いパーティゲームを起動しながら軽く打ち合わせを済ませる春菜と真琴。

その後、三十分ほどゲームで遊んでから、達也と詩織が入ってくるまで科目を変えながらずっと勉強を続ける宏達であった。

☆

「春菜ちゃん！　英語教えて!!」

「うん、いいよ」

翌日の昼休み。授業が終わってすぐに泣きついてきた美香《みか》に対し、弁当をカバンから出していた春菜が苦笑しながらそう答える。

「だったら俺らもいいか？」

「うん」

ゴールデンウィークのクラス会以来、よくつるむようになった山口《やまぐち》と田村《たむら》が、便乗しようと声をかけてくる。手に弁当を持っているのは、最近弁当の日は宏や春菜と同じグループで食べるようになったからである。

もはや宏と春菜をくっつけようと画策する側になっている山口と田村だが、今回に関しては割と真剣に勉強を教えてもらいたがっている。別に成績に問題があるわけではないが、志望校に受かるかどうかの不安がぬぐいきれないのだ。

「悪いな。そういえば、東《あずま》はどうするんだ？」

「どこでやるか次第やな」

「あ〜、そうだね。宏君も来てくれるんだったら、図書室で下校時間ぎりぎりまでやる、って感じかな？」

「せやな。それやったら参加できるわ」

机をくっつけ弁当の準備を済ませた宏が春菜の提案に頷く。

図書室であれば、宏でも特にプレッシャーを感じずに勉強することができる。

「蓉子《ようこ》はどうする？」

「物理がちょっと不安だから、参加させてもらうわ」

「了解。でも、物理だったら私より宏君のほうが上手に教えられるかな？」

「そうなの？」

「うん。まあ、宏君がよければ、なんだけどね」

「別に、そんぐらいかまへんで」

参加表明をしていなかった蓉子の意向を確認し、ついでに宏にも春菜以外の女子に教えるのは大丈夫かを問う春菜。さすがにテスト勉強の類となると距離的な部分で不安があったのだが、当の宏は特に気負うことなくあっさり引き受ける。

その答えに、思わず安堵《あんど》のため息を漏らす春菜。

どうやら宏にとって、蓉子は勉強を教えるぐらいの距離に入れても大丈夫な対象になっているようだ。

「お願いする身の上でこういうこと言うのは何だけど、惚《ほ》れた男がほかの女に勉強教えるってシチュエーションで、安心したって表情でため息つくのってどうなのかしらね」

「好きになったのが他の人だったら多分、いくら私でもこんな態度にはなってないかな、って思うよ。あんまり自信はないけど」

「本当に？」

「私だってやきもちぐらいは焼くよ。というか、実際に誰も悪くなくて状況的にどうしようもないことで、ものすごくやきもち焼いちゃって後でへこみまくったことがあったし」

「……えっ!?」

よく通る声で発せられた春菜の驚きのカミングアウトに、グループどころかクラス中が静まり返る。

学校中に宏に対する気持ちが知れ渡ってからこちら、春菜の日頃の態度にはそれを匂わせるようなことは何一つなかった。

恐らく、開き直ったがゆえに事あるごとにダダ漏れになるラブラブオーラと、時折見せる普通の恋人同士でもこうはいくまいというほどの仲睦《むつ》まじさがなければ、本当に春菜は宏のことが好きなのだろうかと疑いの目で見られていたであろう。

それぐらい、春菜は嫉妬らしいものを見せない。

それだけに、後でへこむほどの嫉妬をしたことがあると聞かされれば、クラスの全員が驚いて動きが止まっても仕方がないであろう。

嫉妬された宏まで驚いているが、大体そういう状況では宏自身はそれどころではないので、気がつかなくてもおかしなことはない。

「そこのところ、詳しく！」

「それは秘密。正直、私にとってはお墓の中にまで持っていきたいぐらい恥ずかしい記憶だし」

クラスを代表しての蓉子の質問に、にべもなく答えて弁当を開ける春菜。ちゃんとその感情と向き合い、自身の中で折り合いもつけてはいるが、人に話したいかというとそれはまた別の問題なのだ。

「東君のほうは、心当たりはある？」

「あるようなないようなっちゅう感じやなあ。誰が見ても誰も悪くなくて、かつラブコメなんぞで片想いしとる子がやきもち焼きそうなシチュエーションっちゅうんは多々あったけど、大体そういうときは吐かんように根性入れるんで手いっぱいで、春菜さんの様子まで意識してへんかったし」

「ああ、東君だったらそうだよね～……」

美香から飛んで来た質問に、なんとも言えぬ情けない表情でそう答える宏。

宏の回答に、美香はもちろんその会話が聞こえていた他のクラスメイト達も納得する。宏がそこを把握できるようであれば、そもそも春菜は苦労しないのだ。

「正直、飯時にそういう気ぃまずなる話を掘り下げんの、勘弁してほしいねんわ」

「そうね、ごめんなさい」

「よくよく考えたら、東と藤堂《とうどう》さんの間でそういう話するならともかく、部外者が突っ込むのは野暮だよなあ。悪い」

疲れ切った表情で弁当箱の蓋《ふた》を開けた宏に、蓉子と田村が同じように弁当箱を開けつつそう謝罪する。

普段ならここで話は完全に終わっていたのだが、どうにもこの日はいろいろ間が悪かったらしい。宏と春菜の弁当の中身に、新たな燃料が大量に仕込まれていたのだ。

「……なあ、ちょっと気になったんだがいいか？」

「なんや？」

「東と藤堂さんの弁当、中身が同じに見えるんだが、藤堂さんが東の分も作ったのか？」

「あ、言われてみればそうだね～。もしかしたら、東君が春菜ちゃんの分を作ったのかもしれないよ～？」

そう。今日に限って、宏と春菜の弁当の中身が完全に一致していたのだ。分量こそ宏のほうが五割ほど多いが、はっきり言って見た目だけで言えばまとめて作ったようにしか見えない。

「残念ながら単なる偶然や。冷蔵庫にあった材料で適当に作ったからな」

「あっ、私も」

単なる偶然というには苦しい一致具合。しかもメインとなる鶏肉の唐揚《からあ》げは色艶や揚げ具合も区別がつかないほどそっくりなのだ。

これが市販の冷凍食品を使っているというのであれば話は別だが、藤堂家では弁当に冷凍食品が登場することはまずない。あったとしても普通のスーパーで買えるようなものではなく、東家の弁当とメニューがかぶることなどありえない。

それ以前の問題として、鶏肉の形や衣の付き具合などが、どこからどう見ても自分の家で作りましたというビジュアルを保っているのだから、手作りであること自体は疑う余地もない。

「今日のメニューって、基本的に昨日スーパーで買った特売品をそのまま使ってるよ」

「春菜さんが普段使っとるスーパーって、うちの近くにある安食屋《あじきや》か？」

「うん。うちから一番近い商店街だし、毎日高級食材で料理作るような家でもないし」

「つちゅうことは、うちの親も同じもん買うてきとるな」

春菜の答えから、そう推測する宏。

安食屋とは、潮見市全域に十店舗ほどある食料品主体の地元密着型のスーパーマーケットだ。質のいい生鮮食品を手頃な値段で扱い、何より地魚をはじめとした魚が美味《おい》しいことで人気である。

一見、こういうスーパーは地元の商店街にとって敵になりがちな印象があるが、スーパー安食屋の場合はむしろ、地元の零細商店を味方につける戦略を取っている。安食屋と地元商店街にとって、敵となるのはお互いではなく外様の郊外型スーパーマーケットなので、むしろそちらと対抗するために徹底的に手を組んでいるのだ。

特に評判がいいのが、店舗のある地域の商店街で買い物をした客に対し割引を行うサービスで、その日の商店街でのお買い得商品を宣伝、商店街で生鮮食品を買った客のための保冷バッグの貸し出しまでするという徹底ぶりである。

それだけではなく、惣菜《そうざい》や弁当などは地元の商店街の店で作られているものを並べていることも多く、生鮮食品も大体は地元の商店街と共同で仕入れていたりする。

ここまでくると、もはや疑似的な大規模ショッピングモールと変わらないと言えよう。

一応全国チェーンの大規模ショッピングモールやその傘下のスーパーマーケットも存在するが、安食屋と地元商店街との共同戦略を相手に現在絶賛大苦戦中で、ショッピングモールはともかくスーパーマーケットのほうは、いつ撤退してもおかしくない状況だ。

潮見に住んでいれば基本、食料品の仕入れは安食屋か商店街の店になるのだが、春菜の場合は家が家だ。セレブ向けの高級品メインで配達主体の店もないわけではないので、仕入れ先の確信が持てなかった宏はとりあえずその点を確認したのである。

この場合、高級住宅街に大豪邸を建てるような家庭の人間が、庶民の味方みたいなスーパーを使うことに対して突っ込んでも無駄だ。

なお、念のために述べておくと、今回使っている食材は全て、ちゃんと日本のスーパーで購入したものである。間違っても唐揚げの肉にジズのものを使ったり、サラダに神キャベツや神レタスを使ったりといったことはしていない。

「っていうか、宏君。ずっとスーパーとかに入れなかったのに、よく私達が使う店が分かったよね」

「おかんが買うて帰ってくる袋にロゴが入っとるからな。家の位置とかから考えて、使うんやったらあそこかな、っちゅうんがあったんよ」

「なるほどね」

メニューのかぶりはともかく、ビジュアルまで一致している点に対する答えには一切なっていない、どころか完全に明後日《あさって》の方向へとずれた会話になだれ込む春菜と宏。

そんな宏と春菜の会話に突っ込みを入れようと考え、ため息とともに諦める蓉子。突っ込めば突っ込んだだけピントがずれていくのが分かっていて、それに付き合えるほど蓉子の精神は頑丈ではないのだ。

「とりあえず、話しとったら昼休み終わってまうし、さっさと食おか」

「そうね。あ、そうだ。ちょっと気になるから、東君と春菜の卵焼き一切れずつもらっていい？その代わり、私の分あげるから」

「ええで、もってって」

「私もいいよ」

頼みを聞き入れ、蓉子と卵焼きをトレードする宏と春菜。

行儀よくいただきますをしてから、慎重に食べ比べる蓉子。

「……私の舌だと、味の違いが全然分からないわ……」

「蓉子ちゃん、それ本当？」

「ええ。同じお弁当から取り分けたって言っても通じるレベルよ……」

美香の質問に、半分ずつ残した卵焼きを差し出しながらそう告げる蓉子。

差し出された卵焼きを食べ、自身の弁当に入っているものを確認し、なるほどと頷く美香。

余談ながらこのメンバー、今まで男女混合でおかずの交換をしたことはない。なんだかんだと言いながらも、クラス会までそれほど仲良くしていなかった異性とおかずの交換をするのは、お互いに心理的なハードルが高かったのだ。

恐らく、今回のように宏と春菜の弁当の中身が完全に一致したとかそのレベルの珍事でもなければ、卒業までそのハードルを越えることはなかったであろう。

さらにそのあたりの遠慮があってか、春菜達三大お姉さまの間でも、ゴールデンウィーク以降はおかずの交換は行われていなかった。

三年生になってからは調理実習もなかったため、実は春菜がフェアクロ世界から帰ってきて以降、蓉子と美香が春菜の料理を食べるのは今日が初めてだったりする。

当人達に自覚はないが、今日のおかず交換会はひそかに初めて尽くしであった。

「うん。びっくりするほどそっくり。っていうか、春菜ちゃん、味付け変わった？」

「あ〜、どうかな？　あんまり自覚はないけど、変わっちゃってるかも」

「やっぱり、東君の好みに合わせたの？」

「そういうわけじゃないんだけど、例の治療の時に一緒に料理する機会が多かったから、引っ張られて変わっちゃった可能性はあるんだよね」

春菜の言い訳のような言葉に、疑わしそうな視線を向ける蓉子達。

普通に考えれば、惚れた男と同じ味付けの料理を作るなど、どう考えても好きな人に対するアピールのために味付けを変えた、としか思えない。

だが、万能とすら思えるほど器用なくせに変なところで不器用な春菜に、そんなあざとい真似ができるわけがない。それに蓉子達は知りようがないが、そもそも春菜の味付けが変わったのは、宏を好きになるよりずっと前のことだ。アピールする意図など、持ちようがない。

「そういえば、明日は延期になってた調理実習だったよな？」

「ああ、言われてみればそうだったわね」

「こう、いろんな意味で楽しみじゃないか？」

「……山口君、悪いこと考えてるでしょう？」

「……中村《なかむら》に言われたくはないなあ」

クラス委員とクール系お姉さまの組み合わせとは思えない、実に悪い笑顔で何やら通じ合っている山口と蓉子。

その様子に苦笑しながら、いい感じに揚がっている唐揚げを堪能する宏。

あまりにも美味《うま》そうな唐揚げにそそられるものがあったのか、それとも春菜の弁当と同じ味付けというのが効いたのか、田村がもうたまらん、とばかりに口を開く。

「なあ、東。こっちのシュウマイとその唐揚げ、一個交換しない？」

「おう。ばっちこいや」

そんなことを言いながら、結構な数が入っている唐揚げとシュウマイがトレードされる。

なお、ひそかにこの男子三人組の中でおかずのトレードが成立したのも、これが初めてのことだったりする。

この日の昼休みは、本当に初めて尽くしである。

「あ、俺も。このミニハンバーグでどうだ？」

「商談成立やな」

田村につられ、山口も宏から唐揚げをゲットする。そのまま、ノータイムで唐揚げを頬張《ほおば》り、その美味さに目を丸くする。

「ボウリングに続いて、意外すぎるうえにすごすぎる特技だな……」

「……自分で料理作ってるって聞いてたから、料理が得意ってのはなんとなく分かってたけど、このレベルとはねえ……」

プロでも通用する宏の唐揚げを堪能し、しみじみと東宏という男の奥の深さに感じ入る山口と田村。

「明日の調理実習が実に楽しみだ」

「俺、この班に入れてもらってよかった……」

プロ級の料理上手が二人もいるという幸運に、思わず偉大なる何かに感謝してしまう男二人。

そんな彼らの幸運をうらやみ、クラス中の男女が殺意のこもった視線を向ける。

この後から翌日の調理実習までの間、元から別格扱いの蓉子と美香の分も上乗せされた状態で、クラスメイト達から飯の恨みでチクチク攻撃されることになる山口と田村であった。

☆

「参考までに聞いておくけど、山口君と田村君は、どれぐらいお料理できるの？」

「そうだな、卵焼きとカレーと野菜炒めと味噌《みそ》汁ぐらいは作れる。焼き魚とかは火加減が分からなくて、いつも焦がすか生焼けにしてしまう感じだな。あと、カレーは市販のルー使わないと無理だ」

「こっちも似たようなもんさ。味付けもちゃんと分かってないから、市販のレトルト調味料とか使わないとまともな料理はできないレベル」

「なるほど。美香と同じぐらいなんだね、了解」

山口と田村の調理能力を確認し、小さく頷く春菜。高校生の男子としては普通、もしくはそれよりちょっと料理できるぐらい。戦力外通知をしなければいけないほどではない。

因《ちな》みに蓉子は、高校生にしては料理ができる、という程度である。毎日やっているわけではないので平均的な主婦の調理能力には劣るが、レシピを見れば大抵のものは作れる腕はあるので、料理部などに所属していない普通の高校生としては十分な技量だと言えよう。

このあたりに関してはむしろ、いつきという人型お手伝いロボットが存在するのに、なぜか高校進学時点でプロ級の腕前を持っている春菜がおかしい。

「まあ、全部私と春菜と東君だけでやる、みたいな状況は避けられそうな感じよね」

「ねえ、蓉子。さすがに美香はそこまで戦力外扱いしてないと思うんだけど」

「いつも、ちょっと難しいところは結局春菜がやってるじゃない」

「難しいっていうか、慣れてない人がやると危ないところをやってた、っていうのが正解なんだけどそれ」

米を炊く準備をしながらそう言う蓉子に対し、包丁などの調理器具を点検しながら春菜が実際のところを告げる。

春菜の言葉どおり、過去の調理実習は高い確率で一品、不慣れな人間がやると危ない作業が入るメニューが指定されていた。

教師に言わせると、そういうメニューが入っていないと緊張感に欠けて悪ふざけする人間が出てくるとのことだが、春菜としては、高校の調理実習でフランベをさせるのはさすがにやりすぎでは、と思わずにはいられないところである。

「まあ、なんにしても、今日はハンバーグとポテトサラダにミニオムレツもしくは卵焼き、それにお味噌汁だから、あんまり難しいところはないよ」

「それなら、全員作業に参加できそうね」

「ハンバーグはある程度のアレンジはＯＫみたいだから、私と宏君はちょっと別口で作ってもいいかな、って思ってる」

「っちゅうか、用意してある材料好きに使うてええんやったら、課題に入ってへん料理一品作りたいんやけどなあ」

「何作るの？」

「パン粉もハムもあるから、蒸《ふ》かしたジャガイモ潰《つぶ》してマヨネーズで和《あ》えたんをハムで巻いてカツにしたやつ作りたいんよ」

スーパーの惣菜売り場などで割と定番の一品を口にする宏に、納得の表情で頷く春菜。

いい具合に、ポテトサラダ用に用意されたハムも丸い薄切りのロースハムではなく、四角く成形されたプレスハムだ。

「っちゅうわけなんですけど、勝手に作ってもうてええですか？」

「そうですね。ちゃんと指定の料理を完成させたうえでなら、構いませんよ」

「先生の許可も出たことやし一品勝手に作るわ。春菜さんはハンバーグソース作ったって」

「了解。ついでにお味噌汁も作っちゃうよ」

「だったら私はこの場合、ハンバーグに回るべきなのか、それとも美香達の成長のために、卵焼きを作りながらフォローに回るべきなのか、どっちかしら？」

「卵焼きでいいんじゃないかな？」

宏の宣言をきっかけに、さっさと割り当てを決める普段から料理をする組の三人。

メニュー的にメインとなるハンバーグとポテトサラダを押し付けられた普段料理しない組が、不安そうな顔をする。

「えっと、ハンバーグってまずはひき肉こねるんだったか？」

「いやいやいや。さすがにひき肉だけ焼き固めるわけじゃなかったはず」

「それよりも、ポテトサラダのジャガイモって、皮をむいてから茹《ゆ》でればいいんだよね？」

半ばパニック状態になりながら作業を確認する料理しない組。レシピを見ればそのあたりの手順はちゃんと書いてあるのだが、心の準備ができていないところに話が飛んできたため、そこに考えが至らないのだ。

「はいはい、落ち着きなさい。手本は見せてあげるから、私がやったとおりに材料を切っていきなさい。それと美香。ポテトサラダの下準備は、東君の作業を見て真似をすればいいから」

「は〜い。って、春菜ちゃん、なんで玉ねぎ刻んでるの？」

「ここの包丁、あんまりちゃんと手入れできてないから、私がやっちゃったほうがいろんな意味で安全かなって思ったんだ。切れ味悪い包丁で切ると、目に染みるから」

早くもあれこれ怪しいところを見せ始めた料理しない組を、的確にフォローする蓉子と春菜。

ハンバーグは料理の中では比較的分かりやすいものだが、それでも慣れないうちはあれこれ不安になることをよく分かっている。

自分達も通った道なので、難しく考えすぎてパニックを起こす美香達を馬鹿にする気もなければ、フォローを面倒だと思うこともない。

「玉ねぎは春菜がやってくれるから、人参《にんじん》ときゅうりね。人参はハンバーグに入れるならこれぐらい細かくみじん切りに。ポテトサラダに入れる分はこうやって半円か扇形に切っていけばいいわ。きゅうりは普通に薄く切っていけばいいけど、スライサーも一応あるからヘタだけ落としてそれでやるのもありね」

「ハンバーグって、人参入れるのか？」

「家庭によりけりね。入れる家もあれば入れない家もあるし。私の家では入れないけど、母方の従兄《いとこ》の家では入ってたわ」

「手作りハンバーグも結構家庭の流儀が出るよね。因みに、うちは日によっていろいろで、細かく刻んだピーマンが入ったりとかすることもあるよ。ちりめんじゃこなんかは普通に入るかな」

「ああ、ピーマンはうちでも子供の頃にあったわね。ピーマンを食べない私達にどうにか食べさせようと工夫したらしいわ」

美香達に調理手順を教えながら、家庭の味についての話に花を咲かせる春菜と蓉子。その間にも、着々と料理は進んでいく。

「こねるのは、こんなもんでいいか？」

「……そうね。あとは成形して、空気を抜いて焼けば完成ね」

「空気を抜く、って？」

「こうやって両手の間で往復させて、中の空気を抜いてきっちり固めないとね、焼いたときに中の空気が膨張してぼろぼろに崩れるのよ」

「ああ、なるほどな。どれぐらいやればいい？」

なんとなくいい雰囲気になりながら、蓉子が山口に手順を指導する。やっているうちに慣れてきたのか、なかなかの手際で作業を進めている。

ひそかに他の班の生徒も、このあたりの説明を聞きに来ては春菜や蓉子に見てもらっていたりするのだが、そもそも人に教えるほどの余裕がある生徒自体が数えるほどなのでしょうがないだろう。

因みに、まったく毛色が違う作業をしている宏には、遠慮して誰も質問に行かない。それに気をよくしてか、よその班の余りの卵を回収した挙句、残り物のひき肉やら何やらを流用してスコッチエッグに加工するなどという暴挙に出始めているのはここだけの話だ。

余談ながら、この学校の調理実習では、食べ盛りの男子生徒の胃袋を満たすことや致命的に料理に向いていない種類の初心者が失敗しまくることを前提に、どこの班にも全ての料理を二～三人分余分に作れるだけの材料を用意している。

「しかしこう、俺達足引っ張ってるなあ……」

「そうだよね～……。東君達だけだったら、とっくに終わってる気がするよ」

茹で上がったジャガイモと人参にきゅうりを加えて和えながら、情けないという気持ちを隠さずにぼやく田村と美香。

もっとも、田村と山口、美香の三人は説明を聞くだけで作業ができている分、まだましだ。中にはレシピを見ながら説明を受けているにもかかわらず、どうしてこうなるのか分からないと言いたくなるようなものを作っている生徒もいるし、そうでなくても三分の一近い生徒は、教えられてもかなり作業がもたついている。

「美香にしても田村君や山口君にしても、あとは場数と慣れの問題だから、そんなに落ち込まなくても大丈夫だよ」

「そうか？」

「うん。毎日、とまでは言わないけど、週に二回か三回料理するだけでも大抵のものは作れるようになるって」

「週二回かあ……。今のあたしの手際で、そんなに台所明け渡してくれるかなあ……」

「いきなり手間がかかるものからじゃなくて、簡単に作れる一品を作らせてもらうところから始めて、徐々に手間がかかったり難しかったりするものにチャレンジしていけば大丈夫だと思うよ」

どうにも足を引っ張ったことを過剰に気にしている田村達を、そう言って励ます春菜。そもそも作業の絶対量だけでいうなら、恐らく今日は春菜が一番遊んでいる。

「それはいいとして、藤堂さん。一つよろしいですか？」

「えっと、なんでしょう？」

「さすがに、そろそろ東君と藤堂さんの行動が目に余るのですが、いい加減自重してくださいませんか？」

「あ～……、ごめんなさい」

先生に注意され、成形していたコロッケを皿の上に置いてペコペコ頭を下げる春菜。

味噌汁もハンバーグソースも作り終え、しかも指導の大半は春菜が口を挟む前に蓉子が進めてしまっていたこともあり、あまりの暇さに宏同様、他の班から失敗したハンバーグの破片やら茹ですぎたジャガイモやらを回収してコロッケに加工していたのだ。

それらを宏が黙々と揚げ続けた結果、別個に用意してあった皿にはお肉屋さんで定番になっていそうな揚げ物が山盛りになっていた。

ボリュームの面でいえば、スコッチエッグの存在感がものすごいことになっているのはここだけの話である。

神々の晩餐《ばんさん》スキルが仕事をした影響で、回収した材料だけでは絶対に作れない量の料理ができているのだが、そのことについては作っていた宏達自身も気がついていない。せいぜい、料理上手ならあの量の材料であんなにいっぱい作れるんだ、とクラスメイト達が思っているぐらいである。

「ねえ、春菜」

「あ～、うん。言いたいことは分かるよ」

「余りものと失敗作のリカバリーだけで、よくもまあこんなにいろいろ作れるわねえ……」

「衣のタネが余るのもったいないからって、ついがんばりすぎたよ……」

蓉子に突っ込まれ、調理台に両手をついてがっくりする春菜。

冷静になってみると、さすがにやりすぎたと思わざるを得ない。

いくらなんでもこのボリューム、メインのハンバーグ定食の存在も考えれば、クラス全員で分け合っても食べきれる気がしない。

「先に言うとくけど、春菜さんは揚げ物以外にもこっそり作っとるからな」

「そういえば、お酢とか味醂《みりん》とかが並んでたけど、基本的に今日のメニューには使わないわよね？」

「あ、うん。実はきゅうりとわかめの酢の物とかをちょっと、ね……」

「また、渋いメニューを……」

いくら何でもそれはないだろうというメニューに、思わずジト目になる蓉子。

発端は課題以外のものを作り始めた宏ではあるが、さすがに本来作るメニューには使わない調味料を使うような真似はしていない。せいぜい、揚げ物のために油を大量に使っている程度である。

宏が作ったものはどれもこれも、かなり苦しくはあるが、同じ材料と調味料で作れるアレンジメニューの範囲に一応収まっているのだ。

「僕が言うこっちゃあらへんけど、食いもん関係で春菜さん野放しにしたら、下手したら僕なんぞより暴走するから注意な」

「本当に、東君が言えることじゃないわよね……」

お前が言うな、と突っ込むしかないようなことを胸を張って堂々と言う宏に対し、蓉子が心底疲れをにじませつつそう突っ込む。

結局、作りすぎた料理は運動部が美味しくいただいてくれたため、どうにか事なきを得るのであった。

第11話 日本で観光地に行くの、初めて

「やっと試験から解放された」

「お疲れさん」

夏休みの一週間前、期末試験最終日の夜。いつものチャットルーム。

ついに期末試験も終わり、あとはテストの返却と問題の解説を残すのみとなったその日、珍しく澪《みお》が喜びの表情を浮かべながら全身で開放感を表現していた。

そんな澪の学生らしい反応に苦笑しながら、テスト勉強をこなした未成年組をねぎらう達也《たつや》。

無駄な知識だけは満載だが学校の勉強は嫌いだった澪が、今日まで大真面目にテスト勉強を続け

た。そのことに対して明日にでもご褒美を用意しないと、などと考えているあたり、なんだかんだ言って達也も澪に甘い。

「んで、ヒロと春菜《はるな》は明日も学校だったか？」

「せやで。ストーカー先輩のせいで、補講が必要になってもうたからな」

「もともとうちの学校、各種行事とその代休をきっちりやる代わりに、試験休みがないんだよね。だから、こういうときは土曜とか祝日とか潰《つぶ》すしかないの」

「大変だなあ」

「正直、いろんな意味でいい迷惑だよ」

面倒なことこの上ない補講とその原因について話し、深く深くため息をつく春菜。

はっきり言って自分達は悪くないのだが、それでも原因の一部となって学校中に迷惑をかけてしまった後ろめたさもあり、なかなか気分が重い。

「まあ、なんにしても明日は学校やけど明後日《あさって》はちゃんと休みやから、そろそろ写真撮ってまいたいねんわ」

「ああ、そうだな。澪も普通に歩けるようになったし、いい頃合だろう」

「ただ、写真撮影がメインになると、あんまり観光する時間はなくなると思うんだよね。そうでなくても綾羽乃宮《あやはのみや》庭園は広いから、全部見て回ろうと思うとたぶん一日では終わらないし」

「だろうなあ」

春菜の言葉に、綾羽乃宮庭園の公式ホームページを思い出しながら頷《うなず》く達也。

さすがに山一つ分の敷地面積を誇るだけあり、公開部分だけでもかなり広い。無料ゾーンを普通に散歩するだけでも二時間ぐらいは余裕で潰せるうえ、敷地内には住居として使わなくなった建物を改装した郷土資料館や博物館、美術館などもある。

そのうち郷土資料館は無料公開だが、無料の建物とは思えないほど展示が充実しており、小中学校の社会科見学などによく利用されている。美術館と博物館は有料だが、通年展示や企画展が国内どころか世界で屈指というレベルで工夫されており、結構ディープなファンが常連として足を運ぶ隠れた人気スポットだったりする。

他にも有料ゾーンには、貴重な自生種や原種の植物がある程度野生の状態を保ったまま庭として保存されているゾーンや、下手な植物園より立派な温室、文化財登録されている日本庭園など、一見の価値ありと思わせる場所が山ほどある。

いかにもともとの地価が安い潮見《しおみ》の、その中でもさらに安い山林がベースになっているといえど、ヨーロッパではなく日本にこれだけの規模の個人邸宅が存続していること自体、驚異的な出来事と言えよう。

「そういやさ、この博物館とか美術館とか、展示物は全部綾羽乃宮家の個人所有物？」

「うん。接点の持ちようがない海外の古い作家のものとかはともかく、国内のは直接本人から買ったりもらったとかそういうものが一番古いもので平安時代頃から代々受け継がれてるから、間違いなく全部本物でしかも九割以上はここにしかないものなんだ」

「……うへえ……」

怖いことをあっさり答える春菜に、思わずげんなりした顔をする真琴《まこと》。

春菜の言葉からも分かるとおり、綾羽乃宮庭園内にある美術館や博物館、郷土資料館などは、綾羽乃宮家の道楽の集大成ともいえる。所蔵品の出所のほとんどが縁があって援助した、だの、作者を居候させていた、だの、古くからのしきたりで使っていた、だのといったもので、それゆえにほとんど全てが本物かつ一点ものだ。

それだけに綾羽乃宮家から外部に出されることなどまずない、ここでしか見られないものが山ほどある。

学芸員達も綾羽乃宮家の道楽によって集められた優秀な人材で、少々薄給でも気にしないどころか、自分の給料より綾羽乃宮庭園の施設や資料に金を回すほうが有意義、と本気で考えているような人材が集まっているためか、毎年発表される研究成果もなかなか濃い。

さすがに道楽だけに学芸員の待遇はさほど良いものではなく、給料ははっきり言って高校生のアルバイトレベルである。

その代わり、住居は綾羽乃宮家の従業員スペースが提供され、三食食事付き。申請さえすれば結構な額の調査費用や交通費が認められるシステムとなっている。

現当主の綾羽乃宮綾乃《あやの》やその娘の未来《みらい》などは安すぎて申しわけないと心を痛めているが、実際に働いている学芸員に言わせれば、どうせ給料が多くても自腹で研究費用に回すのだから大差ない、と言ってはばからない。

結果として、なんだかんだと言って就職先としては結構狭き門となっていたりする。

「まあ、他に見どころになるものがいっぱいあるから、私達が撮影で使わせてもらう予定にしてる場所って、地味さもあってほとんど人が来ないんだよね」

「あ～、風情があっていいとは思うが、確かに地味そうだもんなあ……」

春菜の説明を聞き、納得の声を上げる達也。

今回写真撮影に使おうとしているエリアは、いろいろウリがある綾羽乃宮庭園の中では珍しく、ごく普通の古い屋敷にある大きな庭にしか見えない場所である。

庭園内で最も綾羽乃宮家の本館に近い場所にある有料ゾーンということで、大部分の人間は二百円とはいえ入場料がかかるうえに他に見るべき場所がありすぎて近寄らない、という不人気なエリアになっている。

その不人気さが都合がいいとばかりに、何人かの高名な写真家が正確な場所を隠して趣のある写真を撮っていたりするのが奥の深い話である。

「達兄《たつにい》。明日、詩織姉《しおりねえ》と一緒に朝からうちに来て、他のところ見て回る?」

「そうだな。朝一にそっち行って荷物置かせてもらって、みんなで庭園観光としゃれこむか?」

「あ、車だったら途中であたしも拾ってほしいんだけど、いい?」

「おう。どこで待ち合わせする?」

「あとでメッセ送っとくわ」

着々と遊ぶための打ち合わせを済ませていく達也と真琴、澪。明日も学校である宏《ひろし》と春菜は、完全にハブられる流れである。

「いいな〜、楽しそう……」

「僕は最初から土日の綾羽乃宮庭園とか無理やけど、春菜さんは散々見て回ってんちゃうん?」

「そうだけど、親戚とかと行くのとみんなで行くのとはやっぱり違うよ」

エアリス来日に続いて、またしてもハブられそうな流れに、春菜が素直に不満を漏らす。

どちらも仕方がないことだし、ハブられるのが自分だけではないとはいえ、一人だけエアリス来訪にも明日の事前撮影会にも参加できないというのは仲間外れにされた感が非常に強いのだ。

「まあ、そのうち僕と春菜さんだけ、みたいなことも出てきおるかもしれんし、あんまりこだわらんと、な」

「……うん」

宏に窘《たしな》められ、さすがに態度が悪かったかと反省する春菜。ついでに、宏と二人だけでデートもどきのことができないかと少しばかり期待する。

「まあ、僕らは諦めて大人しゅう学校行って勉強しとくから、こっちは気にせんとがっつり楽しんできたって。特に澪」

「ん。楽しむ」

こういうケースでハブられることには慣れている宏が、春菜の態度に苦笑しながら言う。

正直な話、いわゆる観光名所と呼ばれる場所の大半は、世間一般の中学一年の女子が好むようなところではない。

綾羽乃宮庭園にしても、その広さと中身のバリエーションの豊富さから、どの年代でもどこか一カ所ぐらいは好みの施設や区画が存在してはいるが、恐らく大部分は思春期入りたての現代っ子が楽しむには微妙であろう。

さらに残念ながら、綾羽乃宮庭園内には動物園や水族館、遊園地といった施設は存在していない。一応、馬がいて乗馬もさせてもらえるが、綾羽乃宮庭園で明確に飼育している動物はそれだけだ。

なんだかんだでデートスポットとしてなど利用はされているものの、分かりやすく万人受けする施設は一切ないのが綾羽乃宮庭園である。

達也、真琴、詩織の三人は普通に隅々まで楽しめるだろうが、澪がどうかというとなんとも言えない感じなのだ。

綾羽乃宮庭園に関してはまだ直接入ったことがない宏だが、綾羽乃宮庭園も日本の観光名所の宿命から完全に逃れられているわけではないことぐらいは、公式ホームページの写真やＶＲのほうの庭園を見て察している。

なので宏は、あえて澪に楽しむよう念押ししたのだ。

「日本で観光地に行くの、初めて」

そんな宏のひそかな心配をよそに、明日の庭園観光を心の底から楽しみにしている澪であった。

☆

「そろそろ達也さん達、綾羽乃宮庭園に入った頃かな？」

「そんなに気になるんだったら、学校休んで一緒に行けばよかったのに」

「先月もお母さんのわがままに付き合って休んだばかりだし、さすがに今日まではちょっと……」

達也達の動向を気にしてそわそわしている春菜に、思わず呆《あき》れた笑みを浮かべてしまう蓉子《ようこ》と美《み》香《か》。

修学旅行の時に続いて二回目とはいえ、まだ一時限目が終わったばかりの時間だ。いくら何でも気にしすぎである。

それだけ春菜の情が深いのは分かっているが、同じ条件で宏が落ち着いているのだから、さすがにいい加減落ち着けと言いたくなるのも無理はないだろう。

因《ちな》みに、蓉子と美香も達也、真琴、詩織の三人との面識を得ている。休校の間に見舞いに行った際に、顔を合わせる機会があったのだ。

「いくら気にしたところで今日は六限まで補習入っとるし、向こうで兄貴らに合流するんは無理やで」

「分かってるんだけど、気になるものは気になるよ」

「まあ、その気持ちは分からんでもないけどなあ」

普段、滅多に駄々をこねない春菜の珍しい姿に、しょうがないなあという感じの表情を浮かべる宏。

常日頃の行動を考えると、完全に立場が逆転している。

「それにしても、前々から思ってたんだけど、春菜ちゃんってこういうとき、間が悪かったり貧乏くじ引いたりすること多いよね～」

「そうね。修学旅行の時も、普段なかなか会えない友達が潮見に来てて、春菜だけが会えない状態になってたんだっけ？」

「私だけじゃなくて、達也さんも会えなかったんだけど……」

「ああ、そうなの。でも、あの人はそういう部分でも大人だから、春菜みたいに寂しがってがっくりしたりとかはしないでしょ？」

「まあ、すごく残念がってはいたけど、ちゃんと割り切ってはいたよ」

駄々っ子モードに入りかけている春菜を、矛先を逸《そ》らさせることでどうにかなだめようとする蓉子と美香。春菜の駄々など可愛《かわい》らしいものではあるが、それを聞かされ続けるとそうでなくても面倒くさい補講が、さらに面倒な気分になってしまう。

なので、自分達の精神衛生上、春菜には落ち着いてもらいたいのである。

「この感じやと、晩飯ぐらいはみんなで食いに行かんとあかんかなあ……」

「多分、それぐらいはしないと収まらないと思うわ」

どうにも身が入っていない様子の春菜に、苦笑しながらそう結論を出す宏と蓉子。

そのタイミングでチャイムが鳴り、二時限目がスタートする。

結局、春菜に引きずられてかどうにも授業に身が入らないまま、補講という名の長い一日を戦い抜くことになる宏であった。

☆

「ここなんか、よさげじゃない？」

「ん。この構図だと、師匠と春姉《はるねえ》がハイタッチとかしてると見栄えしそう」

宏と春菜が集中力を欠いた状態で三時限目の授業を受けているちょうどその頃。

達也と詩織夫妻と真琴、澪の四人は、綾羽乃宮庭園の奥地にある有料ゾーン『鉄斎《てっさい》の庭』で、明日の撮影によさそうな場所と構図を見繕っていた。

「じゃあ、ちょっと確認するね～」

「お願いするわ」

真琴と澪の提案を受け、宏と春菜のダミーデータを立体投影して大まかにポーズを取らせ、構図を確認する詩織。

デザイナーという仕事柄写真を撮ることが多い詩織は、このメンバーの中で一番カメラの腕がいい。また、手持ちのパソコンの中にもそれ専用のソフトやデータを大量に保存してあるため、結構いろんなことができるのだ。

もっとも、あくまで本業はデザイナーなので、プロの写真家ほど素晴らしい写真を撮れるわけではない。あくまで、大学でデザインを勉強した際に講義で基礎を学んだだけなので、特技と呼べるほどの技量はさすがにない。

「……うん。確かに見栄えは良さそう。あとは明日、実際にヒロ君と春菜ちゃんにやってもらってから、かな？」

「そうだな。次はこっちか？」

「了解。……この木と草花の配置だと、この角度からかな？　タッちゃん、真琴ちゃん。ビーコン出すから、その位置に立ってこう、悪友っぽい感じに笑って拳とか合わせる感じのポーズやってみてもらっていい？」

「おう」

「ちょっと待って。えっと、この位置で達也とあたしの体格差だと、こういう感じ？」

詩織の指示に従い、並んで立って軽くポーズを決める達也と真琴。立ち位置や体格差から、拳を合わせるのではなく真琴の裏拳を達也が手のひらで受け止める感じになる。

真琴が割とノリノリでポーズを決めたこともあってか、自然と達也の表情もそれらしいものになる。明らかに悪いことを考えている感じの実に楽しそうな表情を浮かべる真琴に対し、真面目に裏拳を受け止めながら、やはりどことなく悪いことを考えているように見える表情を見せる達也。

なんだかんだで、表情の主成分が苦笑になってしまうあたり、達也の達也たるゆえんである。

なお、割と密着気味で見ようによっては手を握っているように見えなくもないのに、色っぽさとか男女関係を匂わせる雰囲気が皆無なのは言うまでもない。

「お～、ばっちり！　もったいないから撮っちゃうね」

「おう」

イメージどおりでありながら、イメージ以上にしっくりくる素晴らしい構図に、もうこれ本番でいいじゃんとさっくり写真を撮る詩織。

「……ん？」

「どうした、真琴？」

「大したことじゃないんだけど、さっきから妙に蜂が飛んでる気がしない？」

「言われてみりゃ、そうかもな」

真琴に言われてざっと見渡し、確かにと頷く達也。

屋根などないただ広いだけの庭なので、鳥や蜂などが入ってくるのは別段おかしなことではない。

だが、飛んできたにしては妙に数が多い。

「もしかして、蜂の巣とかできてる？」

「こういう庭だからありえないとは言わねえが、ちゃんと管理してる庭だから、蜂が飛び回るほどでかくなる前に駆除はしてるんじゃねえか？」

澪の思いつきに、可能性は認めつつも否定的な見解を示す達也。

いくらあまり人気がなかろうと、観光客が入る有料エリアだ。

万一にもそういう危険がないように、そのあたりの処理はちゃんとしていないとおかしい。

「……澪、ビンゴみたいよ」

「えっ？」

「微妙に見落としてもしょうがないサイズのを、見つけちゃったわ……」

そう言って、複数の枝が重なり合っている場所を指さす真琴。

真琴が示したあたりには、子供の握りこぶしよりやや小さいぐらいに育った蜂の巣があった。

「……むう、あの位置であの大きさだと、注意して探してもすぐには気がつかない……」

「蜂の巣が育つ速度ってよく知らないんだけどさ、あの大きさだと多分、できたの割と最近じゃないかしら？」

「ん。種類や環境で変わるから断言できないけど、多分一カ月は経《た》ってない。もしかしたら、二週間ぐらいかも」

「害虫駆除をどの程度の頻度でやってるかにもよるけど、そのぐらいの期間だと駆除が後手に回ってもおかしくはない感じね」

「直近の害虫駆除の時はまだ全然育ってなくて、普通に見落としたんだろうなあ……」

「なんだかんだ言って、このお庭ものすごく広いから、手入れや害虫駆除を一度に全部やってるとは限らないしね～」

つい見つけてしまった蜂の巣について、そんなことを言い合う一同。

正直な話、普通の蜂などたとえそれがオオスズメバチであろうと、詩織以外には一切脅威にならない。

その詩織に関しても、まだスキルオーブで初級までしか盛り終わっていないものの、普通の人間のように致命的なダメージを受けることはなくなっていたりするのだが。

「ん〜……、そうね。気がついちゃったし、駆除しとこうかしら」

「おい、ちょっと待て真琴。お前、近接型だろうが。あんな遠くの蜂の巣をどうする気だ？」

「どうするって、こうするのよ。伝統芸、殺虫パンチ！」

達也の突っ込みににやりと笑い、気を込めたジャブを蜂の巣に向かって放つ真琴。

拳型のオーラが一直線に蜂の巣に向かって飛んでいき、一瞬で跡形もなく粉々に粉砕する。

巣がぶら下がっていた木の枝や幹には一切影響を与えていないあたり、実に器用なことをしている。

考えるまでもなく、能力の無駄遣いである。

「ざっとこんなもんよ」

唐突に巣が潰れてあたふたと飛び回る蜂を見ながら、ドヤ顔で胸を張る真琴。

そんな真琴に対し、思わず額を押さえながら達也が突っ込む。

「あのなあ……、そういう一般市民が絶対できないようなことは避けようぜ、って言ってただろうが……」

「これぐらいだったら誤差よ誤差。そもそも、たとえ見られてたとしても、あたしがふざけてジャブ打ったぐらいにしか思われないし」

「この場所で、さっきみたいな写真を撮るわけでもないのにふざけてジャブ打つとか、痛い女に見えないか？」

「……そこまでは考えてなかったわ……」

達也に突っ込まれて、ようやくやらかした内容を理解する真琴。

そこに追い打ちをかけるように、詩織が殺虫パンチの写真をカメラのモニターに表示して見せる。

「なかなかいい写真が撮れたけど、どうかな～？」

「……真琴姉、いい表情」

「シチュエーションが意味不明なのが面白いな」

詩織の撮った写真を見て、口々に真琴をいじり始める澪達。

そのやり取りに、羞恥《しゅうち》でもだえる真琴。

「それで、ここでの写真はこれぐらいでいいとして、せっかくお金払って入ってるんだから、他の場所でも撮影したいかな」

もだえる真琴を横目で見ながら、そんな希望を口にする詩織。

「だったら、水車があるらしいし、裏庭に回るか」

「ん、それがいい」

詩織の希望を聞いて、パンフを見ながら即座に次のスポットを決める達也と澪。

その後一時間ほど、家屋の中や納屋の側など、写真映えする場所で片っ端から撮影を続ける。

「なんか、結構な枚数撮っちゃったよね～」

「その分、明日は他のところを回る時間が取れるからいいんじゃないか？」

「それはそれで春菜が寂しがりそうな気もするんだけどね」

「どうせ全部は無理なんだから、そこは諦めてもらうしかねえさ」

宏と春菜が絡まぬショットの大部分を撮影してしまったことに対して、そんなことを言い合う年長組。一般的な使い捨てカメラなら、一番枚数が多いタイプのものでも普通にフィルムを使い切っている枚数は撮影している。

余談ながら、撮影機器もデジタル全盛になっているこのご時世だが、使い捨てカメラもそれなりの需要で生き延びている。恐らく、パソコンの非物理デバイスで撮影することに馴染《なじ》めない世代がいなくなるまで、使い捨てカメラの需要がまったく存在しなくなることはないだろう。

そのままの流れで小休止を入れ、手近な東屋《あずまや》で一息入れながらこの後のことについて相談に移る。

「まあ、昼まではこのままここで撮影を続けるとして、飯のあとはどうする？」

「師匠が一緒だと厳しい、人が多くて人気のあるスポットを巡りたい」

「そうだな。ついでに、あっちこっちにキッチンカーが出店してるみたいだし、適当に回るか？」

「ん」

モニターを目の前の空間に投影し、混雑状況付きの庭園全体のマップを見ながら、どこを見て回るかの意見を出し合う達也と澪。

それでいいかと問いかける達也の視線に対し、特に異存はないと頷く真琴と詩織。

「だとしたら、無料ゾーンの生垣《いけがき》迷路か有料の欧風庭園が候補だな。他だと、同じく有料の大温室付き植物園か」

「この混雑具合だと、全部は厳しそうね」

「ん。というか、生垣迷路は近くの広場に屋台が多いから、これからの時間帯は特に危険」

「そうだな。ってことは、距離的にも第一候補はやっぱり欧風庭園か？」

「私はそれでいいと思うよ～」

「てか、無料の生垣迷路は明日早めに、……そうね、九時前ぐらい、欲を言うなら八時半頃がいいかしら。それぐらいに来て撮影の前に見て回るぐらいでいいんじゃないかしら？」

「ん。それだったら師匠も一緒に回れるかも」

真琴の提案に、即座に食いつく澪。

駐車場は夜十時に閉鎖され翌朝六時半まで利用できないが、綾羽乃宮庭園の無料ゾーン自体には、二十四時間いつでも入ることができる。

そして、この手の庭園の基本として、朝十時を回るぐらいまでは人が少ない。

どんなに朝早くから来ても、人の少ない時間帯に全ての人気スポットを回ることなど不可能な広さではあるが、それでも人気スポット一カ所ぐらいは人が増える前に見て回れるだろう。

「じゃあ、午後からは欧風庭園として、ご飯はどこで食べる？」

「庭園内にあるレストランは五軒か……。間違いなくどこも混んでるだろうな」

「それ以外となると、有料ゾーン内かミュージアムレストランになってくるわね」

「他に何か食えそうな場所はってえと、キッチンカーを横に置いとくと、喫茶店やカフェの類《たぐい》が七カ所、ファーストフードも扱ってる類の売店が十カ所か。そのうち七カ所は、コンビニのホットスナック程度のものしか売ってねえみたいだがな」

庭園内の飲食関係のデータを確認し、思わず頭を悩ませる一同。

ライブカメラの映像が、上野公園などの山手線沿線の観光スポットと大差ない人混みを映しているのも、頭を抱えたくなる要素である。

はっきり言って、ここに宏を連れ込むのは間違いなく不可能だ。

「……なんかこの映像、ここと同じ庭園内とは思えない人混みになってるわねえ……」

「てか、これだけいたら緊急避難的にこの中に入ってくる人もいるだろうに、ビビるほど他人と会わねえよなあ」

「ん。撮影中に遭遇したの、たったの五人」

「いい場所なのに、なんでお客さん来ないんだろうね～？」

同じ庭園内の施設とは思えない人口密度の差に、なんとも不思議なものを感じてしまう一同。

確かにこの鉄斎の庭は、知らなければ入ろうとも思わないほど入口が地味だ。広い庭園の奥まった場所にあり、入口からはとにかく遠いのも事実である。

が、明らかに万人単位の来場者がいるというのに、大多数がスルーするというのは間違いなく変だ。

それを意識してしまうと、この静けさが不気味にすら感じられてしまう。

そう意見が一致する達也達。

「……正直、綾羽乃宮で綾瀬《あやせ》教授が絡んでるから、どんな仕掛けがあってもおかしくない」

「……まあ、澪の言うとおりなんだが、だったらなんでここをガードしてるのか、ってのが疑問ではあるな。仮に本当にガードしているのであれば、だが」

「綾瀬教授、確か鉄斎氏のお気に入り」

「鉄斎の庭って昔から名前からして、そこが絡んでそうだよな。ガードしてるんだったら」

澪の指摘に小さく頷く達也。とはいえ、基本部外者でしかない達也達に、そのあたりの真相など分かるはずもない。

「まあ、考えても分かんないことは置いといて、撮影に戻りましょ」

「ん。それにしても、ちょっと思った」

「何よ？」

「これだけ人がいないと、この中で声全開で盛《さか》ってても、見つかるリスク低そう」

「……あんたねえ。なんですぐそういう方向に発想がいくのよ……」

「そっち方面のギャルゲーとか漫画だと、結構あるシチュエーション」

「そういうこと言ってんじゃないわよ！」

例によって例のごとく、何重もの意味でダメなことを言い放つ澪。

澪の言い分に内心で同意しつつも、年長者として全力で突っ込みを入れておく真琴。

何が問題かといって、本番に至るかどうかや本番描写があるかどうかを横においておけば、こういうシチュエーションでイチャコラする作品など普通に転がっていることであろう。

澪の場合は基本的に口だけだとは知っているが、今回のようなロケーションだといずれ本当に本番に突入しようと画策しないかというのが、真琴としてはとにかく心配でたまらない。

「どうでもいいけど、これと同じぐらい鉄板の観覧車で本番、あれって間に合う？」

「だからそういうことを考えてんじゃないわよ！」

「大丈夫。仮に間に合ったとして、臭《にお》いでバレバレなのにやるわけが」

「そういう問題じゃないでしょうが！」

そのままの流れで、いつものように年齢的に触れてはいけない系統の作品によくあるシチュエーションで話題を膨らませようとする澪と、それを全力で潰しにかかる真琴。

そんないつもの会話を聞きながら、どことなく遠い目になった達也が口を開く。

「なあ……」

「うん。前は逃げられちゃったから、今度こそしっかりとっちめておかないとね～」

「つうかあいつ、まだ澪に貢いでんじゃねえだろうな……」

「そのあたりも、今度しっかり確認しようね」

あまりに手遅れな澪を見て、彼女をこんな風にした元凶を、今度こそどんな手段を使ってでもとっちめてやることを心に誓う達也と詩織であった。

☆

「ってなわけで、今日はほとんど下見だった」

その日の夕食時。本日不参加だった宏と春菜に、達也が一日の行動を説明した。

なお、夕食は神の城で神の食材を使った豪華な定食を食している。無論これは、春菜の憂さ晴らしも兼ねた行動である。

早くも、一人前二十五万円の高級料理に使われていた超絶技巧が一部分とはいえ再現されているあたり、食い意地がどうとかそういうところを超越した春菜の食にかける情熱の一端を垣間見ることができよう。

「……結構たくさん撮ってるね」

「そこはもう、勘弁してくれるとありがたい」

「うん、まあ、しょうがないことだし、グチグチいうのも筋違いだしね。ただ、この写真とかこの写真とかは、撮ってる瞬間をすごく見たかったな、ってどうしても思っちゃうけど」

「あ〜、まあ、そうだろうなあ」

思ったよりも荒れていなかった、というか物分かりのいい態度の春菜にやや拍子抜けしつつ、指し示された写真を見て納得する達也。春菜が示した写真はどれも特に出来がいいもので、写っている人間の表情も自然でかつ楽しそうなのだ。

所詮《しょせん》はアマチュアレベルの写真なので、プロから見ればいくらでも工夫の余地がある写真ではあるが、逆にその分自然な感じが際立って魅力的な作品である。

とはいえ、テストショットを含めて数十枚撮ったうち二、三枚だけしか、ちゃんとした写真がないのがアマチュアである詩織の限界だろう。

もっとも、そもそもの話として身内や知り合いに見せるための写真に、プロの腕など必要ないのだが。

「それで、明日早朝に生垣迷路を見に行きたい、だっけ？」

「ん。せっかくだから、時間選べば師匠も一緒で大丈夫なところは、みんなで行きたい」

「だったら、私のコネを使えば確実に朝一番で見に行ける手段があるけど、どうする？　因みに朝食付き」

「……もしかして、春姉。それって庭園に泊まるとか、そのパターン？」

「近いけどちょっと違うよ。綾羽乃宮家の本邸に泊めてもらうの。幸いにして、詩織さん以外はお母さんに引っ張りまわされたときに綾乃おばさんと未来おばさんには会ってるから、セキュリティ面でも問題はないし」

割ととんでもないことを言い出す春菜に、やや遠い目で視線を泳がせる澪。

春菜と関わり続ける以上仕方がないことではあるが、正直フェアクロ世界でならともかく日本でセレブな世界に深入りしたくはない。

だが、春菜がその気になっている以上、ここは抵抗しても無駄だろう。夕食が終われば普通に八時を回るが、春菜がそんな常識的なことをわきまえていないはずもない。それを踏まえたうえで言い出す以上は、多少非常識な時間に転がり込んでも問題ないということだ。

とはいえ、時間に関しては一応突っ込んでおかねばなるまい。どうせ問題などないだろうが、確認しておかねば精神衛生の面でよろしくない。

「春姉、ご飯食べてからだと八時回るけど、それは大丈夫なの？」

「うん。実は放課後に、八時過ぎてから行っても大丈夫か確認だけはしてあったんだ。行き先が綾羽乃宮庭園の各施設だったら、本邸に泊めてもらったほうが圧倒的に早くて楽だと思って」

ある意味予想どおりの春菜の答えに、やはり避けられない運命というのはあるものだ、と再び遠い目をする澪。幸いにして、食事の提供が朝食だけなので、春菜の家に誘われたときのように気を使って食べねばならない時間は短くて済みそうなのが救いではある。

「向こうがいいっていうならいいんだが、そんなホテルの代わりみたいな扱いするのって、どうなんだろうな」

「空き部屋が多くて維持してるだけだともったいないから、ホテルの代わりでいいから理由があるんだったらどんどん泊まってほしいらしいよ。働いてる人も、使わない部屋の掃除とかって張り合いがないいって言ってたし」

「あ〜、私、その気持ちはちょっと分かるかも」

達也の疑問に対する春菜の説明に、味噌《みそ》汁の味を楽しんでいた詩織が理解を示す。

今でこそ在宅ワークだが、詩織にも二年ほど通勤していた時期があった。その頃に業務の一環として機材の保守管理をしていたことがあり、頻繁に手入れが必要な割に滅多に使わない、そのくせないと困る器具を手入れしているときに、よく似たような気持ちを味わっていたのだ。

結局、詩織がその業務を担当している間にその器具が使われたのはたったの一度で、詩織が在宅ワークに移ってからも四捨五入の対象にならない程度の回数しか使われていなかったりする。

レンタルしたり手入れを怠って使えない状態にしてしまったりすると非常に高くつくこともあり、歴代の担当者はむなしさと戦いつつもせっせと丁寧に手入れしているようだ。

因みに、現在詩織は春菜や真琴がフェアクロ世界で着ていた霊布の服、それを大人っぽくアレンジしたものを着ている。

今後詩織を連れて向こうに行くときのために作っておいたものを、ちょうどいい機会だからと試着してもらっているのである。

なお、デザインのアレンジは詩織本人がしている。服飾デザインは本職ではないが、基本ぐらいは学んでいるからかそれなりにはこなせるようで、なかなか様になっている。

ついでに、ちょうどいい機会だからと、デザインはしたものの作る機会がなかった春菜と真琴と澪、三人お揃《そろ》いの服も詩織にアレンジしてもらったうえで作っている。

ただし、こちらは現時点ではまだ、誰も袖を通していない。

「どっちにしても、もともとお昼は本邸で用意してもらう手はずになってたし、本邸の人達って仕事増えるほうが喜ぶ人多いから、確認取った時点でたぶんその気になってると思う」

「つうかそれ、どんだけ客少ないんだよ……」

「さすがに綾羽乃宮の名前的に、下手に人を泊められないから」

「だったら、俺達はどうなんだって話になるんだが、それ」

「厳しい宿泊審査をパスした、ってことでいいんじゃないかな？　私とか親戚とかの友達でも、全員ＯＫ出てるわけじゃないし」

あっさり怖いことを言う春菜に、苦い顔をする達也。事実上世界を牛耳っているという噂《うわさ》すらある綾羽乃宮グループ、その創業者一族にそこまで認められるのは人として嬉《うれ》しくないとは言わないが、はっきり言ってそのレベルの人間関係は手に余る。

世間一般から見ればぎりぎりながらエリートに分類されるとはいえ、達也には世界相手にどうこうするような野心はない。小市民的な幸せを求める達也からすれば、綾羽乃宮一族だの綾羽乃宮商事の現トップだのは名刺交換すら避けたい相手なのだ。

無論、そういう人材だからこそ春菜の無意識の線引きをくぐり抜け、天音《あまね》や雪菜《ゆきな》に特別扱いをさせ、さらに綾羽乃宮家の皆様が本邸にフリーパスで受け入れることを決めさせたのだが、本人にその自覚はない。

「てか、達也。あんたぐらいの立場だと、普通はこういうのすごく喜ぶもんだと思うんだけど、そこまで嫌なものなの？」

「嫌だっていうか、ヘタにこういうコネを持っちまうと、がんばって成果出してもどこかで綾羽乃宮のおかげで優遇されたんじゃねえか、って気分になってあんまり喜べねえんだよな」

「だったら、逆に綾羽乃宮を利用して成果出しちゃってもいいんじゃないの？　あんたが小市民的な幸せを求めるタイプだってことは知ってるけど、別にまったく野心がないってわけじゃないでしょ？」

「そりゃ、俺だってささやかな野心ぐらいは持ってるがね。所詮俺レベルが持つ野心なんざ、こんなデカい後ろ盾に頼らずに自分で作った人間関係と俺自身の能力だけで達成するのが筋ってもんだ」

「そういうところが気に入られてんじゃないの？」

なんとなく意地悪をしたい気分になった真琴が、達也を軽くつついて追い詰める。

人の悪い笑みを浮かべながらそうやって言い詰めてくる真琴に、思わず苦笑を返す達也。

「それで、春菜ちゃん。真相はどんな感じ？」

「まあ、分をわきまえてる人とか、自分の利益のためだけにはコネを使わないタイプの人とかは気に入られる傾向があるよ。あとは、綾羽乃宮って名前をあんまり気にしない人？」

「ああ、確かにタッちゃんなら、大体の条件に当てはまってるよね～。でも、綾瀬教授以外とは直接会ったことがない私もＯＫなのは？」

「申しわけない話ではあるけど、達也さんが私と深くかかわることになった時点で、多分身辺調査はしてるから、そこに詩織さんの情報も入ってると思うんだ。で、それ見たうえで天音おばさんの印象も合わせて合格だったんじゃないかな。詩織さんって、利用しようって気はないけど、必要以上にかしこまったり馴《な》れ馴《な》れしくしたりはしないし、達也さんとか宏君とは別方向で綾羽乃宮の人達が好きなタイプだとは思うよ」

「なるほどね〜」

春菜の説明に、なんとなく納得してしまう詩織。

はっきり断言できるのは、もはや今後どうやったところで、春菜の人間関係の中にどっぷりつかることは避けられない、ということであろう。

一歩間違えれば問答無用で排除される立場になっていたことを考えると、調子に乗りさえしなければ身の安全はある程度保証されている今の立場に文句を言っても仕方がない。

正直に言うなら、達也と同等レベルには小市民の詩織としては、かつての春菜の友人達のように、人間関係から排除されず、だが宿泊審査はパスしない程度が一番落ち着けそうなのだが、今更言ってもどうにもならない。

「ねえ、春姉」

「何？」

「とりあえず、泊まらせてもらったりご飯ご馳走《ちそう》してもらったりするのって、今後の面倒と引き換えの役得、ぐらいでいいの？」

「そんなところかな。因みに、真琴さんと澪ちゃん、詩織さんに関しては、今後間違いなく綾乃おばさんの買い物ツアーとか未来おばさんのモデルという名の着せ替え人形に付き合わされるから、ちょっとだけ覚悟しててね」

「着せ替え人形は分かるけど、その建前がモデルってどういうことよ？　前に綾乃さんと未来さんを紹介してもらったとき、そのあたりの話は何もなかったと思うんだけど？」

「あ～、説明してなかったね。未来おばさん、道楽で自分の服飾ブランド持っててそのオーナー兼デザイナーやってるの。エンジェルメロディっていうブランド、聞いたことない？」

春菜の口にしたブランド名に、絶望的な表情を浮かべる真琴と詩織。

それもある意味当然であろう。一見して子供服を連想させるブランド名でありながら、エンジェルメロディの服は小学校高学年から還暦を超えた人まで、幅広い女性をターゲットにしたオーダーメイド主体の女性向け高級ブランドである。

高級ブランド、というだけでも真琴や詩織の腰が引けるのも仕方がないが、それ以上にエンジェルメロディの服はデザインの素晴らしさゆえに、ものすごく着る人を選ぶ。

一番容姿を選ばない服ですら、中身が伴っていないとびっくりするほどダサく、痛く、卑しく見えてしまうのだから、自身にそれほど自惚《うぬぼ》れを持ち合わせていない真琴や詩織からすれば勘弁してほしい話であろう。

このエンジェルメロディ、天音と同じ歳の未来が立ち上げたブランドであるがゆえに、当然歴史は浅い。それだけに格式だの業界の常識だのにとらわれず、また、綾羽乃宮の力を使って結構な無茶もしてきたブランドだ。

その最大の無茶であり功績でもあるのが、百六十センチ未満でＢＭＩ値が22以上の普通の体形だったりグラビアアイドル体形だったりする女性をモデルとして使い、最終的にパリコレなどの権威あるファッションショーでそれらのモデルが通用するように業界を改革してしまったことであろう。

そのことに賛否は分かれているものの、自分に対する自信と世界に対する発言力や影響力を持っている女性の大部分がエンジェルメロディの服を支持している、という一点から一般的な評価はおおよそ察せる。

そんな大層なブランドであるが、始まりは未来が天音や天音の妹の美優《みゆ》、春菜の母雪菜、果ては自身の母親の綾乃の服をデザインしてはせっせと作り、着せ替え人形にしてその出来栄えのすばらしさに使用人達とうっとりしていたことだというのは、基本的にあまり知られていない歴史である。

着せ替え人形にされた人々の容姿や品性、人格などを考えれば、やたらと着る人を選ぶブランドになったのも仕方がないといえばいえる。

生まれた頃からモデルにされている春菜や、これから巻き込まれるであろう真琴達には、何の慰めにもならない話ではあるが。

「澪、あんたエンジェルメロディって聞いてよく平気でいられるわね……」

「真琴姉、分かってない」

「分かってない、って何がよ？」

「ボクが服のブランドの知識なんて持ってるわけがない。それこそ、コンビニやスーパーの品揃《しなぞろ》えと同レベルの知識量」

「あ～、そうね。寝たきりでダメな感じの趣味に全力だったあんたが、服のブランドになんて興味示すわけなかったわね……」

「ん、そういうこと」

今回に限っては羨《うらや》ましい種類の無知ぶりを堂々と自慢する澪に、納得しつつがっくりするものを感じる真琴。

ほとんど表情が動いていないのに、どう見てもはっきりとドヤ顔をしているのが分かる澪の顔つきが妙にイラッとくる。

「まあ、いずれにしても早いか遅いかの違いって感じだし、ご飯終わったら着替えとか準備して待ってて。いつきさんの車で迎えに行くから」

春菜の念押しの一言に、諦めのため息と共に頷いて同意を示す一同。

こうして、どんどん深みにはまっていく宏達であった。

☆

「へえ、これが生垣迷路か」

「近くで見ると、なかなか立派だな」

「ん。でも、ちゃんとマッピングしておかないと、普通に迷いそう」

翌日の午前八時半。

屋敷を維持する皆様のおかげで思ったよりリラックスして夜を過ごせた一行は、普段と同じ時間の朝食を済ませ、早々に庭園観光に乗り出していた。

「しかし、本気でこの時間は空《す》いてるなあ」

「本当に、びっくりするぐらいガラガラねえ」

「昨日の混雑は何だったんだ、って感じだよね～」

従業員が最短三十分待ちという看板を上げていた昨日の混雑を思い出し、小さく苦笑する年長組。

まったく人がいないわけではないが、清掃中の従業員を含めても見える範囲にいる人間は十人を超えない程度だ。

おかげで、詩織が堂々と写真を撮っても誰の迷惑にもなっていない。

「土日の場合、いいところ十時半ぐらいまでしか時間帯の魔法は効果がないんだよね」

「せやなあ。毎年おっきい休みやと、地元のローカルニュースで何人来とるとかいうんが話題になるぐらいやからなあ。しかもこの公園、夏場でも結構涼しいっちゅうか、熱中症の話題沸騰中でも割とそこまで暑くならんっちゅう話やから余計やろうな」

「うん。いい風が吹くし、アスファルトで舗装してるようなところも少ないし、それに日陰も多いからね。まあ、結構涼しいっていっても夏は夏だから、暑いのは暑いんだけど、平均するとぎりぎりで三十度を超えるかどうかぐらいらしいんだ」

「今も、ええ感じの風が吹いとるしなあ」

宏の言葉を肯定するように、夏の暑さをさわやかに感じさせる程よい強さのそよ風が、公園全体を通り抜ける。公園の構造上、地面からの照り返しも少なく、また空調を効かせている建物も少ないためヒートアイランド現象とも縁が薄い。

さすがに芋洗い状態になると公園の地形効果も機能しなくなるが、そこで効いてくるのが入場無料という魔法。地元民であればバス代往復四百円で市内のほとんどの場所から遊びに来られることもあり、人が多すぎて暑すぎるとなると、大抵は割とあっさりバスなどで中心市街のほうに移動する。

それでも人気のあるエリアは庭を見に来たのか人を見に来たのか分からなくなるあたり、やたら集客力のある庭園ではある。

「さ、せっかくだからいっぱい写真撮っちゃおうよ」

「ん。でも春姉。下手に中に入って迷子になったら、人増える前に脱出できる？」

「あっちこっちに出口への順路が描いてあるから大丈夫だよ」

「なるほど、了解」

春菜の説明に納得し、結構な広さの生垣迷路に入っていく澪。

わざと迷いながらうろうろし、季節の花が咲いているところで写真を撮り、迷路内の広場に生えている木登りＯＫの木に登り、と、一時間ちょっと迷路の中を動き回る。

「人気になるのも分かるけど、一度これだけ空いてるところを体験しちゃうと、並んでまで入るようなところじゃないって感じしちゃうわねえ」

「そうだな。人が多すぎて上しか見えないって状況でも、いろいろ見れて楽しいのは楽しいんだがなあ。前の人にぞろぞろついて歩いて、ってなると、この迷路の魅力半減だよなあ」

「ただ見て回るだけでも楽しいのは確かだけど、迷路なんだからやっぱり、今みたいに空いてるときにうろうろしたいわよねえ」

「地元民とか俺達みたいなフリーで来てる人間はともかく、バスツアーで来てる人なんかはそうもいかねえだろうしなあ……」

「でも、そういう人達は、三十分も並べないのよねえ」

ひとしきり迷路を楽しんだ後、素直に思ったことを口にする真琴と達也。

わざと迷うことで見られる景色や要所要所に咲いている季節の花、子供から大人まで楽しめる仕掛けなど、無料ゾーン一番人気の理由がよく分かるだけに、昨日見たような混雑状況になるのは実にもったいない気分だ。

何よりもったいなく感じてしまうのは、恐らく混雑した状態で入っても、三十分並んで入るだけの価値が十分あるように工夫されていることである。

この分では、何度も来ているのに本当の魅力に気がついていない人間もいるかもしれない。

「さて、あと一時間ぐらいはそんなに混雑しないし、隠れた人気スポットを見に行こうよ。撮影現場に近い場所にお勧めのところがあるよ」

「そうだね～。せっかく休みなのにいつもと同じぐらいの時間に起きたんだし、空いてる間にいっぱい見て回らないともったいないよね～」

春菜に促され、ぞろぞろと移動を始める一同。移動途中でも見頃の花だったり感じのいい遊歩道だったりがあり、その都度何枚か写真を撮りながらのんびり移動する。

そして……。

「へえ……」

「なるほどなあ……」

「展望そのものは、もう一つの大展望台のほうがいいんだけどね。ここは借景の仕方が大展望台より良くて、ひそかに人気があるんだ。ちょっと入口から遠くて、比較的空いてるのもポイントかな」

春菜の説明を聞きながら、庭園と海が上手《うま》い具合に重なり合って見えるその景色に息を飲む一同。

春菜に案内されたのは、無料ゾーンの隅っこにある展望台であった。

遠いだけでなく標高的な意味で結構な高さにある展望台。一般客が使えるエスカレーターやエレベーターの類がないため、なかなかの距離を歩いて上ることになったが、それだけの価値は十分にある。

「因みに春菜さん、ここピークやとどれぐらい人来るん？」

「展望台から景色を見るのは問題ないけど、集合写真とかは無理なぐらい、かな？」

「そらまた、結構な混雑になるんやな」

「うん。因みに、個人的に一番なのはここで見る日の出なんだけど、ちょっと早く起きなきゃいけないから今日はあえて外したの。今度はみんなで朝日を見ようね」

「せやな。楽しみにしとくわ。ほな、せっかくやから集合写真やな。ついでに何枚か撮っとくか？」

「そうだね」

宏に促され、みんなで何枚か写真を撮る。

結局、今回のベストショットは、急遽《きゅうきょ》この展望台で撮ることに変更した宏と春菜のハイタッチ写真であった。

第12話　神様の加護があってもお金の問題はどうにもならないのですね……

「そろそろ、こっちも収穫時《どき》やな」

「うん、そうだね」

七月、夏休み初日。宏《ひろし》と春菜《はるな》はいつものように、早朝から貸し農園で農作業をしていた。

一部の作物はそろそろ熟してきており、畑は夏の収穫祭という様相を見せつつある。

因《ちな》みに、この年は二十四日に終業式を行い夏休みは二十五日スタートとなっている学校が多い。宏達の地域にある学校も澪《みお》が在籍している学校も、夏休みは二十五日スタートである。

「それにしても、様子見ながら結構手探りで育てた割には豊作だよね」

「せやなあ。これでも無駄に出来すぎんように結構間引いたんやけどなあ」

「みんなにお裾分けして毎日食べても、さすがにちょっと食べきれない感じだよね」

「まあ、この広さの畑っちゅうたら、そうなるやろうなあ」

きゅうりをはじめとした大量の収穫物に、苦笑しながらそんなことを言い合う宏と春菜。

現在の時刻は八時を少し過ぎたところ。六時半頃から作業を開始し、こまごまとした畑の世話や収穫できる野菜を収穫し終えたら、この時刻になっていたのだ。

「売りもんにするには量少ない、っちゅうかそもそも流通に乗せるような規模の畑やないしなあ」

「まあね。それに、仮にもっと畑借りてたくさん育てて流通に乗せるにしても、どこに持ち込んでどうやって売って、税金どうやって納めればいいのか、っていうのが全然分からないけど」

「せやねんなあ。農協通せばええんやろうけど、そこまでして農業で生計立てんでもええんちゃうか、っちゅう感じやしなあ」

今日収穫した分だけでも段ボール何箱分かになる野菜に、最初からちょっと張り切りすぎたかと苦笑する宏と春菜。これが毎日となると、間違いなく持て余す。

「せっかくやし、ちょっとトマトでも試食してみよか」

「そうだね」

うだうだ言っていても仕方がないと、とりあえず日本に戻ってきてから初めての収穫物を試食してみることにする宏と春菜。その味は……。

「ホームセンターで仕入れた苗と肥料使うて育てた割にはなかなかなんちゃう？」

「そうだね。っていうか、小学生の頃に夏休みの自由研究で育てたトマトは、こんなに美味《おい》しくなかった気がするよ」

「ホームセンターの苗も、結構品種改良が進んどるっちゅうことやろうなあ」

「そうだろうね。秋のさつまいもとか、ちょっと楽しみ」

というものであった。

なおこの時、宏も春菜も自分の作った野菜ということで思い入れ補正をあえてマイナスにかけて評価をしていたが、実のところこのトマト、宏の顔写真でも付けてスーパーにややお高めの値段で並べれば、リピーターがつく程度には美味《うま》かったりする。

少なくとも、農家の生まれでもない高校生がホームセンターの苗と肥料で収穫した野菜と説明しても、誰も信じない程度にはいい出来である。

燃えろ！
ステーキ丼

収穫量も含めて、フェアクロ世界で鍛えた農業スキルが仕事をした結果なのは間違いない。

「とりあえず、持って帰って近所や知り合いにお裾分けしたあと、冷蔵庫の中かな？」

「せやな」

朝の間にできる作業も全て終え、片付けを始める宏と春菜。そこに転移反応が。

「……このタイミング、この転移反応のパターン、エルか？」

「……ああ、前回ってこういう感じだったんだ」

「せやで」

そんな話をしている間に転移が終わり、宏の予想どおりエアリスが現れる。

「ヒロシ様、ハルナ様、おはようございます」

「おう、おはよう」

「おはよう、エルちゃん」

転移してすぐに朝の挨拶を口にするエアリスに合わせ、挨拶を返す宏と春菜。

前回の教訓から、現代日本の一般的な服装を意識して衣装をチョイスしてきているようだが、以前よりは場違い感は薄いものの、やはりファンタジー感は拭《ぬぐ》えない。

が、もっと根本的な話として、春菜にしろエアリスにしろ、猛烈に畑仕事というものが似合わない華麗で可憐《かれん》な容姿をしている。

しかも、双方ともに内に秘めたカリスマ性がオーラとして漏れ出し、仮に容姿が普通であったとしても、立っているだけでこれでもかと人目を集めるだけの品格を身につけている。

結果として、地方都市の家庭菜園とは思えない、やたらと華やかな空間が完成していた。

「作業終わったって、いつきさんを呼ぶね。ただ、さすがにエルちゃんと野菜だけ先に運んでもらうっていうのはちょっと駄目だよね？」

「せやなあ。……ほな、自転車と作物は、緊急避難でいったん神の城の倉庫に突っ込んどくわ」

「うん」

エアリスが来たことで、内心大慌てになりながらあれこれ緊急対応を行う宏と春菜。特に、二台ある自転車を作物と一緒に積み込んだうえで、運転手も含めて四人乗れるような車が藤堂《とうどう》家にない。それに、作物も段ボール箱数箱分となると、さすがに普通のセダンではトランクに積みきれない。

昨日の朝の時点で、恐らく自転車で運びきれない量の野菜が収穫できると分かっていた。なので、各々段ボール一箱から二箱ほどを自転車の荷台に括《くく》りつけて運び、それ以外は素直にいつきに頼んで車で持ち帰ってもらう予定だったのだ。

その予定が狂ってしまったため、諦めて緊急避難に走ったのである。

「あ、エルちゃん。食べれそうだったら、トマトとかきゅうりとか適当に食べていいからね」

「ありがとうございます。それでは、トマトを一ついただきますね」

春菜に勧められて、目に入ったよく熟《う》れた真っ赤なトマトを手に取るエアリス。少し観察してからきれいな布で汚れをさっと落とし、小さくかぶりつく。

「とても美味しいです！」

「こっちで初めて育てた割には、なかなかやろ？」

「はい！」

穫《と》れたてのトマトの美味さに顔をほころばせながら、無心にかぶりつくエアリス。あっという間にヘタを残して食べ終える。

「手はそこの水道で洗えばいいよ。ヘタはあそこの蓋《ふた》を開けて中に入れておいてね」

「はい」

春菜の指示に従い、コンポストの蓋を開けてトマトのヘタを捨て、共同の水道で手を洗うエアリス。その間も宏達はてきぱきと片付けを進めていく。

こういうとき、自分だけ何もせずに突っ立っているというのは非常に居心地が悪いのだが、かといってアポも取らずに押しかけたとはいえ一応客人に当たる人間が手伝おうとすると、相手に気を使わせるだけでかえって邪魔になる。

なので、エアリスは大人しく宏達の撤収作業が終わるのを待っていた。

「お待たせしました」

軽く雑談しながら待つこと数分。いつきが迎えに来た。

「いつきさん、ご苦労さま。いつもありがとうね」

「これが私の仕事ですので、いくらでも言ってください。それで、どうします？」

「そうなんだよね。深雪《みゆき》はまだ家にいる？」

「先ほどお出かけになられました。夏休みの自由研究に関係するお出かけで、夜まで帰ってこないそうです。夕食もそちらで食べると聞いています」

「なるほど。ってことは、今は誰もいないんだね。じゃあ、私の家に一度もどろっか」

「分かりました」

深雪の不在を確認し、自宅に戻ることを選ぶ春菜。両親はどちらも海外なので、しばらく帰ってこない。それを聞いて、エアリスが不思議そうな顔をする。

「ハルナ様、ミユキ様というのはどなたですか？」

「私の妹。紹介するのが嫌ってわけじゃないんだけど、単純に今日は深雪に振り回されるのを避けたかったんだ」

「ああ、春菜さん的には前回おらんかったぶん取り戻したい、っちゅう感じか」

「うん。だから、達也《たつや》さんとか澪ちゃん、真琴《まこと》さんならともかく、蓉子《ようこ》とか深雪は、できたら次回以降にしたいの」

「なるほどなあ。ほんならまあ、今は安全地帯らしい春菜さんちにお邪魔させてもろて、今日このあと何するか決めよか」

春菜の意図を理解し、素直に提案に乗っかる宏。

エアリスも特に異存はないようで、小さく頷《うなず》いて車に乗り込む。

「それにしても、前々から思ってたんだけど」

「なんや？」

「私達も、早めに免許取って車運転できるようになっておかないと、今日みたいな状況で不便だよね」

「せやなあ。っちゅうか、エルのことがのうても、車要《い》る感じやで。すでに収穫物が自転車で運べる分量やなくなっとるし」

「問題なのは、私は誕生日が遠いことなんだよね。十八歳になるまでに、最低でもあと二回は収穫時期があるのがね～」

「今日の収穫見とる感じやと、毎日これやったら間違いなく軽トラぐらいは要りそうやしなあ……」

春菜の言葉に、宏が同意する。

残念ながら学生の身の上でかつ十八歳未満である宏と春菜は、現在いつきをはじめとした関係者に頼む以外、日本で車を個人使用する手段がない。

特に四月一日生まれの春菜は、同学年で一番誕生日が遅い。そのため、免許の取得は必然的に同学年の中で一番最後となる。

なぜ四月一日生まれなのに一番遅いのか、というのは、単純に言えば学校教育法では四月一日は三月生まれとして扱われるからである。

三月生まれとして扱われる理由は民法で決められた満年齢の規定にあり、日本では満年齢は生まれた日の前日の二十三時五十九分五十九秒に一歳増えるとされている。

そして、年度終わりの三月三十一日二十三時五十九分五十九秒の時点で満年齢が同じだと同学年になるため、四月一日生まれが同学年の中で一番年下となってしまうのだ。

この規定ができた背景にはいろいろあるが、公的な年齢の概念が数え年から満年齢に切り替わった際、二月二十九日生まれの人物が毎年ちゃんと年齢を増やせないことでいろいろ問題が出てきた、というのが一番大きいと言われている。

年齢さえ達すれば免許の取得はそれほど困難ではないだろうとは思うのだが、その年齢が大きな壁となって立ち塞《ふさ》がっている。

「運転免許でしたら、宏さんがもうそろそろ十八歳になると思うのですが？」

「せやせや。よう考えたら、明後日《あさって》誕生日やな」

「えっ？　……ああ、そういえばこちらと向こうでは、若干日付がずれるのでしたね」

「私、覚えてはいたんだけど、今までみたいなお祝いの仕方でいいのかな、ってちょっと悩んでたんだ。真琴さんみたいに、私達はおめでとうを言ってケーキ一緒に食べるだけにして、お祝いのパーティとかは家族だけでする選択肢もあるし」

「まあ、その辺は帰ってからおとんとおかんに確認するとして、や。免許はまあ、なんとかして夏休み中に取るにしても、車がなあ……」

宏の言葉に、あ～、という表情を浮かべる春菜といつき。

農作業に関しては藤堂家の車を使えばいいのかもしれないが、それを気軽に言えるかというと難しいところである。

夫婦とまではいわずとも、婚約者かせめて同棲《どうせい》している間柄にならないと、春菜の所有物ではない乗用車の共有は線引きのうえで少々問題がある。

宏と春菜の間柄を知っている第三者からすれば、今更それぐらい別にいいのでは、と思うような話だが、自動車という高価なものの話だけに、ある程度ちゃんとしたけじめは必要だろう。

「あの、一つ気になったのですがよろしいですか？」

「何かな、エルちゃん？」

「ヒロシ様なら、車を自分で作ればいいのでは、と思うのですが駄目なのでしょうか？」

「こっちの世界だと法的な問題がいろいろあるし、それで事故でも起こしたら市販の車を買うより何倍も大変なことになるから、ちょっと無理かな」

「せやな。それに、うちの工場の設備やと、外注したっちゅう以外でどうやって作ったかっちゅう言い訳ができん部品も山ほど出てきおるしな。そういうんを作るっちゅうとなると、どうしても権能使う羽目になりおるから、そっから人間やないことにまで話が飛び火せんとも限らんし、下手なことはできんでな」

「法に触れない範囲で自転車改造するぐらいだったらともかく、さすがに自動車を一から作るレベルになると天音《あまね》おばさんとかも大目には見てくれないだろうしね」

「なるほど……法的な問題があるのでしたら、確かに無理ですね」

宏と春菜の説明に、あっさり納得するエアリス。

こちらの神々の場合、実体をもって人間の世界に滞在するときは、滞在する地域の法やルールを守ったうえで、基本的に権能の類《たぐい》を使わないようにするのが統一ルールとなっている。

エアリスはそのことをアルフェミナ達から聞かされており、さらに一度こちらに来たときに神々が自由に動いて許される世界ではないことを肌で感じている。なので、宏が自力で自動車を作るわけにはいかない、という事情も普通に納得できている。

エアリス達の世界の神々も舞台装置として結構不自由を強いられているが、神々からすれば宏達の世界もそれはそれでかなり不自由なのだ。

「まあ、権能使うために周囲に目がないか探知かけたりとか、自転車とか収穫物を一時的に神の城の倉庫に突っ込んどくとかぐらいやったら、収納シーンを一般人に見られてへん限りはお目こぼししてもらえんねんけどな」

「あそこの畑は私達だけが使ってるわけじゃないし、あんまりホイホイ使える手じゃないんだよね」

「たまに、他の人と駄弁《だべ》ったりしとるしなあ」

「今回はまあ、エルちゃんが転移してこれるだけあって、誰もいなかったけどね」

神が貸し農園で農業をやる場合、避けて通れない面倒ごとに言及する宏と春菜。

神のくせに人間の貸し農園を借りて家庭菜園なんてするな、という突っ込みは無意味である。

「せやなあ。作物運ぶんは、リアカーでも用意するか」

「そうだね。でも、自作するにしても、容量拡張とかはほどほどじゃないとダメだよ？」

「分かっとるって。上から覗《のぞ》き込まれたらアウトやから、容量拡張は無理やな」

「つまり、普通のリアカーと変わらない感じ？」

「まあ、普通のんよりは軽い力で引けるやろうけどな」

宏の結論を聞き、安心したようながっかりしたような複雑な気持ちになる春菜とエアリス。

ものづくりの時の宏にしては判断が穏便すぎて、なんとも拍子抜けした気分なのだ。

「作物の運搬に関しては当面それでいいとして、エルちゃんは朝ごはん、食べてきてるんだよね？」

「はい。お二人はもうお済みですか？」

「うん。畑仕事の前に食べてるよ」

「っちゅうても、食うたん六時頃やし、食おう思えば食えるけどな」

朝食は必要ないことを確認し、ではどうするか、と考え始める春菜。

「どこ行くかは、いったんうちで休憩してから決めよっか」

「せやな。お茶でも飲んで一息入れてから、っちゅう感じやな」

そろそろ藤堂家の玄関が見えてきたこともあり、予定を決めるのは後回しにする春菜と宏。

「それにしても、今日も暑くなりそうやなあ」

「そうだね」

まだ朝と言い切れる時間帯なのに気温をじりじりと吊《つ》り上げる真夏の太陽に、出かけるにしても注意が必要そうだとため息が漏れる宏と春菜であった。

☆

「まず正直な話、エル連れて人がようけおるところ行くんだけは、絶対嫌やで」

「うん。それは私も同じだから安心して」

藤堂家の家族専用リビング。よく冷えた麦茶を飲み干した宏の第一声に、春菜が真顔で頷く。

「というか、この国だと金髪とか銀髪って何もなくても目立つから、宏君のことがなくてもできるだけそういうところは避けたいよ」

「このニホンという国は、黒髪に黒目のほうが多いのですか？」

「うん。染めたり脱色したりカツラかぶったりしてなきゃ、黒から濃い茶色ぐらいの人が圧倒的に多いよ。瞳の色も同じかな」

「春菜さん以外全員、その範囲やったやろ？」

「そう言われると、そうでしたね」

達也や真琴、澪の容姿を思い出して小さく頷くエアリス。綺麗《きれい》な黒と呼べるのは澪ぐらいではあったが、確かに宏も含め全員が黒から濃い茶色の範囲に収まっていた。

もっとも、宏達の地球では顔立ちはともかく髪と瞳の色を決める遺伝子に優性劣性の関係はなく、せいぜい環境などの影響で地域によって出やすい色、出にくい色がある程度だ。

なので、国際結婚が進んでいる現在、純粋な日本人なのに生まれつき髪の色が金髪だったり、青や緑の瞳を持って生まれてきたりする人間が出てきてもまったく驚くに値しない。

が、前述した環境の影響が強いためか、現在の日本はまだ、圧倒的に目も髪も黒もしくはかなり黒に近い茶が多いのだが。

「それに、春菜さんもエルも、それこそテレビでも滅多に見ぃひんぐらいの美形やし、エルの雰囲気とか下手に雑踏に放り込みたぁない感じやしなあ」

「私の見た目に関してはもう、昔からそうだったから諦めてるけど、エルちゃんはその見た目にどこからどう見てもノーブルな存在ですっていう雰囲気が追加されるからね〜」

「雰囲気に関しては、春菜さんは春菜さんで結構難儀な感じやねんけどな」

「……そうかな？」

「せやで。っちゅうか、春菜さん、普通にええところのお嬢っちゅう雰囲気やし」

宏の反論に同意するように頷くエアリス。

春菜の場合、態度や物腰である程度中和こそされているが、本質的にはエアリスとそう大差ない。

この点に関して実は、わがまま系元気娘という雰囲気をばらまき、ある面において澪の同類という印象を持たせている深雪も同じである。

結局のところ、よほどの年月か経験でもない限り、根のところはそうそう変わらないということなのだろう。

「まあ、その話は置いとくとしてや。人が少のうてある程度遊べてそこそこ涼しいところ、っちゅうたらどこがあるか、やな」

「そうだね……」

宏の言葉に同意し、少し考え込む春菜。人が少ないはまだしも、そこそこ涼しいとある程度遊べる、の両立が割とネックである。

「……ん～。エルちゃんは、興味あることとか何かある？」

「そうですね。こちらの神々には興味があります。あと、ハルナ様がよく唱えておられた般若心経に関しても、こちらではどういう存在なのか興味がありますね」

「となると、神社とお寺、かな？」

「せやなあ。ただ、神社とか寺とかは一応よそ様のテリトリーやから、うちらが入って大丈夫なんか、ちょっと師匠筋に確認しといたほうがええやろうな。ついでやから念のために、真琴さんらにもエルが来とること連絡しとくわ」

「うん」

宏の言葉に頷くと、お茶のおかわりを用意しに席を立つ春菜。朝とはいえ、夏場にそこそこの時間外にいただけあって、三人とも結構喉が渇いているのだ。

その間に、指導教官に確認のメッセージを送る宏。即座にメッセージに返事が届く。

「もう根回しはしてくれとったみたいやわ。友達が遊びに来てんの邪魔するような野暮は誰もせんから、また別の機会に顔出してちゃんと挨拶しとくように、やって」

「あ、うん。了解」

「あと、真琴さんらは全員、今日は合流無理やって。兄貴は普通に仕事で、真琴さんはこっちに顔出しすぎやから大人しゅうしとく必要があるっぽいんよ。で、澪も東京の学校で面談とかあるらしくて、それがオンラインやのうて直接顔合わせて、っちゅうんが向こうの要求やから、行ってこなあかんそうや」

「ってことは、今日は私達三人で行動、ってことになるのかな？」

「せやな。で、今になって気ぃついたんやけど、春菜さんは修学旅行の時、普通に神社とか入っとったはずやんな？」

「うん。あの時も事前連絡が行ってたみたいで、修学旅行だからってことで神様も仏様も配慮してくれてたよ。ちゃんとした対面に関しては、生活が落ち着いて修行とかも一段落してから顔出してくれたらいいって」

「……やっぱ、夏休み中に行けるだけ挨拶回りしたほうがよさそうやな。地上だけやと金銭的にも時間的にも移動ルートの混雑の面でも限界あるから、こっちの天界とかにも顔出さんとあかんか」

「そうだね～」

思った以上に指導教官およびその関係の人達が根回しをしてくれていることに、心の中で感謝を捧《ささ》げる宏と春菜。直接会って礼を言ったところでとぼけられるだけなので、恩返しは別の形を考える必要がある。

「……ヒロシ様とハルナ様のお師匠様、ですか？」

「師匠、っちゅうても神様としての、やけどな」

「私は小さい頃からいろいろお世話になってるよ。素手でのサバイバル技術とか食べて大丈夫かどうかの判断方法とか。あと本当の意味で何でも食べる教育とかも、その人に叩《たた》き込まれたことだし」

「あ～、向こうに飛ばされてすぐの時、いろんな意味で妙に手慣れとったんはそういうことか」

「うん。世の中何が起こるか分からないから、せめて人類が生存可能な環境でなら生きていけるように、ってことでね。教えてもらってたときは役に立つことがあるのかって思ってたけど、実際に役に立っちゃったことを考えると、人生って奥が深いって思うよ」

「普通は一生役に立たんはずやのに、しれっと使う羽目になるあたりが春菜さんらしいっちゅう気はするなあ」

「最近、そういうことについて否定するの諦めたよ、実際。とはいっても、大部分は宏君のおかげであんまり必要がなかったし、それ以前に素手で熊とかイノシシみたいな危険な獣仕留めるような技までは身につけられなかったから、教えてもらったことだけで生き延びられたかっていうとどうか、って感じだけど」

「そらまあなあ……」

春菜の言い分に、思わず微妙な笑みを浮かべる宏とエアリス。

飛ばされてすぐにバーサークベアからの襲撃があったことなどを考えれば、確かに春菜が子供の頃から教わっていたことだけで生き延びるのは不可能だっただろう。

だが、仮に熊や猪《いのしし》を素手で倒せたとして、その後の食料調達や調達した食料を安全に食う技、安全圏の作り方などの知識、技能を持っていなければ、結局すぐに詰んでしまう。その点を踏まえるなら、戦闘能力より生存能力を優先して鍛えるのは当然である。

そもそも、全ての状況で生存を確保するとなると、宇宙空間などどうにもならない場所がある時点で不可能だ。生存可能な環境だけに絞っても、全てを習得するには人間の寿命は短すぎる。

四月で十八歳という年齢と人間をやめないことを前提にしていることを踏まえて考えるならば、春菜が受けた教育は恐らくできうる最上のものだったと言える。

「つちゅうか、教官の話はどうでもええねん。今考えなあかんのは、エルの要望を叶《かな》えんのに、どこ行ったらええか、やねんけど」

「そうだね。神社とお寺ってことになると、近いところでは大潮《おおうしお》神社かな？」

「せやな。ほとんど行ったことあらへんからはっきりとは言えんねんけど、あそこは祭りと初詣以外やとあんまり参拝客とかもおらんっぽいし、高台にあるからわりかし涼しいし。ただ、何の神様祀《まつ》っとんのか、よう知らんねんけど」

「塩の神様の一柱、だったかな？　確か……かなり大きな塩の塊がご神体だったと思う」

「ほほう。しかし、潮《うしお》っちゅう名前で塩の神様やのに高台にあるんやなあ」

「その辺の詳しい事情は知らないよ。氏子じゃないから深入りしてないし」

宏の疑問に対し、春菜が実にいい加減な答えを返す。

とはいえ、近くにある社だの神社だのに対する一般市民の知識や感覚など、基本そんなものだろう。

神など超常の存在が実在することを知っているからとはいえ、子供の頃からちゃんと道祖神やお地蔵様にお供えをしたり、社や神棚などを掃除している春菜はマシなほうだ。

「お寺は……、そうだね。法定寺《ほうじょうじ》さんにお邪魔しよっか。大潮神社の近くにあるし、そこそこ大きなお寺だし」

「了解や。歩いていくか？」

「どうしようか？」

宏に問われ、思わず問い返す春菜。

神社も寺も、歩いて三十分あれば両方回れるぐらいの場所にある。これが秋口なら、迷わず歩いていく距離だが、今は七月末。外がカンカン照りになっており、そろそろ長時間歩くのは勘弁願いたい気温になりつつある。

さらに、どちらもそれなりの広さがあり、見て回るだけでも結構歩く。どちらも観光地となるような場所ではないが、それなりに由緒正しく立派な寺社仏閣なのだ。

それを考えると、歩いていくというのは少々悩みどころである。

何やら雑用を済ませてリビングに入ってきたいつきが、そんな宏と春菜に対して素朴な疑問を告げる。

「暑いのが嫌で人が少ない場所、というのでしたら、いっそうちか綾羽乃宮《あやはのみや》本邸のプールでも使ってはいかがですか？」

「「それは無理」」

何やら贅沢《ぜいたく》なことを考え込んでいた宏と春菜に対し、夏場の若者が普通選択するであろう選択肢を提示するいつき。それをさっくり却下する宏と春菜。

なおこの場合、普通の若者には自宅にプールを持っている友人だの知り合いだのはまずいない、という点は突っ込んではいけない。あくまで重要なのは、プールで遊ぶという選択肢である。

「やっぱり無理ですか？」

「うん、無理。いくら私達だけしかいないっていっても、宏君が水着姿の私とエルちゃんに囲まれて、プレッシャーを感じずに楽しむのは難しいと思う。すごく残念だけど、まだそこまで平気じゃないみたいだし」

「せやで。向こうおったときに一回、水着の春菜さんと一緒に行動せんとあかんかったことがあったけど、そらもう本能的な部分でしんどかってんから」

「というわけだから、どう転んでもプールで水遊びっていうのはちょっと無理」

「なるほど、分かりました。でしたら、車で送り迎えしますよ」

「家のお仕事とか、大丈夫？」

「ええ。お掃除はお掃除ロボットでも十分ですし、今日はほとんど誰も食べないので食料品にも余裕があります。人が少ないのでお洗濯も帰ってから洗濯機を回すぐらいでないと洗濯物が少なすぎて無駄が多いですし、今日は意外と家事労働が少ないんですよ。スバルさんも雪菜《ゆきな》さんも不在なので、来客の予定もありませんし」

「そっか」

「ただ、炎天下に車を放置すると車内が素敵なことになりますし、大潮神社も法定寺も野ざらしの駐車場しかありませんので、行き帰りだけ送り迎えする、ということでどうですか？」

「いつきさんが面倒でないなら、それでお願いするよ」

いつきの本日の予定を聞き、申し出をありがたく受けることにする春菜。基本的にほとんど人間と変わらないメンタリティを持っているとはいえ、いつきはお手伝いロボだ。むしろ面倒な雑用が多いほうが喜ぶのである。

「じゃあ、片付けをしたら、大潮神社から行こうか」

「はい」

「あっ、こっちはやっておきますよ」

「うん、お願いね」

春菜の言葉に頷き、食器を回収して台所に向かういつき。

「出かける前に、服は着替えておいたほうがいいかも。ファッションショーとかだったらともかく、一般の人が日常で着るタイプのデザインじゃないし」

「そうですか？」

「うん。っていっても、サイズが合うのがそんなにないから、深雪の服で比較的フリーサイズのを借りたらいいかな？」

そう言いながら二階に着替えに上がる春菜とエアリス。その途中で深雪に服を借りる旨をメッセージで伝え、了承を得ることも忘れない。

「ん～、やっぱりウエスト以外は全体的にエルちゃんのほうが大きいから、ゆったりした服じゃないと入らないかあ……」

「ハルナ様が着ているようなものは、ダメですか？」

「Tシャツか～。まあ、無難は無難なんだけど……ああ、やっぱり下着がくっきり浮いちゃうから変えないと駄目かも。でも、エルちゃんのサイズの下着は買わないとないかな」

「そうですか……」

「チューブトップタイプのスポーツブラならいけそうだけど、それだったらそっちに合わせてコーディネイトしたほうがいいかも、って気がしなくもないし」

などと言いながら、ああでもないこうでもないと深雪の服をひっくり返す春菜。

あててみて駄目だと判断したら即座に畳んですぐに仕舞える状態にするあたり、間違いなく育ちと躾《しつけ》のたまものであろう。

「ステージ衣装から、使えそうなものを持ってきました」

「あっ、ありがとう」

いろいろ試してどうにかいくつかの選択肢を用意したところで、いつきが芸能界向けエリアからエアリスのサイズに合った普段使いできそうな服を何着か持ち込む。

「……うん。やっぱりこんなところかな」

「ギャップがあって、これはこれでいいですよね」

「こんなに足を出すことってありませんから、なんだか少し恥ずかしいです……」

ラフでカジュアルなキャミソールに短パン、上に夏用のパーカーという服装になったエアリスが、むき出しになった生足を恥ずかしそうにパーカーの裾で隠そうとする。

三十分ほどのファッションショーの結果、結局エアリスの雰囲気に合いそうな服は無理という結論に達し、ファッション誌に載っていそうなギャル風の服に落ち着いたのだ。

なお、かかった時間の七割は、お洒落《しゃれ》な深雪が持っている大量の服から、エアリスが問題なく着られるサイズのものを絞り込む作業に費やしている。

因みに、足をしきりに気にするエアリスだが、パーカーのおかげかそれともドレスなどで慣れているからか、肩や胸元の露出はあまり気にならないらしい。

もっとも、今回のキャミソールは、肩はむき出しでも胸元はさほど開いてはいないのだが。

「さて、エルちゃんの服も決まったことだし、私も着替えてくるよ」

そう言って、自分の部屋に戻って大急ぎで着替えてくる春菜。

さすがに、『燃えろ！　ステーキ丼！』と書かれたTシャツで神社に参る気は起こらないようだ。

「さて、かなり宏君を待たせちゃってるから、早く行こうか」

「はい」

ようやくコーディネイトが固まり、大急ぎで宏のもとへ向かう春菜とエアリス。

二人が着替えている間、宏は新しい汗拭き用のタオルや麦茶の入った水筒などを用意し、さらに麦わら帽子まででっち上げて準備万端整えて出発を待っていた。

「おまたせ」

「なんか、いつきさんが結構わたわたしとったから、今から服調達しに行かなあかんかとちょっと心配しとったんやけど、一応着れるやつあったんやな」

「うん。といっても、ほとんど消去法だけどね」

「で、エルが隠れとるところを見ると、普段着んような服なんやな」

「うん。まあ、こっちではそんなに珍しくもないんだけど……」

そう言いながら、ほんの少し立ち位置を変えてエアリスの姿を見せる春菜。

扉の陰から出ているエアリスの左半分を見て、宏が一瞬固まる。

「……Gパンとかスラックスとかは……」

「合うのがなかったんだよね。深雪のは全部裾を切ってるから」

「さよか……」

日頃見る機会が皆無なエアリスの生足、その妙な色香に、目線を泳がせながらそんなことを言う宏。

とはいえ、完治手前まで症状が回復しているうえに日本に戻ってきてからそれなりに経っていることもあり、かつてほどはこういう服装におびえなくなっている。

「まあ、神社に行く頃には僕もエルも慣れるやろうから、さっさと行こか」

「そうだね」

「はい」

似合う似合わないに一切言及しなかった宏に対し、それを追及するのは酷だろうと素直に意見に従う春菜とエアリス。

こうして、いろいろ手間取りながらも、無事遊びに出かけることができた宏達であった。

☆

「……長い石段ですね」

「神社やと別段珍しいわけやないからなあ」

大潮神社の大鳥居前。天まで続いていると錯覚させるような長い石段を見て慄《おのの》くエアリスに、宏がこともなげにそう告げる。

もっとも、大潮神社の石段に関しては、金毘羅《こんぴら》のように奥宮まで行くのに数時間上り続ける、などというほどの長さはない。ある程度の運動をしている若者の足ならば、途中のベンチで長めの休憩を入れても、十五分はかからないぐらいの長さだ。

ただし、ある程度の運動をしている若者の足という注釈が付くため、体力はともかく脚力には難があるエアリスにとっては、相当な試練になるのは避けられないのだが。

「……ここに降ろされたということは、自動車で上に行く道はないと考えてよろしいのですね？」

「正確には、一般人の車が入っていい道がない、っていうのが正しいかな」

「でしたら、覚悟を決めて上がりましょう」

しばらく呆然《ぼうぜん》と見上げていたエアリスが、そのことを確認して覚悟を決め、悲壮な表情で石段を上がっていく。

誰に教わったわけでもないのに、大鳥居をくぐる際にちゃんと一礼するのを忘れないあたり、違う世界でとはいえ神職に就いている者として何か感じるものがあったのだろう。

その後ろ姿に苦笑しながら、あとをついていく宏と春菜。こちらも当然、鳥居をくぐる際に礼をすることは忘れない。

二十分後。急な石段を上り切ったエアリスは、境内にあるベンチでぐったりと座り込みながら、ふくらはぎのあたりを揉《も》みほぐしていた。

息が上がったりはしていないが、向こうの世界から履いてきたおろしたての靴の問題と長く急な石段を上るという行為に不慣れなことが重なって、スタミナより先に足の普段使っていない部分の筋肉が悲鳴を上げたのだ。

下着同様靴もサイズが合うものが在庫になく、デザイン的にも特に問題なかったので、サイズが合わず履き慣れていないものよりはましかとそのままにしていたのだ。

「お疲れさま」

「……修行に踏み台昇降でも組み込むべきかと、今真剣に悩んでいます……」

「足腰を鍛える重要性は否定しないけど、無理はよくないよ」

春菜にスプレータイプの湿布薬を足に吹き付けてもらいながら、そんなことを言うエアリス。エアリスの足をケアしながら、余計なことで思い詰めるエアリスを窘《たしな》める春菜。

急な石段を十分以上となると、鍛えている人間でもそれなりにきつい。途中で休憩せずに最後まで上りきれただけ、エアリスは体力と根性があるほうだろう。

神殿の農作業程度では、体力は鍛えられても山を登る種類の足腰は得られないのは仕方がないことなのだ。

「エルが動けるようになったらお参りして、それからいろいろ見学やな」

水筒の麦茶をコップに注ぎ、エアリスに渡しながらそう言う宏。

宏の言葉に頷き、礼を言って麦茶を受け取って、上品なしぐさで一気に麦茶を飲み干すエアリス。どうやら、ものすごく喉が渇いていたようだ。

因みにこの大潮神社、春菜が宏とエアリスを連れてくる場所に真っ先に選ぶぐらいなので、普段はそれほど参拝客はいない。参拝客が少ないだけに、麓《ふもと》の大鳥居のあたりはともかく石段を上り切った境内には飲食関係の売店や自販機の類はなく、飲み物などは最初から自分で用意してきておく必要があるのだ。

長い石段という人が来なくなる要素があるとはいえ、人があまり来ないからそういったものがないのか、そういったものがないから余計人が寄り付かないのかは、実に興味をそそる重要な命題だろう。

「ようやく落ち着いてきました。それにしても、ここは涼しいです」

「いい風が吹いてるよね～」

「どの時間でもある程度日陰になるっちゅうんもポイント高いでな」

休憩したことで足の痛みも治まり、汗もある程度引いてきたところで、エアリスが気持ちよさそうに言う。

鎮守の森から吹いてくる清涼な風は、まるで石段の試練を乗り越えたものを歓迎しねぎらってくれているようである。

境内の清冽《せいれつ》な雰囲気と相まって、なんとなく心が澄み渡っていくような気すらする。

この時点でエアリスは、神社というものをなんとなく理解し始めていた。

「じゃあ、そろそろお参りしよっか」

「はい！」

「まずはあそこの手水《ちょうず》で清めて、それからあっちの本殿やな。清めるときの作法は、まず片手ずつ手水で清めたあと、左手で受けた水で口の中清める、やったかな？」

「分かりました。お参りの際は、何か決まった作法はございますか？」

「お賽銭《さいせん》入れたら、正面に向かって二拝二拍一拝。本当は神社ごとに違う作法があったらしいんだけど、百六十年ぐらい前の明治維新の時だったかな？　出雲大社をはじめとしたごく一部を除いて、その作法に統一したの」

「なるほど」

「まあ、日本の神様とか神社は、あんまりそういう作法にうるさくはないんだけどね」

などと言いながら、本殿でのお参りを済ませる。

なお、普通はこういうお参りではお願いごとをするのが一般的な日本人というものだが、今回は宏も春菜もエアリスも、この神社で祀られている神に挨拶をしただけである。

宏と春菜は格としては同格であり、エアリスはそもそも神に願いごとをするという感覚がないので、この場合こうなるのは当然だろう。

「……それにしても、ここはなんだか不思議な感じがします」

「不思議？」

「はい。とても神の存在を近くに感じるのに、同じぐらい人の営みの息吹を感じます。上手《うま》く説明することはできないのですが、なんというか日々の暮らしの一部に神々への祈りが息づいている、と言いますか……」

「あ〜、この神社はどっちかっていうと地元密着型だから、そんな感じにはなるよね」

「ああ、そうなんや」

「そうなの。確かに参拝客はほとんどいないけど、夏場の昼間以外はいつも一人か二人は地域の人が掃除とかに来てるんだよね」

「集会所みたいな感じじゃやな」

「そうだね」

宏の言葉に、思わず吹き出しながら頷く春菜。伊勢神宮などの例外を除き、神社というのはもともとそういうものだ。

実のところそのあたりは、神道というのが原始的なアニミズム信仰を維持し続けている宗教であることと、非常に密接な関係がある。

神道というのは基本的に、何か大きな災害があった、ものすごく立派な木が生えていた、すごい吉事があった、果ては誰かが命を散らしながらその土地と人々を守った、などといった事柄に対し、偉大なる何かを感じ取って感謝や鎮魂のために儀式（多くの場合は祭り）を行った、というのが始まりである。

そして、その儀式の場所であり信仰の象徴として社が作られ、その対象に縁の深いものをご神体として祀ったというのがほとんどの神社の始まりだ。

自然、儀式としての祭りはそこで取り仕切られることとなり、祭りを中心に地域のコミュニティが成立し、さらには一年のリズムまでも祭りが中心となっていく。

そうなると、自然と神社が地域の中心となり、集会所的な役割も果たすようになってくる。そのあたりの伝統は大半が高度成長期あたりまでに途絶えてしまっているが、その名残として、地域の神社に人が集まり地域のことを決めている集落というのは意外と多い。

当然ながら全ての地域で神社が中心となっていたわけではなく、寺や庄屋などがこの役割を果たしてきた地域も多い。だが、祭りの中心として人が集まる場所、となると神社という印象が強いだろう。

その割に、必ずしも便利な場所にあるわけではないあたりは、宗教や信仰というのはそういうものだと言うしかないところではあるが。

「で、おみくじとかどないする？」

「おみくじ、ですか？」

「ああ、そういえば向こうにはなかったっけ。簡単に言うと、くじ引き形式の占いで、大吉から大凶まで何段階か運勢があるんだ」

「大凶は入ってない神社も多いらしいけどな」

「だね。まあ、今日は見た感じ、神主さん達が不在っぽいから、次の機会にしようか」

「せやな。にしてもここの神社、結構立派な感じやけど、この参拝客の数でどないやって維持してんねんやろうなあ」

神主も巫女《みこ》も不在で無人の授与所を見ながら、宏がそう呟《つぶや》く。

宏の言葉のとおり、この大潮神社は本殿だけでなく神楽《かぐら》殿などの建物に、何柱かの神様を分祀《ぶんし》した社を完備した本式の神社である。規模こそ小さいが神社によっては省かれているような建物もしっかりあって、なかなかの維持費がかかりそうだ。

その割には、神社にとって比較的重要な収入源である賽銭やおみくじなどの収入がほとんどなさそうなうえに、神主や巫女どころかそれ以外の関係者も不在らしい時間がある、というのが非常に気になるところである。

「ここの神主さんって代々大地主だし、潮見《しおみ》駅周辺にも土地とかビルとか持ってるらしいから、その収益を維持費に充ててるって聞いたことがあるよ」

「……世知辛い話やなあ……」

「あと、塩の神様だってことで、出張でのお祓《はら》いとか多いみたい」

「そっちはなんとなく分かるわ」

現代の神社事情を物語る世知辛い話に、思わず遠い目をする宏。現代日本のことなどほとんど知らないはずのエアリスも、お金がらみの話は思うところがあるのか、どことなく微妙な表情だ。

なお、今時の神社がその手の副業収入で維持されていたり、極貧のなか地域の人々の厚意で食材だけはどうにか確保して食いつないでいたり、というのはむしろ普通のことだったりする。

神主やその関係者が専業で神事だけ行い、賽銭や寄付、物販だけで運営できている神社など、実際のところはごくごく少数派だ。このあたりの事情は、寺も似たようなものである。

「やはり、神様の加護があってもお金の問題はどうにもならないのですね……」

「世の中、そんなもんやからなあ……」

「何をするにも、お金はかかるからね～……」

「神事というのは、必要な道具も消耗品もたくさんありますから……」

そんな世知辛さにぼやきともなんともつかない言葉を漏らしつつ、神社内を散策する一同。

一周を終える頃にはエアリスも神社建築というものに引き込まれ、世知辛さに対して感じていた複雑な感情などきれいさっぱり忘れていた。

「……向こうでは、こういう建築様式の建物は見たことがありませんでしたので、なんだかとても不思議です」

「うん。私達も、結局こっちに戻ってくるまで見かけなかったよ」

「中国とか中東とかに近い建築様式の建物はあったたんやけどなあ」

「地底でも、なぜか和風建築のアトラクションは少なかったしね」

「そうですね、こういった様式のものはほとんどありませんでした」

春菜の指摘に、言われてみればと頷くエアリス。ド○フのコントをベースにしていた第一層ですら、不思議と和風建築の建物は少なかった。

実のところ、これに関しては割と簡単な事情で、地底にあるとあまりに不自然で引っ掛けるのが難しそうだったために、諦めざるを得なかっただけだったりする。

「ただ、不思議な印象の建物ですが、周囲と調和していてとても綺麗です」

「うん、そうだよね」

エアリスの感想に、心の底から同意する春菜。海外の宮殿や庭園のような分かりやすい派手な美しさというのはないが、人の営みに溶け込みながらちゃんと手入れされている神社や寺というのは、地味ではあるがなんとも言えない神秘的な美しさがある。

「あと、向こうで見なかったのなんて、高度成長期以降の日本的な建物と巨大墳墓の類ぐらいだよね」

「巨大墳墓、ですか？」

「うん。向こうじゃそんな大きなお墓ってなかったけど、こっちだと日本を含む一部の地域に、ものすごく大きなお墓があるんだよ。地上部分も建造物の墳墓で、ほぼ完全に原形をとどめた状態で現存してるものだと、小さな山一つ分ぐらい、っていうのが一番大きかったっけ？」

「詳しいサイズまで覚えてへんからなあ。多分、そんなもんやったやろう」

いまいち自信なさそうに宏に確認を取る春菜に対し、宏も似たような感じの回答をする。

春菜のほうは日本最大の古墳やエジプト最大のピラミッドの大きさ自体は覚えているものの、数字で覚えているだけなのでスケール感がピンときていない。修学旅行でもそういったものの見学には行かなかったため実物を見る機会もなく、どうしても自信を持てないのだ。

対する宏は小学校の遠足などで近畿にある大型の古墳は大体見ているものの、詳しい数字を覚えていない。さらに、エジプトのピラミッドは現物を見たことがなく、サイズについてもちゃんと知らない。そのため、子供の頃に見た集落が余裕で作れるサイズの島、という古墳が世界最大なのかどうかが分からないため、曖昧な返事しかできないのである。

なお、墳墓という話になると始皇帝陵やカタコンベなども含まれてくるが、始皇帝陵は崩落が激しい部分も多く専門家でもなければ全容が分からないことから、カタコンベは日本人である二人にはピンとこなかったことから、今回の話題からは外されている。

「まあでも、向こうで巨大墳墓が存在しないのは、すごく当たり前の話なんだよね」

「まあなあ。建築技術云々《うんぬん》以前に、そんなデカい墓作ったら間違いなくダンジョン化一直線やからなあ」

「下手をしたら、作ってる最中に瘴気溜《しょうきた》め込んで異界化とかしかねないしね」

「墓地っちゅうんは、どないしても瘴気溜まりやすいからなあ」

「そうですね。大きなお墓というのは、溜め込んだ瘴気を増幅する作用を持つ可能性が高いと思いますし」

春菜と宏の会話に、自身の見解を添えて同意するエアリス。歴代のウォルディス王ですらやらなかったぐらいなので、恐らく邪神関係ですら制御できないレベルで瘴気を溜め込み、増幅するのだろう。

そう考えれば、なくて当然である。

「それにしても、結構見て回ったよね」

時計を確認して、思った以上に時間が経っていたことに驚く春菜。それほど大きな神社ではないのに、エアリスが復活してから一時間以上見学していたのだ。

「せやな。そろそろ次行くか？」

「はい」

「ほな、エルにとっては地獄の石段下りか……」

「……がんばります」

あの長い石段を思い出し、何やら覚悟を決めた様子を見せるエアリス。人生において、避けられない試練というのはいくらでもあるのだ。

そんな気合いと覚悟をもって石段を下りること十五分。上りの時とは違う部分に負担がかかりまくった足を車の中でケアしてもらい、足の痛みにぐったりしていたエアリスだったが……。

「素晴らしいですわ！」

「ほうほう。お嬢さんは異国の方なのに、随分と御仏《みほとけ》の教えを素直に受け入れられますなあ」

続く法定寺ではシックな寺の外観やそれと裏腹に派手な祭壇に感嘆の声を上げ、仏教や般若心経にまつわる住職の説話にいたく感動し、実に充実した寺社仏閣タイムを過ごすのであった。

第13話　さすがに現実にやっとる人間はおらんで

「そろそろ大丈夫そうだから、明日ぐらいに詩織《しおり》さんをウルスに連れていこうかと思うんだけど、どうかな？」

夏休みに入って最初の金曜日。今日も今日とてチャットルームで受験勉強をしていた宏《ひろし》達に、春《はる》菜《な》がそう提案する。

「いいんじゃない？」

春菜の提案に真琴《まこと》が同意する。

宏と澪《みお》も特に反対する気はないようだ。

「ウルスに連れていくんは問題ないんやけど、さすがにそれだけやと時間余りまくんでな」

「そうだね。宏君と澪ちゃんの指導予定次第って感じだけど、ウルス以外にも行きたいよね」

「ん。でも、どこか行くにしても、詩織姉《しおりねえ》を殿下達に紹介してからになると思う」

「まあ、そうやろうな。っちゅうか、よう考えたら、ウルス城見学させてもらうだけでも十分時間潰《つぶ》せそうな気ぃするわ」

「ウルス城も広いからねえ。建物内部のあたし達部外者に見せて大丈夫なところだけでも、大型ショッピングモールぐらいの広さは余裕であるものね」

ウルス城の見取り図を思い出しながら、そんなことを口にする真琴。

実際のところは庭園だのなんだのを含めるとショッピングモールなんて目ではなく、飾られている絵だの壺《つぼ》だのを全て見て回れば、それだけで一日二日は余裕で潰せるだけの規模がある。

城の住人からすればもはや興味の対象ではないそれらも、外部の人間には十分すぎるほどの観光資源となるのだ。

もっとも、地球人にとってウルス城の一番大きな観光資源となるのは、現時点で実際に政治にも軍事にも使われ、王族以外の生活の場としても機能しているという城そのものかもしれない。

この規模の西洋的な建築様式の城となると、軍事拠点および行政の場として実際に使われて、そのうえで多数の人間の生活の場にもなっているものは、現代地球にはほぼ存在しない。

さらにほとんどの国において立法や行政の場として城を使うことはなくなっており、使われるとしても象徴となっている王族の住居兼外交の場としてというのが基本である。

戦争が白兵戦から制空権の奪い合いや飛び道具による大規模破壊、もしくはゲリラや自爆テロなどの非正規戦闘に主体が移り、政治的にもほとんどの国で王政が過去のものとなった今のヨーロッパに関しては、城が政治的、軍事的な中核施設となる時代ではなくなっているのだ。

などとは言うものの、残念ながら生活の場として使われているところに余所者《よそもの》が出入りできるわけではないので、結局生活感がそこかしこににじんでいることぐらいしか、現実に使われている城だと感じられる要素はないのだが。

「それで物足りないなら、冒険者協会に連れていって登録試験を受けるのもいいかも」

「そうね。そっちもやっておいたほうがいいわね」

詩織の冒険者登録について思い出した春菜の言葉に、真琴が同意する。今後向こうでいろいろ連れまわすのであれば、冒険者になっておいたほうが何かと便利だ。

今の詩織のスペックなら登録試験ぐらい楽勝だろうが、なんだかんだと言って登録作業はこまごまと時間がかかる。登録とレイオット達への顔つなぎにウルス城の見学、となると、一日ぐらいはあっという間に潰れそうだ。

「ウルスの観光自体は、次の日に回したほうがよさそうな感じやな。具体的には漁港の朝の競りとか市場とか」

「ん。ウルス食い倒れツアーはまたの機会に」

「結局、食べることがメインにくるのね……」

「そうは言うけどなあ、真琴さん。ウルスで他に連れていくっちゅうたら、あとはせいぜい中央公園ぐらいやで。それとも、真琴さんは何か当てあるん？」

宏にそう言い返され、しばらく考え込む真琴。いろいろ考えた末に小さく、だが深くため息を吐き出しながら、宏の反論に同意する。

「そうねえ。ルーフェウスやアルファトならともかく、ウルスって食べ物が絡まないとなると、案外観光できるような場所がないのよねえ……」

「せやろ？」

「ないっていうか、歴史的建造物とかは大半が一般人立ち入り禁止で、演劇とかその手の文化的な娯楽は、建物はともかく内容的にはウルスで見るならアルファトに連れていくし、って感じで、ウルス城を見ちゃうと食べ物が絡まないところはほとんど残らない、っていうのが正しいよね」

真琴と宏の会話に、春菜がウルスの名誉を守るために口を挟む。

実際、三千年もの歴史を持つ国の、それも一度も遷都をしていない首都に、観光的な意味での見どころがないなどということはありえない。単に、エッフェル塔や凱旋門《がいせんもん》、自由の女神像のような分かりやすいランドマークがウルス城以外に存在せず、それ以外の見ごたえがある場所も大半が軍事や政治、祭祀《さいし》などの機密に引っかかるため非公開になっているだけである。

さらに、祭りのような観光向けのイベントが特定の時期に集中しすぎているうえに、新年祭以外は規模が小さくて地味なことも、ある程度観光慣れしてはいるがヨーロッパの人々ほどではない日本人を案内するのに向かなくなっている点であろう。

結果として、詩織を連れまわすとなると、どうしても食い倒れツアー以外にいいものがないのだ。

「あたしとか達也《たつや》みたいな飲兵衛《のんべえ》にとっては、ウルスはいいところなんだけどねえ」

「日付変わるまでやっとる店、いくらでもあるからなあ」

「他に飲兵衛に優しい国って、フォーレぐらいなのよねえ」

「っちゅうか、朝まで宴会がデフォになっとるフォーレとかがおかしいだけで、普通は明かりも整備されとらんのに日付変わるまで店なんぞできんでな」

ウルスが持つ他の都市にない特徴について、そんな会話をする宏と真琴。ウルスは大都会だけあって、歓楽街以外にも日付が変わるまでやっている店というのが結構あるのだ。

とはいえ、ウルスの場合、大都会だというのに意外と夜の店は健全で、歓楽街以外で深夜営業をしている店のほとんどが食事と酒を提供しているだけの店だったりする。

多少いかがわしいところでせいぜい店のお姉さんが飲むのに付き合ってくれる程度で、それすらも賄いを食べながら酔わない程度に飲みつつ話に付き合ってくれるだけである。

その場合、口説く口説かれるは自己責任だが、金や暴力でどうにかしようとすると、店主や入り浸っている冒険者が追っ払いにかかる程度には健全だ。

いわゆる性風俗や賭場の類《たぐい》も存在はするが、そのあたりはきっちり歓楽街か暗黒街に隔離されたうえでよく管理されている。

特に賭場は暗黒街にあるもの以外は全て国の管理下にあり、歓楽街の賭場で遊ぶ分には丸一日遊んで五～十クローネの損を出す程度となかなかに健全な仕様となっている。

性風俗の類も国が直接運営こそしていないが、歓楽街に存在するものは場合によっては戦場帰りの騎士達が利用することもあってか、結構な頻度で国の抜き打ち検査が入る。

そのため、娼婦《しょうふ》達の健康管理もしっかりしており、ここ数世紀は歓楽街の娼館《しょうかん》で性病が流行した、という話は聞かなくなっている。

もっとも、こういう部分が暮らしやすくはあるが面白味が足りない街となっている原因の一端を担っているのは間違いない。だからこそ、目玉がこの世界の中では進んだ食文化と世界中のほとんどの商品が流通している中央市場という、モノの消費場面に頼らざるを得ないのだろう。

「そもそも根本的な話、夜のウルスに関しては詩織さん連れまわすのに関係ないよね？」

「せやな。どうせ夜中はウルスうろつきまわされるような場所に泊まらんし、夫婦揃《そろ》って異国で深夜徘徊《はいかい》とか、そうでのうても手遅れ気味の澪の教育にむっさ悪いで」

「師匠、それを見て憧れるほど、ボクは手遅れじゃ……」

今までの実績をもとに、今更すぎるうえにすさまじく言いがかりじみたことを言ってのける宏。

その宏に対し、澪が控えめに抗議の声を上げる。

実際、澪は夜の歓楽街なんてものに、それほど興味も憧れもない。いろいろタガが外れていそうな見知らぬ酔っ払いがたくさんいるであろう深夜帯の飲み屋など、澪が近寄りたいと思うようなフィールドではないのだ。

唯一好奇心がそそられるのが娼館ではあるが、それとてプロのお姉さま方はどんなテクニックで男達を満足させているのか、というある意味思春期らしい興味があるだけである。自身の安全が保障されているのであれば一度ぐらいは入ってみたいが、無理をして行きたいほどではない。

自分のようなコミュ障が下手に足を踏み入れて、いつの間にやら客を取らされていたとなると目も当てられない。その可能性を警戒するぐらいには、澪は社会の裏側に警戒心を持っている。

エロに対して限りない探求心を持ってはいても、宏以外を相手に実践するのはいくら金を積まれても絶対お断りしたい程度には、澪も手遅れなりにちゃんと潔癖な部分を持った乙女なのであった。

「で、飲兵衛の話で思い出したんやけど、詩織さんってどんぐらい飲む人なん？」

「あ、それはちょっと気になるかも。私達の前だと自制して、飲んでも付き合いでグラス一杯とかその程度だし」

「澪はまあ知らんやろうとして、真琴さんは一緒に飲んだこととかない？」

「終電逃して達也に飲みに誘われたときとかに、二度ほど一緒に飲んだことがあるんだけどね、詩織さんも結構なウワバミよ。ただ、アッパー系の酒癖持ってるから、外ではあんまりたくさん飲ませたくはないのよねえ」

「アッパー系か。笑い上戸とかそんな感じ？」

「あと、抱きつき癖かしら。さすがに達也以外の男に抱きついたりはしないけど、女の人にはすぐ抱きつくわね。ぬいぐるみとかちっちゃい子供にも」

「なるほどなあ。っちゅうか、ちっちゃい子供に抱きついたところ、見たことあるん？」

「詩織さんと一緒に飲んだ一回目が飲みに誘われたパターンで、達也の家の近所の居酒屋だったのよ。で、まだ六時前の早い時間からつい調子に乗って飲んじゃって、すっかり出来上がった詩織さんがそこでお手伝いしてたライムぐらいの歳の子にね」

なんとなくしっくりくる詩織の酒癖に、思わず心の底から納得してしまう宏。同性に対する抱きつき癖は宏や達也が持っていれば視覚の暴力だが、詩織ならそんなに問題にならない気がするあたり、容姿と性差と雰囲気は重要である。

もっとも、達也に関していえば、抱きつく相手によっては一部の趣味の持ち主が鼻血を噴射しながら大喜びする可能性は否定できないのだが。

「まあ、そこら辺はうちらが酒出す量調整して、そのうえで兄貴と真琴さんがちゃんと自重してくれれば回避できる問題ではあるなあ」

「そうね。っていうか、そもそもアズマ工房でお酒飲むのって、王様達と神様達が来てなきゃ、あたしと達也だけだものね」

「せやで。っちゅうか、飲ましても気にならん歳の人が、兄貴と真琴さん以外は管理人チームとテレスと新人組のカチュアだけやからなあ。管理人チームは一応職場やからっちゅうて食前酒ぐらいやし、テレスはそんな酒好きでもないみたいやし」

「カチュアは神官時代の習慣が残ってるのと新人だから遠慮があるのとで、出されない限り絶対飲もうとしないしねえ」

詩織の酒癖を確認するついでに、アズマ工房の飲酒事情について語り合う宏と真琴。

真琴と達也、およびそれなりの頻度で顔を出す来客達のおかげで酒の消費量が人数相応のものになっているが、実のところアズマ工房では酒を飲む人間はそんなにいない。

なお、カチュアとは今まで名前が出てこなかったアズマ工房新人組四人の最後の一人で、元イグレオス神殿の神官をしていた女性だ。因《ちな》みに、プリムラの後輩でもある。

「……なんかこう、協会に登録してレイっちらに紹介して、城見物したらあとはファムとライム愛《め》でて二日間終わりそうな気ぃしてきたわ」

「……うん。私もそんな気がしてきた」

「……詩織姉、ファムとライムにメロメロになりそう」

「……あ～、否定できないわね」

その後も詩織の好みそうなものなどを話しているうちに、そういう結論に到達する一同。

結局、どこを案内するかは当日時間が余ってから考えよう、ということで落ち着くのであった。

☆

そして、詩織が初めてウルスに足を踏み入れる当日の朝早く。

「親方、おかえりなさい！」

「おう、ただいまや」

いつものように、転移陣から出てきた宏達を、ライムが出迎える。

ただし、いつもなら宏にまっすぐ飛びついてくるライムが、この日は駆け寄ってきはしても飛びついて抱きつこうとはしなかった。

そのことに内心で首をかしげながらも、笑顔で応じる宏。

「ライム……じゃない……わたし、親方にお話ししたいことがいっぱいあるの！」

「ほほう？　こっちも、ライムらに紹介したい人がおるし、食堂でお茶でも飲みながら話そうか。朝飯はもうすんどるんやろ？」

「うん！」

ライムが飛びついてこなかった理由を続いての言葉から察し、もうそんな年頃かと納得しながら話を進める宏。子供というのは、知らないところで育っているものだ。

「ほな、悪いけどファムらを食堂に呼んできてくれんか？　ついでに、レラさんか誰かにお茶も頼んどいて」

「は〜い！」

宏の指示を受け、軽やかな足取りで作業場へ向かうライム。

この時間は材料を採りに行く必要がなければ納品用のポーションを作っているので、基本的に全員作業場に揃っているのだ。

因みに現在、納品用のポーションの材料は、大部分をジノ達が集めてきている。ウォルディス戦役の時のスパルタが効いてか、今のジノ達は無理をしなくても、七級以下の標準のポーションに使う材料なら一時間ほどで二日分から三日分ぐらいの納品分を集められるようになっているのだ。

そのため、最近のファム達は、もっぱらオルテム村近郊で手に入る六級クラスの素材がメインとなっており、七級以下のものは大口の注文が重なったときぐらいしか採りに行かなくなっている。

なお、ファム達が作っている六級以上のポーションは、各国の政府や冒険者協会が買い取ったうえで、騎士団や警備兵の詰め所、冒険者協会の各支部および出張所など、緊急事態に対応する義務があり、かつ高レベルの薬を大量消費する可能性がある公的機関に分配されている。

特に騎士団はたびたびモンスターの大規模討伐のための遠征が入るため、いくら納品しても足りないので、ファム達がどれだけ高レベルポーションを作ろうと、在庫がだぶつくようなことは一切ないのだ。

「今のが、ライムちゃん？」

「ああ。可愛《かわい》いだろう？」

「うん。私も女の子が欲しくなっちゃった。できれば、ああいう元気で可愛い子がいいな～」

ライムの様子にノックアウトされた詩織が、実に甘い声で達也にねだる。

そんな香月《かづき》夫妻の様子を、生温かい視線で見守る宏達。

特に春菜と澪にとっては、仲がいい夫婦に対する憧れと、我が身と比較すると羨《うらや》ましすぎるのでよそでやってほしいという気持ちとで、なかなか複雑である。

「まあ、食堂いこか」

いちゃついてる達也と詩織を現実に戻すべく、宏がそう声をかける。

そこに、畳み込むようにオクトガルが割り込んでくる。

「タッちゃんの奥さんがいると聞いて～」

「感触チェック～」

息をつく暇も突っ込みや紹介の隙《すき》も与えず、数匹のオクトガルが詩織に殺到して全身をくまなくマッサージし始める。

その一連の挙動に対し、詩織はというと……。

「わ～、変な生き物～」

割と平然とした態度で、胸に顔をうずめながら揉《も》みしだこうとしているオクトガルをぎゅっと抱きしめていたりする。日頃の抱き癖の成果か、その動きには迷いも無駄もない。

「すごい、オクトガルのセクハラを無力化してるよ……」

「詩織さん、大物やなあ……」

目の前のファンタジーな生き物に瞬く間に順応し、自分から抱きつくという技である程度のセクハラを無力化した詩織。その手腕に大いに感心する宏達。

普段割とトロい詩織が、春菜の反射神経でも対応できなかったオクトガルの不意打ちを潰したあたり、世の中奥が深い。

もっとも、これぐらいでないと達也の嫁は務まらないだろうが。

「……ねえ、食堂行かないと、ファム達待ってるかも」

「……せやな」

詩織とオクトガルのやり取りに気勢をそがれて、いろいろ忘れて見入っていた宏達が、澪のその一言で我に返る。

「待たせちゃってたら申しわけないから、ちょっと急ごう」

「ん」

少々早歩きになりながらの春菜の言葉に、澪が同意する。

他のメンバーも異論はなく、建物の中を移動するには少々早すぎる感じの速度で、食堂に向かって歩く。

「なんかこの工房、イメージしてたのより広いね～」

「最初はもっとこぢんまりとしてた、俺達とこっちで雇った職員が仕事と生活するのに十分な必要最低限の広さしかなかったんだがなあ」

「出入りする人間とか設置する必要のある設備とかがガンガン増えて、どんどん増築していったものねえ」

増築に増築を重ね、今や個人経営の工房とは思えない広さになっているアズマ工房ウルス本部。それに対する詩織の感想に、最初期を知っている達也と真琴がしみじみとそう告げる。

増築に増築を重ねたといっても、ちゃんと動線などを配慮してある程度計画的に行っているため、まだ内部の部屋の配置は分かりやすいが、それでも転移室から食堂まで一分以上かかる広さと構造になっている時点で、もはや最初期の頃の面影は一切残っていない。

なお、一番面影が残っていないのは世界樹とソルマイセンの木が鎮座している中庭だが、それに関しては今更すぎて誰も突っ込まない。

「親方、遅かったのです。何があったのです？」

「すまんすまん。ちょっとオクトガルがなあ」

転移室から食堂に来るだけなのに、妙に遅かった宏達に対して代表で確認を取るノーラ。

ノーラの確認に苦笑がちにオクトガルのことを告げる宏。

オクトガルと聞いていろんな意味で納得し、宏達が入ってくるのを大人しく待つノーラ達。

彼女達にとって見知らぬ六人目である詩織が、その豊かな胸に押し付けるように二匹のオクトガルを抱え込み、さらに頭に一匹乗せた状態で満面の笑みを浮かべているのにはさすがに目を丸くしていたが、すぐに紹介してくれるだろうと声をかけることはしない。

「まあ、見てのとおりっちゅう感じでちょっと遊んでもうてなあ。待たせてもうてすまん」

「それはいいんだけど、親方。なんでそんなにオクトガルが大人しいのか、アタシとしては待たされたことよりそっちのほうが不気味で気になるよ……」

「そこに関しちゃ、僕らもびっくりやったからなあ。詳細聞かれてもなんとも言えんわ」

「そっか」

オクトガルの行動が理解できないのは、今に始まったことではない。そう考えて、疑問点は横に置いておくことにするファム。

セクハラの被害にたびたびあっているテレスとノーラは納得いかない顔をしているが、謎生物相手に細かいことを追及しても無駄だと黙っている。

「で、まあ、話が逸《そ》れたけどな。自分らに紹介したい人っちゅうんが、この女の人でな。香月詩織さんっちゅうて、兄貴の奥さんなんよ。なかなか準備が整わんで、やっとこっちに連れてこれてんわ」

「あ〜、その方が噂《うわさ》のタツヤさんの奥さんですか。初めまして、テレス・ファームと申します」

「ノーラ・モーラなのです。一人称がノーラなのはモーラ族のしきたりみたいなものなので、ご容赦願いたいのです」

「アタシはファム・タートです。こっちは迎えに行ったから知ってるかもだけど、妹のライムです」

「ライム、じゃなかった、わたし、ライムなの！」

「ファムとライムの母で、レラ・タートと申します。アズマ工房全体の建物の維持管理をさせていただいています」

宏の紹介の言葉に合わせ、次々と自己紹介をするアズマ工房の現地職員組初期メンバー。達也の嫁と聞き、全員内心でいろいろ納得しつつ首をかしげるものがあったが、さすがに口や態度に出すほど失礼な人間はいない。

「香月詩織です。夫がとてもお世話になったようで、お礼を申し上げます」

自己紹介が始まったあたりでオクトガルを解放し、ややよそ行きの丁寧な口調で心からの礼を言う。

その態度に、直前まで持っていた能天気でゆるそうな女性という印象を捨てるライム以外の職員達。ライムに関しては、そもそもそこまで難しいことは考えていないので印象との違いも何もない。

そのまま詩織と職員達との間でいくつかやり取りをし、お互いについてある程度理解したところで、どちらからともなく緊張を解いた。

なお、このとき詩織は内心では、「うわ〜、本物のエルフにうさ耳の女の子だ〜」などと感動に浸っていたのだが、そのことは当人と夫である達也以外知る由もない。

「とりあえず、詩織さんは今後もちょくちょく顔出すことになると思うから、みんな仲良くしてね」

「はいなのです」

「それで、さっきライムちゃんがお話ししたいことがいっぱいあるって言ってたけど……」

「そーなの！」

春菜に話を振られ、ライムが元気よく立ち上がる。そのあと、しまったという顔でもう一度座る。

その様子を見ていた宏達が、ライムの話したいことをなんとなく察する。

「あのね、親方。わたし、エルさまとかハルナおねーちゃんみたいになりたいの」

できるだけ落ち着いて話すよう心掛けながら、ライムがそう宣言する。

それを聞いた宏達の反応は、やっぱりか、であった。

「……目標としては悪かないと思うしライムやったら無理やとも思わんけど、ライムの良さって春菜さんとかエルとはまたちゃうところにあるんちゃうかなあ？」

「あたしもそう思うわね」

ライムの宣言に対し、頭をひねってライムの決意を否定しないように慎重に言葉を選んで、思うところを告げる宏とそれに同意する真琴。

ライムぐらいの歳の子供の性格など、教育や環境次第でいくらでも変わる。今からそういう教育をすれば、頭がよく歳相応に柔軟なライムなら、春菜やエアリスのような上品でおっとりした優しい美人になるのも恐らく不可能ではない。

問題なのは、それが本当にライムの本質に合っているのか、というとなんとなくそうは思えないところにある。少なくとも、今のライムにはしっくりこないのは間違いない。

そもそも、大雑把《おおざっぱ》なカテゴリーとしては同じであっても、春菜の魅力とエアリスの魅力はまったくの別物だ。それをひとくくりにして目標にしている時点で、ライム自身が本気ではあっても本当の意味での目標は分かっていないのだろう。

「でもまあ、私とかエルちゃんみたいになる、っていうことの是非は横に置いておいて、その目標だと多分、礼儀作法とかいろんなマナーの勉強は必須だよね？　私は、ライムちゃんが礼儀作法を勉強すること自体は賛成だよ」

「そうだな。ああいうのは一朝一夕じゃ身につかねえし、ちゃんと覚えておかないと今後厄介なことになる可能性もあるしな」

「師匠と春姉《はるねえ》は神様になってるし実績もあるから少々のことは黙らせられるけど、ファム達はそうもいかない」

　春菜の意見に、達也と澪が賛成する。

　ライムの目標に関してはともかく、礼儀作法を学んでおくこと自体は間違いなくライム自身にもアズマ工房にもプラスになる。

「まあ、そういうわけだから、このあと詩織さんをレイオット殿下やエルちゃんに紹介するときに、ついでにライムちゃんの礼法の先生についても相談してくるよ。ただ、本当にその目標で勉強するのかどうかは、実際に勉強しながら考えたほうがいいよ。やってみないと分からないこともあるだろうし、勉強しているうちに、もっといい道が見つかるかもしれないしね」

「うん、分かったの。ハルナおねーちゃん、ありがとう」

「それで、目標にできそうな魅力的な女の人はいっぱいいるのに、どうして私とエルちゃんを目指そうと思ったの？」

「だって、親方が一緒にいるとき一番安心してるの、女の人だとハルナおねーちゃんとエルさまだもん」

「えっ？」

「わたしみたいに元気すぎる女の人だと、親方ものすごくこわがってるから、今のままだと親方の近くにいられなくなっちゃう」

「……あ～、ライムちゃんは大丈夫だと思うけど、全体ではちょっと否定しきれないかな……」

ライムの言う理由を聞き、非常に納得してしまう春菜。自分達が受け入れてもらえているかどうかはともかく、宏がライムのような元気いっぱいで声も大きいタイプの大人の女性を苦手としているのは事実だ。

恐らく、ライムがその年頃になる頃には宏も今よりもっとマシにはなっているだろうが、当のライムにはそれを当てにする気はなさそうである。

「ねえ、達兄《たつにい》、真琴姉、詩織姉。ちょっと思ったんだけど……」

「……ん？」

「また碌《ろく》でもないこと言うんじゃないでしょうね？」

「何かな、澪ちゃん？」

「もしかしてこれ、光源氏計画？」

「「「……ああ……」」」

澪の言葉に、頭の片隅に引っかかっていた何かの正体を理解する達也達。厳密に追求すれば全然違うのだが、表面的なところはそう見えなくもない。

「いやでも、今回は別にヒロ君が理想の嫁を育てる流れじゃないよね～？」

「というか、ライムが自発的にそうなりたいって言ってるだけで、そもそも真っ当にさえ育てば宏はライムがどんな大人になろうとあんまり気にせず可愛がりそうな感じよね。まあ、グレたりしたらさすがに怒るでしょうけど」

「それ以前の問題として、春菜やエルについては目標にするのが納得できるだけのいい女ではあるが、ヒロの理想の嫁かっていうと、そうとは限らないんだが」

「ん。でも、年上の男、それも下手すると親子ほど離れてる相手とずっと一緒にいるために自発的にいい女に育とうとするのって、世間一般では光源氏計画って言われそう」

澪の余計な一言を皮切りに、今回のライムの発言が外から見るとどう映るか、ということに関して無駄に議論を始める達也達。

その内容に思わず遠い目をしながら、当事者なので迂闊《うかつ》に口を挟めず静観する宏。

春菜も目標にされている時点でどちらかと言えば当事者寄りであり、またこの手の会話に口を挟むと大抵碌なことにならないのは経験済みであるため、黙って議論の行方を見守っている。

ファム達が何も言わないのは、単純に光源氏計画というのが何なのか、その後の会話を聞くまで分からなかったからなのは言うまでもない。

「じゃあ、光源氏計画じゃなければリアルお姫様育成者？」

「確かにライムは仕事してるけど、それって家の手伝いみたいなもので自発的に楽しんでやってることだし、そもそもあれは十歳の女の子を働かせてその収入で教育してるから、やっぱり事例としては違うんじゃない？」

ＯＳがＤＯＳだった頃に一世を風靡《ふうび》し、今でも忘れた頃にこっそり新作が発売される、孤児の女の子を引き取って育てるゲームを引き合いに出す澪。

タイトルに反して、お姫様と呼べるようなエンディングが辛うじて王子の嫁ぐらいしかないとか、十歳の子供をアルバイトでこき使ったうえにその金で教育を施す（場合によってはそこから生活費も補填《ほてん》する）とか、挙句の果てに二作目以降は育ての親と結婚するエンディングがあるとかいろんな意味で話題《ネタ》に事欠かないゲームである。

「ミオさんが例に出しているものが何かは分からないのですが、とりあえず内容が碌でもなさそうなのは分かるのです」

「というか、話題の内容からしてどっちも小さな女の子を育てて自分の嫁にするっていう内容だと思うんだけど、親方達の国ってそれが一般的なの？」

「いやいやいやいや。さすがに現実にやっとる人間はおらんで。そのつもりで引き取って育てたわけやないけど結果的にそうなってもうた、っちゅう話は現実でもごく稀《まれ》にあるみたいやけど、狙ってやっとんのは古典文学とか物語の類だけやで」

「やろうとして逮捕された変態の話も、何年かに一回は聞くけどね」

せっかくの宏のフォローを、余計なことを言って叩《たた》き潰す真琴。いろいろと台無しである。

「真琴さんの言葉も事実だけど、本当にそういう人はごく稀にしかいないからね？　単に一億人を超える人口だと、そういう犯罪を起こす人も出てくるってだけだからね？」

真琴の言葉を聞いたファム達の表情を見て、慌てて春菜が言い訳する。

内容が内容だけに一人出れば非常に目立つとはいえ、発生件数でいえば通り魔による無差別殺傷よりも少ない犯罪だ。そんな例外的な犯罪だけでそういう国だと思われてしまうのは、いくら何でも自分達を含む大多数の分別を持った人間が浮かばれない。

「いやまあ、親方達を見てたら、そんな国じゃないっていうのは分かってるんだけどね」

「単に、内容があまりにもショッキングだったのと、親方達が時折見せる妙なことへのこだわりの強さから、もしかしたらと思っただけなのです」

「古典文学でそういう話がある、とか、歳の離れた女の子を自分好みに育てようとする計画名がある、とかも、そう思っちゃった原因ではありますけどね」

そんな春菜の思いが通じてか、ファム達が微妙な笑みを浮かべて春菜の言い訳に理解を示す。それまでの会話の流れの問題で、少しだけ本気でもしかしたらと思ったのは、決して本人達には言えない事実である。

「で、話は逸れたけど、ライムちゃんが話したいことって、それだけかな？」

「えっとね、わたし、お庭の木になってる実とかが採れるようになったの」

「「「「えっ？」」」」

ライムのとんでもない発言に、実がつく庭木が何かを知っている宏達が絶句する。

恐らくライムが主に世話をしているからこそではあろうが、それでも世界樹やソルマイセンからいろいろ収穫できるとなると、スキルの成長速度も含めてかなり恐ろしいことになりそうだ。

「なあ、春菜。ライムの憧れのお姉さんでいるためには、かなりの努力が要《い》りそうだぞ」

「色ボケしてる余裕はなさそうよね」

「こういうときだけは、春姉でなくてよかったたって思う」

「春菜ちゃん、がんばれ～」

「あはははは……」

日本人メンバーの予想をぶっちぎった成長を見せるライム。

その目標にされてしまった春菜に、思わず同情するような目を向けてしまう一同であった。

☆

「とまあ、そんなことがあって……」

「まあ……」

同じ日の十時過ぎ、ウルス城。オクトガルネットワークを利用してアポを取った宏達は、レイオットとエアリスに詩織を紹介したあと、直前にあったライムの決意表明について話をしていた。

「それはとても光栄なのですが、それだけに期待と評価が重いですね……」

「だよね……」

「正直なところ、目指すのであればハルナ様はともかくとして、私ではなくシオリ様のほうが目標としては正しいのではないか、と思うのですが……」

感動と気後れの中間ぐらいの態度で室内の調度や茶器などを観察していた詩織が、エアリスに唐突にそう振られて目を白黒させる。

「え～？　私ですか～？」

「はい。様々なことを上手《うま》く受け流し、ちゃんと周囲に愛を伝えられる良妻賢母、というのであれば、どうしても表面を取り繕わねばならないことが多い私よりは、シオリ様のほうが女性として目指すべき点が多いのではないか、と思うのですが……」

「ん〜……。私はこのとおり、取り繕ってたりふりをしてたりじゃなく、普通にトロいんですよね〜。なので、やっぱりエアリス様のほうが目標としては正しくて、大多数の人を納得させられるんじゃないかな〜、って」

「まあ、結局のところ、ライムちゃんが私やエルちゃんを目標にしたのも、エルちゃんと詩織さんのお互いの評価に関しても、隣の芝生は青く見えるってことだと思う。私だって、目標にするんだったらエルちゃんか詩織さん、あとはカテゴリーを変えるんだったら真琴さんだって尊敬できるところはいっぱいあるから、ライムちゃんならそっち目指したほうがいいんじゃないかって思ってるし」

「澪ちゃんだって、ディープな世界に足突っ込みすぎてる部分がなければ、同じ年頃の子の中では自慢できるぐらいにはいい子だよね〜」

「うん」

隣の芝生の青さから、真琴と澪にも話を飛び火させる春菜達。

その様子に、自分達は関係ないと油断していた真琴と澪が、どことなく気まずそうに目を逸らす。

人格的な欠点という面では春菜やエアリスと比べて目立ちやすいものが多い真琴と澪だが、なんだかんだ言ってもそれを超えるだけの人としての魅力は持っている。

特に真琴の場合、彼女の持つ長所や魅力は分かりやすいぐらい欠点と裏表の関係にあり、欠点として目立つのと同じぐらい魅力として輝いている。

澪にしても真琴ほど分かりやすくこそないが、十分すぎるほどの魅力も尊敬できる点も持ち合わせている娘なのは、関係者全員が認めるところだ。

こちらに来た当初は思春期全開、反抗期丸出しで尖《とが》っていた部分もあったが、そのあたりも主観時間で数年がかりの長いフェアクロ世界での生活と、死にかけたり力技でトラウマを克服したりといった結構洒落《しゃれ》にならないレベルで過酷なあれこれを乗り越えた結果、すっかり落ち着いている。

そんな経験をしたうえで、それをひけらかさずにどこか飄々《ひょうひょう》とした態度を崩さずに照れ隠しで濃いネタを披露できるタフさは、濃いネタの部分に目をつぶれば十分に尊敬に値しよう。

さらに言えば、まだ十代でエアリスのように聖女と呼ばれるにふさわしいだけの人格を持っていたり、春菜のように一見して欠点らしい欠点がなかったりするほうがおかしいのであって、澪どころか真琴ですらまだまだ人格的にはこれから磨かれていく時期だ。

そう考えれば、主観時間での経験が実年齢より数年長いことを踏まえてなお、春菜だけでなく真琴や澪も年齢より立派な人格をしていることは当人以外誰も否定しないだろう。

詩織に関しては、達也が惚《ほ》れ込んでいることを誰も不思議に思わず、当人がそれを当然だと考えず常に夫婦であるための努力を怠っていない、というだけでも十分に説明がつく。

結局のところ、この場にいる女性に関しては、全員見習うべき点や目標にすべき要素を持ち合わせているのである。

が、比較対象が比較対象だけに、真琴も澪も自分達に話が飛んでくるとは思っておらず、まるで褒め殺しにされたような気分になってしまったのだ。

「あのさあ。その基準でいえば、ファムだってテレスだってノーラだって、普通に見習うべき点がいっぱいあるわよ？」

「ん。レラさん達管理人チームとか、たまにすごいの一言しか出てこないときがある」

自分達だけ褒め殺されてたまるかとばかりに、工房にいる主要メンバーにまで話を広げる真琴と澪。その発言に、黙ってお茶を楽しんでいたレイオットがトドメを刺すように口を開く。

「そもそも、アズマ工房にいる女は、新人の二人以外は全員議論の余地なくいい女だと断言できるが？」

レイオットの口から飛び出した、彼の人柄からすれば意外すぎる言葉に、その場にいる全員が驚きの目を向ける。

「……レイっちも言うなあ……」

「事実を告げたまでだ」

「つちゅうか、それやったらなんでテレスとノーラの見合いが上手いこといけへんの？」

「いい女であることと所帯を持つのに向いていることとは別問題だからな。それに、そのあたりは二人だけでなく男の側にも問題がある」

宏の突っ込みに対し、しれっとそう言い逃げるレイオット。

言わんとしていること自体は正しいため、追及しようにもできなくて思わず黙り込む宏。

そこでなんとなく話題が途切れ、しばらく全員お茶を味わうことに集中する。

「……にしても、考えてみたら、ライムはええ教師に囲まれとんなあ」

いい茶葉を使い一流の腕で淹《い》れた極上のお茶。その味にいろいろな意味で心が落ち着いたところで、今までの話題を総括するようにそんな感想を漏らす。

「まったくだ。俺も子供ができたら、工房に預けて揉んでもらってもいいんじゃないか、って思っちまうな」

「それ、立派にたくましく育つのは確実だけど、絶対小学校で浮くわよね？」

「そうだよな。そこがネックなんだよな……」

「まあ、レラさん達管理人チームがしっかりしてるから、見てないところでもちゃんと躾《しつけ》はしてくれそうな点は、下手な幼稚園や保育園より安心ではあるよね」

「ん。無認可の幼稚園とか保育園、たまにとんでもないところがあって騒ぎになってる」

「そういう面では安心だけど、上手く軌道修正しないと小学校で浮くどころか日本での生活習慣になじめないかもしれないのが怖いよね～」

「せやねんなあ。基本的な倫理道徳はあんまり変わらんけど、やっぱり日本とファーレーンでは躾の内容とか基準はちゃうし。あと、僕が言うこっちゃあらへんけど、遠足とかで脇道に逸れて薬に使える類の雑草毟《むし》るんに夢中になりかねんのがなあ」

「本当に、宏が言えることじゃないわよねえ」

なんだかんだで立派に育ちすぎたライムを思い浮かべ、アズマ工房での育児が持つ可能性とそれゆえのデメリットを語り合う日本人チーム。

特にいつ子供を授かってもおかしくない達也と詩織にとって、子育ての問題は他人事《ひとごと》ではない。プレッシャーになってはいけないのでそれほどあからさまにしてこそいないが、宏達も達也と詩織の子供は楽しみにしているので、そういう面でも他人事とは言いがたい。

「まあ、誰目標にするんもライムの自由やから、その辺はうちらがごちゃごちゃ言う話やないやろう。っちゅうわけやから、レイっち。礼法の先生に関しては頼むわ」

「ああ。何だったら、ライム以外の人間も一緒に勉強するか？　土地が変われればいろいろ変わるから参考程度にしかならんが、それでも立ち歩きの際の姿勢のように、大体の文化で共通するところはあるから無駄にはならんだろう」

「せやなあ……。まあ、暇ができたら頼むわ。春菜さんはともかく、僕とか澪とかは基礎ぐらいは勉強しといたほうがええ気ぃするし」

「分かった。とりあえず、そちらに行かせて大丈夫な者を選んで手配しておく。費用に関してはこちら持ちでさせてもらうが、住み込みになりそうなら食事代や部屋はそちらで負担してくれるとありがたい。それで文句を言うようなら報告してくれれば、すぐに別の人員を用意する。まあ、アズマ工房の部屋や食事に、たかが礼法の教師ごときが文句を言えるとも思えんが」

レイオットが付け加えた条件に、思わず目を逸らす宏達。

部屋の広さこそ上流階級の人間が住むには狭いが、逆に言えばアズマ工房の居住スペースで文句をつけられるポイントはそこしかないともいえる。

普通の人間が作った部屋という観点ではファーレーンで最高峰の部屋に住むレイオットですら、自室よりも家具も居心地もいいと太鼓判を押すレベルなので、よほど神経が太くなければ文句など言えない。

食事に至っては、使われる食材が最低ラインでもトロール鳥だ。このクラスが最低ラインになる食事を毎日食っている人間など、アズマ工房の職員以外存在しない。

食事の味に関しても、実のところ何を作っても普通の味になると言われているテレスですら、食材の力で一流どころの料理に引けを取っていない。

単に比較対象がすでに普通に一流を超えているファムやノーラだったり、人類の限界を突破している宏、春菜、澪の三人だったりするから、普通の味に感じるだけだったりする。

味の面で食材のポテンシャルを損なっているのは変わらない、という突っ込みは、控えてあげるのが武士の情けであろう。

因みに、レイオットが食事代と部屋を負担してくれと言ったのは、高級食材が派手にだぶついているアズマ工房の食料庫の事情と、費用を負担しようにも相場があってなきがごとしで負担しようがないこと、さらに今更国からこれ以上現金をもらってもありがたくないというアズマ工房側の実情を鑑みた結果である。決してケチくさく経費削減を狙ったからではない。

「まあ、その辺の待遇は教育してもらう人数とか教育範囲とかで考えるわ。しばらくはお試し期間になるやろうし」

「そうだな。それで話は変わるのだが、ヒロシ。ウルスとウォルディスの鉄道事業を立ち上げる前段階として、実験的にウルス城を一周する路線を引きたいと考えている。空いている日があったら、相談に乗ってもらえるか？」

「ああ、了解や。せやな、来週中にいっぺんこっち来るわ。ざっと叩《たた》き台《だい》ぐらいは作っとくから、どういう予定なんかは教えといてくれる？」

「それほどはっきり決めてはいないが、城壁の内側に沿うように線路を敷いて、使用人や騎士、兵士達の寮と洗濯場、城門、訓練場あたりを結んでぐるぐる巡回させようと思っている」

「なるほどな。大体のイメージはつかめたから、レイっちらのお抱え職人衆が技術習得によさげな感じに設計してみるわ」

「頼む」

せっかくだからと、前々から考えていたことを宏に頼むレイオット。

レイオットの計画を聞いて、頭の中で公園や遊園地にあるアトラクション的な感じの鉄道を思い浮かべながら頼みを聞き入れる宏。

もっとも、運ぶことになるであろう人数や状況を考えると、駅と車両はそれなりの規模が必要で、遊園地にあるようなむき出しのものはまずいだろうが。

「さて、それではそろそろシオリ殿にこの城を案内しようか。今から動けば、ちょうど昼食の頃に来賓用の食堂にたどり着けるだろうしな」

「せやな。さすがに忙しいレイっちに案内頼むわけにはいかんとして、いくらほぼフリーパスやっちゅうても勝手にうろうろするんはまずいから誰かつけてもろてええ？」

「私が案内させていただきます」

「……エルも忙しそうなんやけど、ええん？」

「むしろ、ヒロシ様達が来ているときぐらいは、巫女《みこ》も王女も休めと言われてしまいまして……」

エアリスの言葉に、ファーレーン王室の裏側の事情をいろいろ察して納得してしまう宏達。親心に利害に下の者への示しに、と、なかなかに複雑な事情が絡み合っていそうな雰囲気である。

「ほなまあ、案内頼むわ」

「お任せください」

宏の頼みに優雅に一礼し、案内を開始するエアリス。

エアリスの堂に入った案内で一日ウルス城を見て回った詩織は、ウルス城の持つ歴史と風格の虜《とりこ》となり、次の日の冒険者登録と市街観光ですっかりウルスに魅了されるのであった。

第14話　道の駅に出荷しちゃった

「大霊窟《だいれいくつ》とか優先してるうちにうやむやになっちゃったけど、南部大森林地帯のあれこれ、そろそろ見に行ってみない？」

「あ～、そういえば、そんなのあったなあ」

そろそろお盆休みが目前となったある日。もはや完全に日課として定着した早朝の畑仕事の時に、春菜《はるな》が宏《ひろし》にそんな提案をした。

春菜の言う南部大森林地帯のあれこれというのは、かつて神の船で南部大森林地帯の上空を通り過ぎた際に発見した、ダンジョンやサイクロプスの集落などのことである。

いずれも歩いて到達できるような場所にはなく、また大森林という名の分厚い壁にさえぎられて街道からはどうやっても視認できないものばかりで、宏達にしても神の船で上空を通り過ぎていなければ一生その存在を知ることはなかったであろうものばかりだ。

余談ながら、南部大森林地帯を上空から見下ろした際、一番神秘的で感動的な景色が広大なオルテム村だったのはここだけの話である。

「見に行くんはええけど、集落跡以外はどれもなかなかの危険地帯、っちゅう感じやで？」

「うん。分かってるよ。でも、サイクロプスはなんとも言えないけど、ダンジョンはあの時の瘴気《しょうき》の感じから、そんなに難易度は高くない気がするんだ」

「モンスター、っちゅう面ではそうやろうけど、ああいうダンジョンはギミックが厄介やで」

「あ～……」

宏の指摘を受け、春菜が納得の声を上げる。

オルテム村のダンジョンを見れば分かるように、面倒なギミックがあるとたとえボス以外に強いモンスターがいなくても、宏達の力量ですらピンチに陥る可能性は高い。

宏と春菜に限っていえば、もはや煉獄《れんごく》クラスのダンジョンでもピンチに陥ることなどありえないが、二人だけでギミック満載のダンジョンを突破しようとすると、まず間違いなく相当な力技になる。仲間をかばってとなるとなおのことだ。

危険なダンジョンに挑んで力技で突破、という作業は今に始まったことではないが、邪神も消滅し向こうとの行き来も自由にできるようになった今、仲間を巻き込んで危険なダンジョンに挑む理由はほとんどない。

「うちらの好奇心だけで、今更危険地帯に行くんもどうかと思うんよ」

「確かにその意見も分からなくはないけど、多分提案したらみんな食いつくのは食いつくと思うよ？」

「僕が気にしとんのは、生身やとダンジョンも対モンスター戦も初心者な詩織《しおり》さんのことやねん」

「あっ……」

宏に言われ、問題の本質を理解する春菜。

確かに、詩織が一緒となると、下手にダンジョンに挑むのは危険だ。スキルオーブによる補正で戦闘能力は十分で、宏が用意した装備のおかげで被弾ダメージも気にする必要はないだろうが、それでもぶっつけ本番は怖い。

装備以外はほぼ同じ条件だった宏達も、格下のモンスター相手に死人が出かけたり、初めてのダンジョンで全滅の危機に陥ったりしている。今ならフォローできるとはいえ、詩織もこのあたりは同じだと考えたほうがいい。

冒険者協会が戦闘能力に関係なく全ての新人を十級からスタートさせ、実績がなければダンジョンに入れるだけの等級もダンジョンに入るための許可も与えないのも、根っこの部分は同じである。

いくら戦闘能力が高く雑用をいとわない人物であろうと、冒険すべきときと安全マージンを確保して冒険を避けるべきときを判断できないような人間を、一人前の冒険者として扱うことはできないのだ。

「チュートリアル的なことするのにちょうどいいダンジョンとか、どっかに転がってないかなあ……」

「その前に、まずは詩織さんにがんばって八級まで上がってもらわんとあかんで。そこまでは僕らもショートカットとかせんとやっとんねんし」

「だよねえ」

宏のどこまでも厳しい突っ込みに、どことなく諦めの表情で春菜が頷《うなず》く。とにかく件数を積み重ねるしかない八級までの昇格は、週末冒険者の詩織にはなかなか高いハードルである。

実のところ、すっかりウルスが気に入ってしまった詩織は、在宅ワークで時間の融通が利くことを利用して、ひそかにアズマ工房の新人達と一緒にほとんど毎日なにがしかの依頼をこなしていたりする。

どれぐらいの依頼をこなしていたかというと、すでに九級への昇格試験が終わっているぐらい。

ネトゲにハマった自由業の人間とやっていることがまったく同じだ、という点には突っ込んではいけない。少なくとも、最悪本業を失業してもそちらで食っていける分、ネトゲにハマって身を持ち崩すよりはるかにましだ。

無論、宏達はそんなことは知らず、また、アズマ工房のメンバーは宏達が詩織の動向を知らないことを知らない。

工房の職員達は宏達が知っているものだと思っているためわざわざ報告などしないので、結果として詩織本人も含め誰も隠していないにもかかわらず、詩織の冒険者活動を宏達が知らない状況が今も続いていた。

「まあ、南部大森林地帯のあれこれはいつ行っても問題あらへんし、あんまり慌てんと様子を見もっていこや」

「そうだね」

詩織が結構冒険者として活動していることを知らない宏と春菜が、そう結論を出す。そのまま、まだまだ収穫期が続いている作物のあれこれに目を向ける。

「次の問題は、この豪快に穫《と》れてるゴーヤとか、どうやって消費するかだよね」

「せやなあ」

二株ほどしか植えておらず、ある程度はちゃんと間引いているにもかかわらず毎日毎日箱単位で収穫できるゴーヤや、同じく一株一個になるように摘果したはずなのにいつの間にか増殖して立派な実をダース単位でゴロゴロつけているスイカなど、どうがんばっても食いきれないほどの量の実りにどうしたものかとため息をつく宏と春菜。

同じものをたくさん作っても消費しきれないことなど最初から分かっており、また、一株でどの程度収穫できるかのノウハウもなかったこともあり、春菜の畑で栽培されている作物はどれも多くて五株程度に絞っている代わりに、とにかく種類を多く植えていた。

収穫時期もある程度ばらつくようにして、切れ目は少ない代わりにあまりたくさんの作物が同時に収穫時期を迎えないようにも意識してあった。

それら全てが毎日毎日大量に実をつけては食べ頃になりを繰り返し、挙句の果てに専業農家でもそろそろ終わろうかという作物がまだまだ大量に食べ頃を迎えてしまうため、結果として一アール程度の畑から得られるとは思えないほどの収穫を得る羽目になっている。

恐らく、今の二人が専業農家として数ヘクタールの田んぼと畑で作物を育てれば、日本の食料自給率を数パーセントは押し上げることができるだろう。作物の種類によっては、食料問題を解決に導いてしまう可能性すらある。それほど、質、量ともに異常な収穫なのだ。

普通にやってこんなに穫れるはずがないのだから、宏の持つ神の農園スキルが余計な仕事をしているのは間違いないが、ではそれを自由にコントロールできるかというとかなり難しい。

どんなに手を抜いて雑な仕事をしたところで限度があり、無意識に行っていることまで手を抜くのは不可能だ。とことんまで雑に水まきをしても最適な量の水を与えてしまう現状、これ以上収穫量を落とすことは無理だろう。

何より問題なのは、これでもまだ、神の農園スキルの効果としては自重しているほうだという点である。どの程度自重しているかというと、ようやく歯磨き洗顔が終わってこれからアップを始めようかというレベルにとどめている感じだ。

内容的には家庭菜園で素人が陥りやすい罠《わな》でしかないはずなのに、あっさり規模が桁違いになるあたりが実にこの二人らしい。

因《ちな》みに、神の農園スキルが行っている一番の仕事は、これだけ非常識な量の収穫があっても、普通の人間は専門家ですら誰もそれを疑問に思わないよう、完全に認識を狂わせていることである。

この点に関して宏達の指導教官をはじめとした人外連中は、たまに普通の人間にも同じような特殊能力を持って生まれるのが混ざるので、よほど本気を出して黄金のリンゴとかその類《たぐい》のものを栽培し始めない限りは、特に気にしていなかったりする。

「綾羽乃宮《あやはのみや》の本邸で住み込みの従業員さんのご飯とかに使ってもらうのも、いい加減限界だよね、多分」

「いくら人数多いっちゅうても、毎日同じ野菜で料理作るんは限界あるしなあ」

「親戚一同もそろそろギブアップだろうし、蓉子《ようこ》も美香《みか》もとっくに特大のスイカ三玉に段ボール二箱分ぐらいの野菜引き取ってもらってるから、これ以上はちょっと無理だろうし」

「そらうちも同じことやで」

収穫と仕分けが終わった作物を軽トラに積みながら、押し付け先を検討する春菜と宏。

因みにこの軽トラ、宏が畑を手伝っていると聞いて、どうせ必要になるだろうと雪菜《ゆきな》が即金で新車を購入していたものである。

このあたりの判断に関しては、天音《あまね》あたりにもこの考えをどう思うか確認を取ったうえで、普通の人間がどうがんばっても運べそうもない分量をリアカーに積んで運ぶような真似をされるよりマシという結論のもとに行われている。さすがに不特定多数相手にこのあたりを確実にごまかす手段は、指導教官クラスの人外ですら持ち合わせていないのだ。

なお、宏は誕生日の翌週に直接試験場に行って学科と実技の試験両方を受けるやり方で運転免許を取得し、まともな神経をしているベテランの運転手並みに安全で安定した運転をしている。

実技の練習に関しては、綾羽乃宮家の私有地にある練習用コースを使わせてもらったほか、神の城にも同様にコースを設置したうえで、運転操作に関しては完全に同じ仕様であるゴーレム馬車《ワンボックスカー》を使い倒して、時間の流れをいじってとことんまで練習している。

やたら協力的だったラーちゃん達や綾羽乃宮家の従業員のおかげで、実際に路上で走っているのと変わらぬ緊張感をもって練習ができ、実にスムーズに免許が取れたと試験終了後に宏が語ったことから、宏がどんな練習をしてきたのかいろいろ察せそうである。

「お～い、お二人さんや～」

荷台いっぱいに野菜を積み込んだところで、畑の外から二人を呼ぶ声が聞こえてきた。

「あれ？　安永《やすなが》さん？」

「どないしましたん？」

宏と春菜に声をかけたのは、この畑の地主である安永氏であった。

安永氏は七十歳をいくつか超える専業農家で、江戸の頃からの大地主の一族である。

大地主だけあってＧＨＱの占領政策と無縁ではいられなかったが、食えない爺様《じい》として有名だった安永氏の祖父は、戦後の綾羽乃宮家を築き上げた鉄斎《てっさい》氏と手を組んであの手この手でそれらをやり過ごしたらしい。

そんな安永家も後継者不足には抗《あらが》えず、自宅から距離が遠い農地は全て貸し農園にしてしまっている。

春菜が使わせてもらっている農園も、そんな貸し農園の一つだ。

「いやなあ、あんた達は若いのに腕がよくて、作物穫れすぎて持て余しとると横山《よこやま》さんから聞いたんよ。で、爺《じい》からの提案だが、とりあえず一度試しに、うちの名前で道の駅に並べてみてはどうかね？　この野菜なら十分売り物になる」

「……いいんですか？」

「おうおう。趣味の範囲でとはいっても、せっかく若いもんが農業をやってくれとるんだ。年寄りが手を貸すんは当たり前だて。それに、こんないい野菜を持て余して腐らせるのは、いくら何でも食いもんに対する冒涜《ぼうとく》よ」

「売りもんになるんやったらぜひお願いしたいんですけど、さすがに袋詰めもせんとこのまま売りもんにはできんでしょうから、ちょっと準備せんと……」

「そんなもん、しばらくはうちの機材を使えばええ。さすがにタダで、ってえのはよろしくないから、いくらかはもらえるとありがたいがの。そうじゃな、売値が最低で一袋百円として、袋代と機材の使用料と手間賃在庫管理費もろもろ込みの費用で、当座は一袋売れるたびに十五円ほどかの？」

「売れるんやったらそんぐらい、っちゅうか、もっと出しても……」

「地代ももらっとるからの。そんぐらいにしとかんと取りすぎよ」

そう言ってカラカラ笑う安永氏。

実際、安永氏からすれば、作物の原価計算をすればこれでも取りすぎだという意識がある。

なお、安永氏が歩合制で話を進めたのは、現時点では売れるとも売れないとも言えないので、宏と春菜の持ち出しが発生しないように考慮したためである。

なので、あまりに売れるようであれば利益の額をもとに月額もしくは年額いくら、売り上げから天引き、という形に切り替える予定だ。

「さてさて。今から袋詰めすればまだ今日の出荷分に間に合うが、どうするかね？」

「……そうだね。せっかくだから、売りに出してみよっか」

「せやな」

「決まりだの。では、作業場に案内するから、爺のトラックについてきておくれ」

安永氏に促され、さっさと軽トラに乗り込む宏と春菜。まだ早朝だからか、普通にハンドルが握れる程度の車内温度に思わずほっとする。

「ちっとは小遣いの足しになるぐらい売れたらええんやけどなあ」

「そうだね」

農道をのんびり先導する安永氏のトラックを追いかけながら、そんなのんきな話をする宏と春菜。

神の農園を創り出せる宏と春菜。そんな二人が愛情を込めて作った野菜が小遣いの足し程度で終わるわけがない。

少し考えれば誰でも分かるような当たり前の事実だが、この時点では宏も春菜もまったく思い至らなかったのであった。

☆

「師匠、春姉《はるねえ》」

畑作業を終え、軽トラを返して藤堂《とうどう》家のガレージから出てきた宏と春菜に、いつの間に来ていたのか、澪《みお》が声をかけてきた。

「あれ？　澪ちゃん？」

「澪がここに来とるとか、珍しいな」

「ん。深雪姉《みゆきねえ》に呼ばれた」

深雪の名前を聞いて、なんとなく納得する宏と春菜。二学期から先輩後輩の間柄になることもあり、アクティブでアグレッシブな深雪は、隙《すき》を見ては澪を構い倒しているのだ。

澪としても深雪は嫌いでも苦手でもないが、ここ数日は連続して振り回されていることもあり、少々お疲れ気味である。

外で立ち話をするのも暑いということで、話をしながら玄関に移動する。玄関は特殊技術による冷房のおかげで快適な気温になっていた。

「それにしても、澪ちゃんをわざわざここに呼び出すなんて、深雪はいったい何の用なんだろうね？」

「長年入院して世間知らずになってるボクの、社会復帰プロジェクトの一環とか言ってた」

「そこはかとなく不安を感じる話だけど、それって今まではどんなことしてたの？」

「ん……、スーパーとかコンビニで買い物したり、ショッピングモールで服見たり、カラオケボックスとかゲームセンターとかに入ったり、バイト情報誌で平均時給を調べたり」

「意外とまともというか、半分遊んでるだけというか……」

深雪が澪にさせていたことを聞き、複雑な表情でそう漏らす春菜。

確かに澪は結構深刻な世間知らずだ。人見知りゆえに警戒心は強く、頭も悪いわけではないので詐欺の類には強いが、普通の社会生活を送るにはいろいろ足りていない。

特に致命的に足りていないのが、社交性と日本で日常生活を送るうえで必要となる細かい常識。そのうちの社交性に関しては一朝一夕でどうにかなる問題ではないため、深雪は主に細かい常識を身につけさせるために連れまわしているようだ。

それだけを聞くとまともなのだが、その内容を見ると、バイト情報誌を見る以外は普通に遊んでいるだけにしか見えない。

「ボクもそう思うけど、深雪姉に言わせれば、そもそもゲーム以外の遊びをまったく知らないままだとこれから無事に暮らしていけないいんだって」

「否定はできんなあ」

「あと、お母さんにお小遣いもらうの忘れて無一文だったから、ついそこら辺のものを拾って何か作ってお金に換えようとして、ものすごく深雪姉に怒られた」

「……そらいろいろすまんなあ……」

「別に、師匠が悪いわけじゃ……」

澪が白状した非常識な行動に、思わず申しわけなさそうな表情で謝ってしまう宏。拾ったガラクタから売り物を作って換金するなんて発想は、間違いなく工房を開いてすぐの頃の宏の行動に影響を受けている。

「結局、世間一般とは違う意味で危なっかしいから、目立ちたくないなら当分加工禁止、って言われた」

「せやなあ。しばらくはそのほうがええなあ」

「私もそう思うよ」

自由奔放な印象が強い深雪の、否定の余地のないレベルの正論に、心の底から同意する宏と春菜。

澪もこの一件で、自分に日本で暮らしていくための社会常識がどこまでも足りないことを自覚したため、当面は深雪に逆らうつもりはない。

「それにしても、ガラクタ拾って加工するのはまあ分からなくもないんだけど、工具はどうするつもりだったの？」

「空き缶とか割れたガラスの破片とかボロ布とかあったから、それ素手で加工して工具代わりにするつもりだった」

「……ああ、向こうに飛ばされた直後に宏君が乳鉢作ったのと同じようなことしようとしたんだ……」

「ん。それも深雪姉にものすごく怒られた」

「そりゃ怒るよね、普通……」

澪の武勇伝を聞き、思わず深雪に同情してしまう春菜。

日本に戻ってきてから今まで、一緒に行動しているときに澪が自分の小遣いで支払いをする必要がある状況がなかったため、手持ちがないときの澪の行動までは知らなかったのだ。

思い起こせば、フェアクロ世界を旅していたときも、澪が支払いに回った回数というのはかなり少なかった。まったくなかったわけではないので買い物ぐらいは普通にできるが、いわゆる『初めてのお使い』的な状況ではなかなか怖いことになりそうだ。

「しばらくは学校に通うための必要経費ってことで、かなり多めのお小遣いをもらってる」

「まあ、それが妥当やわな」

「あと、電車の切符の買い方とか乗り換えとか、正直把握しきれない……」

「電車に関しては、僕も澪のことはよう言わんなあ……」

「そのうち宏君も練習しなきゃいけなくなるかもね……」

澪の社会的な面でのリハビリの話に、今までと違って深く深く深雪に感謝する宏と春菜。深雪がやっているような、澪の両親では手が届きづらい点に関するフォローは、せめて春菜がすべき案件であっただろう。

深雪が先手を打って澪の予定の大半を押さえてしまったことを踏まえても、もう少し積極的に関わるべきだったというのは深く反省すべき点だ。

「それで、深雪姉とあっちこっちうろうろして気になったことがあるんだけど……」

「何かな？」

「なんで電車の支払いはいまだに独自のＩＣカードで、パソコン端末での電子決済ができないの？」

「ん～、その辺はよく知らないからなんとも言えないよ。多分、パソコンに決済用の端子が標準搭載されるようになる前にＩＣカードのほうが普及しちゃって、まだシステムの統一が進んでないからじゃないかな？」

「電子マネー決済とかポイントカードとかがまだ統一されてへんのと同じ話やろうなあ」

「あと、普通の買い物でも、結構な金額なのに現金限定だったり、逆に五十円とか百円とかぐらいの品物しか売ってないのに現金が使えなかったりとか、独自のプリペイドカードでないとだめだったりとか、買い物一つとっても複雑すぎて、なんで統一されてないのか理解できない……」

「電子決済自体まだまだ歴史が浅いから、いろいろ混乱してるっぽいんだよね……」

澪どころか普通の一般市民でも混乱している要素について、遠い目をしながらそう春菜が語る。

店や決済手段がコロコロ入れ替わることもあって、全部覚えている春菜ですら支払いが連続すると勘違いしたりわけが分からなくなることがある。

「何してんの澪ちゃん……、って、お姉ちゃんに義兄《にい》さん、いたんだ」

「ちょうど今帰ってきたところ」

「荷物降ろして軽トラガレージに入れてきたところでな。この後どないするか、っちゅうタイミングで澪に声かけられたんよ」

「ふ〜ん。で、今日の収穫は？」

「安永さんに勧められて、傷んでたやつとその箱の分以外は道の駅に出荷しちゃった」

道の駅と聞き、やっちゃったよこの人達という表情を浮かべる深雪。

その反応に、こっちでも宏が絡んだ生産品は危険物なのかと理解する澪。

「……そんなにやっちゃったかな？」

「……まあ、野菜だったらいくらでもごまかしがきくから、惣菜《そうざい》とかに加工してないだけマシかな。お姉ちゃんの料理は、絶対いろんなところから目をつけられて大騒ぎになるの目に見えてるし」

「師匠と春姉の料理に関しては同意」

「向こうで前科があるから偉そうなことは言えないけど、さすがに今朝勧められて今朝のうちに出荷できるだけの量の料理なんて、いくら私達でもそこまで先走ったことはしないよ」

「せやで。それに根本的な話、いきなり言われたから料理するにしても他の何かに加工するにしても、収穫物だけやと野菜ジュースがせいぜいやし、他の材料仕入れるにしても間に合わんで」

「いやいやいや宏君。材料あってもいきなり料理にステップアップとかはしないよ。加工食品は規制がうるさいんだし」

いろいろと不安をそそる宏と春菜の弁明に、思いっきり白い目を向ける深雪。普段の笑って済ませられる範囲の問題行動は自分のほうが圧倒的に多い自覚はあるが、そのぶん一撃の威力では姉に圧倒的に負けている。そんな常日頃の思いを再認識していたりする。

両親や関係者から言わせれば、総計でいえばどっちもどっちなのだが、そのあたりの自覚はないあたり、深雪もなかなか都合のいい頭をしている。

「まあ、道の駅に関しては横に置いておこうよ。基本的に市販の肥料使ってホームセンターの苗を育てて収穫したものなんだし、ちょっとしたお小遣いぐらいどころか、そこまでもいかない可能性のほうが高いんだし」

「……絶対そんなことはないと思うんだけど、お姉ちゃんがそう思いたいんだったらそういうことにしておくよ。で、横に置いておくのはいいとして、何か話とかあるの？」

「えっとね。澪ちゃんを呼んだ理由は何かなって」

「ああ。義兄さんと一緒に行動しそうなお姉ちゃんにはあんまり関係ないけど、もうじきあっちこっちで夏祭りラッシュだから、澪ちゃんに浴衣を用意しておこうかと思ってね。澪ちゃん、純和風って感じだからすごく似合うと思う」

予想していたよりはるかに真っ当な用件に、思わず拍子抜けする春菜。深雪のことだから、センスがないわけでもないのにいまいちお洒落《しゃれ》をすることに及び腰な澪を、意識改革も含めて最新の割とかとんでもない方向のファッションに誘導するぐらいのことはしそうだと思っていたのだ。

お洒落をすることに及び腰、という点は思いっきりブーメランになっているのだが、深雪とは違う方向で都合のいい頭をしている春菜は一切気がついていない。

「それにね。多分澪ちゃんって、浴衣とか着物とか着せると、お姉ちゃんなんて目じゃないぐらい色っぽくてエロい感じになると思うから、上手《うま》くやれば義兄さんの本能を……」

「深雪姉、深雪姉」

「何？」

「着物着たぐらいでスイッチ入ったときの春姉のエロさに勝てるようだと、普通に日常生活無理」

「えっ？　何？　お姉ちゃん、いけないスイッチ入るとそんなにエロいの？」

「悟り開いたお坊さんが性欲の海に沈んで抜け出せなくなりそうなぐらいエロかった。あまりのエロさに師匠が危うく正気失って嘔吐《おうと》とパニックのデフレスパイラルに陥るところだった」

「……さすがにそのレベルは無理というか、常時それってただの変態だよね……」

碌《ろく》でもないことを言い出す深雪に対し、割と真剣に澪がダメ出しをする。

澪にダメ出しをされて慄《おのの》き、かなりひどい感想を漏らす深雪。

その会話に、春菜が全力でへこむ。

「変態…………日常生活が無理なぐらい変態……」

「あ、いや、普段のお姉ちゃんはそんなことないっていうか、その恵まれた顔と体なのに心配になるぐらい声以外に色気とかエロさとかを感じさせない、というか……」

「……なんか、それはそれですごくへこむんだけど……」

「……あ～、うん。なんかごめん……」

かなり本気でへこむ春菜に、フォローのつもりでトドメを刺してしまう深雪。

本人の気質とは裏腹に、いろんな意味でほどほどという単語と無縁な春菜。この極端さのおかげで宏と上手くやってこられた面があるとはいえ、こういうケースではどうコメントしてもディスる結果にしかならないのが難儀なところだ。

「深雪姉、この話題はこれ以上は危険」

「……そうだね。で、お姉ちゃん達はこれからどうするの？」

「特に決めてなかったから、これから相談しようかな、って」

「だったら、着る着ないは横に置いといて、お姉ちゃんも浴衣新調する？」

「ん～、それもいいんだけど、ねえ……」

深雪に誘われしばし考え込む春菜。

それを見た宏が口を挟む。

「別に僕に遠慮せんと、浴衣新調して澪らとお祭り行ってもええで」

「え～？」

「っちゅうか、春菜さんもそろそろ女同士の付き合いとかちゃんとせんとまずいんちゃう？」

「うっ……」

宏に言われ、反論できずに言葉に詰まる春菜。やたら強力な周囲の後押しに甘え、すっかり恋愛脳になってそのあたりをおざなりにしている自覚があるのだ。

それで女友達と仲が悪くなったかというと、むしろ逆に宏のことをネタにもっと仲良くなっていたりはするが、いつまでもそれでいいわけないことぐらいは、いくら恋愛脳で茹《ゆ》だった思考でも言われるまでもなく理解している。

理解しつつ己の欲求に従って宏にべったりになり、女の友情を蔑《ないがし》ろにした挙句に当の宏にそこを指摘されるとか、その浅ましい思考回路には恥ずかしさと情けなさでもだえ死にそうだ。

「まあ、義兄さんはそれぐらいしないと落とせなさそうなぐらい厄介だから、しょうがないって」

「ん。というより、エルがそう頻繁にこっちに来れない以上、師匠のそのあたりのことは春姉に頼るしかないし」

少々過剰に反省している春菜を、深雪と澪がフォローする。

宏に関しては春菜に頼るしかなく、またその点に周囲がやきもきしているのも事実だが、今回に限っては放置しておくと春菜が実に面倒くさいへこみ方をしそうなので、それを避けたかったのが本音だ。

「で、義兄さんはどうする？」

「自分らに混ざって浴衣の新調とか、女性恐怖症関係なく居心地悪うてしゃあないからパスな」

「むう、残念」

あっさり断ってくる宏に対し本気で残念そうにする深雪。宏には意外と浴衣が似合うのではないかと、かなり期待していたのだ。

もっと正確に言うならば、浴衣というより甚平や作務衣《さむえ》がものすごく様になるのではないかと踏んでおり、それらを着た宏を一度見てみたかったのである。

「そういえば師匠。ずっと春姉と一緒に行動してるみたいだけど、師匠のほうも男の付き合いはいいの？」

「付き合いある連中みんな、予備校の夏期講習とかで暇がないみたいでなあ。家は知っとるから、予備校が昼だけの日の夕方とか晩とかに野菜もっていったりはしとるんやけどなあ。僕も含めて男どもは女性陣ほどそのあたりの要領が良うないから、一緒になんかするっちゅうんはなかなか上手くいかんでな」

「……なるほど、納得」

「中村《なかむら》さんとか高橋《たかはし》さんとかは結構そのあたり上手いことやっとるみたいやねんけど、ちゃんと時間のやりくりしてそこそこ遊んどんの、田村《たむら》ぐらいやで」

受験生という世知辛い事情と男性陣のそのあたりの要領の悪さを聞かされ、心の底から納得した様子を見せる澪。

潮見《しおみ》高校に通う男子は本質的な部分で優等生なタイプが多いこともあり、受験の天王山などと呼ばれている三年生の夏休みに、わざわざ時間をやりくりして遊ぶような要領の良さを持っている人間は少ないようだ。

宏にしても、ものづくりも仕事も絡まないスケジューリングに関しては結構要領が悪い。

今までそのあたりは話し合いで決めることが多かったために目立っていないが、宏単独でスケジュールを組んで行動したときは、ものづくり以外の部分での要領の悪さを春菜や達也《たつや》、真琴《まこと》などがフォローしてどうにかすることがしょっちゅうあった。

このあたり、高校での友人関係に関しては、恐らく完全に類が友を呼んでいるのだろう。

「師匠、人混みさえ避けられたら花火ぐらいは一緒に見れない？」

「ピークタイム過ぎたスーパーぐらいの人口密度と女性の数やったら、大丈夫やと思うで」

「ん。だったらカップルが藪《やぶ》の中で盛《さか》ってる可能性が低くて、そこそこ人がいるけど道中含めてそんなに人に会わないような穴場の場所、探しとく。とりあえず、綾羽乃宮花火大会狙いで」

「あ～、カップルが盛ってないことっていうのは大事だよね～、お姉ちゃん」

「深雪、変なことを蒸し返さないでほしいんだけど……」

変な話を振られ、いろいろな意味で復活した春菜が深く深くため息をつきながら、うんざりした様子で深雪にそう苦情をぶつける。

その会話を聞いて何やら察した宏と澪が、ご愁傷さまという感じの視線を春菜に向ける。

「ああいうシーンに遭遇すると、好奇心よりも居心地の悪さのほうが勝つよね、お姉ちゃん」

「本当に、あれに関しては心の底から反応に困ったよ……」

「聞かれてるって分かってるからか、わざと大きな声を出させたりしてたし。正直、まったく知らない素人の濡《ぬ》れ場とか見せられても嬉《うれ》しくもなんともないってのに、ああいう人達の羞恥心《しゅうちしん》とか常識とかってどうなってるんだろうね？」

「私に聞かれても……」

もはや、いつどういう状況で遭遇したか以外のことを、ほぼ全て語ってしまった春菜と深雪。

その会話を聞いた宏が澪に視線を向けると、澪は気まずそうに視線を逸《そ》らしながら口笛を吹く真似をしてごまかそうとする。

「なんかこう、そういう変なもん引くんは春菜さんらしいっちゃあらしいんやけど、どういう状況やったん？」

「家族で別の花火見に行ったときだよ。たしか、深雪が小学六年の時だったかな」

「そらまた、気まずい状況やなあ……」

「因みに、もう深雪も性教育受けてたからか、お父さんもお母さんも変な顔しながら場所移す以上のことはしなかったよ。お母さんなんか、明らかに爆笑しそうになってるのこらえてる感じだったし」

「そのあたり、雪菜さんらしいっちゃあらしい話やな」

「せっかくお父さんとお母さんが時間作って穴場まで見つけて一緒に花火見に行ってくれたのに、そのおかげでほとんど印象に残ってないんだ」

いろいろ無念そうな春菜に対し、かける言葉も見つけられない宏と澪。

その場を微妙な沈黙が支配する。

「……ちゅうわけで澪、エロゲ系の、それも野外がらみのネタは厳禁な」

「ん。さすがに現場に遭遇したら困るから、思ってても自重する」

「そもそも本来、澪の歳でそういうネタに詳しいほうが問題やねんから、ネタ振るだけやのうてその手の作品に手ぇ出すんもそろそろ自重してほしいとこやけど……」

「そっちは実際に行動に移さない抑止力、という建前のもとに拒否」

笑えないのに笑い話にするしかない感じのエピソードを聞き、微妙に乾いた声でそんな会話をする宏と澪。

「義兄さんに澪ちゃん。お姉ちゃんの性質的に、口にしちゃった時点でアウトじゃないかなあ」

「自分のことながら、否定できる材料がない……」

「いっそ、どうやっても遭遇するもんやっちゅう前提で、澪の探知能力でことに及んでそうなのがおる場所を避けるほうが、建設的かもなあ」

「「「それだ！」」」

宏の明らかに能力の使い方を間違っている提案に、三人揃《そろ》って同意する。切羽詰まっていることもあってこの場の誰も気にしていないが、盗賊系キャラの探知能力の使い方としては、間違いなく最低な部類であろう。

何より最低なのが、中学生の女の子にそういう仕事を振っていることなのだが、振られた相手が澪なだけに、本人も含めて誰もそのあたりに疑問を持っていない。

「あとは、今後のための紹介も兼ねてエルを誘っとくかやな。少なくとも春菜さんの家族とかには、いずれちゃんと紹介しとかなあかんやろうし」

「ん、師匠に賛成」

「因みに、エルを誘っとく理由はもう一つあってな。祭りの雰囲気とかにあてられて自分らが暴走せんよう、抑止力として来てもらっときたいんよ」

「……なんか、宏君からすごく信用ない意見が……」

「普段はともかく、こういうときの春菜さんはたま～に信用できんときがあるからなあ」

宏に言われ、言葉に詰まる春菜。

なお、深雪と澪に関しては最初からそういう方面での信用はかけらもない。

「そろそろアルチェムさんもこっちに連れてきたほうがよさそうな気がするけど……」

「エルフはいろいろハードル高いねんわ。ぶっちゃけ、ヘンドリックさんとかアンジェリカさんのほうが簡単に連れてこれるレベルやで」

「そっか」

「まあ、エルに関しては特に反対意見もないみたいやし、ちょっと行ってくるわ」

「行ってらっしゃい」

話もまとまったと見て、ウルスへ行くために神の城へ転移する宏と、それを見送る春菜。

「さて、念のためにエルちゃんの分も見立てておこうか」

「ん」

「ついでだから、義兄さんの分の甚平とか作務衣もね」

「あ、いいね。宏君の場合、地味というか渋めの色合いと柄がすごく様になりそう」

「メンバー考えると、花火はともかくその前の縁日の時は弾除《たまよ》けが必要かも。春姉、念のために達兄《たつにい》にも声かけときたい」

「あ、だったらお姉ちゃん、和《かず》ちゃん達にも頼んでおこうよ」

宏が立ち去った後、夏祭りラッシュの目玉である綾羽乃宮花火大会に参加するための話し合いをどんどん進めていく春菜達。

なお、和ちゃんとは天音の双子の妹である美優《みゆ》の息子で、宏と春菜の一年後輩にあたる小川俊和《おがわとしかず》のことだ。春菜がよく弾除けに使う美男子で、並んで歩いていると非常にお似合いなのに一緒にいるときの行動は宏達の比ではないほど残念で色気がない、メインジャンルは違えど澪と同等レベルの濃さを持つオープンオタクである。

大財閥の中心となる企業の社長、それも次期会長が内定している女性の息子だというのに、商店街の飲食店で学割を使って食べるラーメンが大好物だったり、プラモデルやフィギュアのためだけにモデルのバイトを引き受けたりと、なかなか濃い人物だ。

因みに、深雪は俊和のことを和ちゃんと呼ぶが、春菜はカズ君と呼ぶ。

「……お姉ちゃん、未来《みらい》おばさんから連絡が来たよ。せっかくだから、今年は参加できる人間全員で本邸屋上の展望テラスから花火を見ないか、だって」

「あ～、カズ君から連絡がいっちゃったか～」

「まあ、一番いいロケーションで、十八禁的な意味でも一番安全な場所だよね、間違いなく」

「あと、人口密度的な意味でも、師匠でも安心」

「……なんかまた話が大きくなっちゃったけど、お座敷借り切ってとか屋形船用意して、とかよりは目立たないからいっか」

弾除けを頼んだ結果、加速度的に話が大きくなった花火観覧に、何やら諦めの表情と共に現状を受け入れて計画を立てる春菜であった。

☆

そして、花火大会当日。

「エルは縁日のほうはええん？」

「はい。日が落ちる前にいくつかは見て回りましたし、その……」

「やっぱ、面倒なんに絡まれた？」

「ええ。タツヤ様とトシカズ様が追い払ってはくださいましたが、人の多さもあってあまり落ち着いてお店を見て回れる状況ではありませんでした……」

「そらまあ、しゃあないわなあ。春菜さんとエルと澪が並んどったら、それだけでものすごい目立ちおるし」

綾羽乃宮庭園内に出された祭りの屋台巡りを早々に切り上げ、宏と二人落ち着いて花火を待つエアリス。その手には、縁日の定番である綿あめだけが握られている。

なお、現在宏は渋い色と柄の作務衣を着ている。女性陣全員の熱烈な要請を受け、諦めて着替えたのだ。

基本的に作業着と同じ立ち位置だけあって、異常なまでに宏によく似合っている。

その前に着ていた無難な柄のTシャツとGパンなど比較にもならないほど格好よく、伝統工芸の若き達人とでも紹介すれば誰も疑わないほどの風格を漂わせている。

容姿に合わせて華やかな花をあしらった浴衣を着ているエアリスと並ぶと、驚くほど絵になる。

もっとも、着る人を選ばないデザインのTシャツとGパンをだらしなくならないように着こなして、体形や顔に難があるわけでもないのに殿堂入りできるレベルでダサく見えるのも、それはそれですごいかもしれないが。

「恐らくですが、他の皆様もそろそろこちらに戻ってこられるかと思います」

「まだ花火には早いけど、話聞く限りやと普通にそうなるやろうなあ」

「ヒロシ様がここから動く気にならない、というのもよく分かります」

「そうでのうても休みの日の綾羽乃宮庭園は吐きそうなほど人、っちゅうか女性が多いっちゅうのに、そこに関東一円から人呼べる規模の花火大会やからなあ……」

などと言いあっているうちに、がやがやと大勢の人間が入ってくる。

藍色の生地を流水紋で彩った浴衣を着た春菜と、黒地に金魚柄の浴衣を身にまとった澪が、宏を見つけて嬉しそうに速足で寄ってきた。

「おう、おかえり」

「ただいま。雰囲気ぐらいは味わえるように、それっぽいものいろいろ買ってきたよ」

「おすすめはリンゴ飴《あめ》。他のものはお祭りじゃなくても普通に食べられるけど、これはこういう機会じゃないと食べられない」

そう言いながら、テーブルに買ってきたものを並べていく春菜と澪。それを横目に、他のメンバーがぞろぞろと別の場所に移動する。

それを見とがめて宏が声をかけようとすると……

「せっかくエアリス様がいらっしゃってるのに、春姉と澪ちゃんは東《あずま》先輩と花火見てるときに邪魔が入るのはいやだろう？」

俊和が先手を打って、そんな理由《いいわけ》を告げてきた。

「別に、そんなに気を使わなくてもいいって言ったよね？」

「まあ、そうなんだが、せっかく色気づいた春姉のためにも、お邪魔虫はしたくないのさ。それに……」

宏達に対する弁明を途中でやめ、自分のほうをじーっと見ている上品な十歳ぐらいの女の子に視線を向ける俊和。

それを見て、いろいろ納得する春菜、澪、エアリスの三人。

そんな春菜達とは逆に、大丈夫なのかこの組み合わせ、という気持ちを素直に表情に出す宏。

女の子の名前は綾羽乃宮神楽《かぐら》、小学校五年生。未来の娘で幼稚園の頃の初恋をいまだに本気で貫いている、ビジュアル的には極端な肥満にでもならない限りどう転んでも間違いなく将来が約束されている少女である。

「……まあ、東先輩が澪ちゃんに手ぇ出すよりはるかに犯罪くさいってのは分かってんだけど、こっちに趣味まで合わせてくれてんのに冷たくあしらうとか、ちょっと無理」

「別に、小川がどんな趣味持っとっても口挟むつもりはないけど、さすがに注意せんとオタク趣味オープンにするよりも世間の目ぇヤバいからな」

「心配しなくても、俺の趣味はちゃんと第二次性徴が終わってるのが分かる外見だし、そっち方面ではアウトオブ眼中だって。さすがに、小学生は最高だ！　とか言っちまうような趣味はないさ」

「現時点で妹見るノリで相手見てへんっちゅうんがすでに不安要素やけどなあ……」

俊和のカミングアウトに、思わずジト目でそう突っ込みを入れる宏。

今朝合流した際にした趣味の話や、その際宏との連帯感を深めるために見せてくれた隠し持っているあれこれにDドライブの中身などを踏まえれば、俊和に性的な面で幼女趣味がないのは疑う余地もない。

だが、今の様子を見るに素質がないとも言い切れないところではある。

「ま、そういうわけだから、たまには神楽に付き合ってやらないとな」

「あ〜、うん。カズ君に関しては納得したけど、達也さん達は、……って、そういうこと……」

「夕食はビアガーデン形式だって聞いて、喜んでたからなあ……」

大きなテーブルを囲み、早速喜々として大ジョッキに注がれたビールで乾杯をしている酒飲み達を見て、いろいろなことを悟る宏達。

どうやって仕事を片したのか、俊和の母・美優や、その夫でスバルと同じバンドのメンバーである亮平《りょうへい》、さらにはスバルと雪菜もいつの間にか混ざって乾杯しているのは、見なかったことにしたいところである。

これでも大物の人数という点ではマックスではなく、綾羽乃宮財閥現会長で神楽の祖母である綾《あや》乃《の》や未来とその夫、天音の家族などが都合がつかずに欠席しているだけましだったりする。

エアリスの紹介ついでに巻き込んだ田村、山口《やまぐち》、蓉子、美香の四人も、エアリスとの交流は花火のあとでいいと言わんばかりに四人掛けのテーブルで青春している。

宏達が予備校などに通わずせっせと受験勉強をしている間に、どうやら向こうは向こうでいい感じになっていたようだ。

「ま、そういうわけだから、またあとで」

「おう」

いろいろ納得して、席を外す俊和を見送る宏達。

そのあと、春菜と澪が買い込んできたあれこれに口をつける。

「縁日のにしては、割と美味《うま》いやん」

「がんばって目利きしてきたよ」

「でも、たこ焼きとお好み焼きと焼きそばは基準が高すぎるから、最初から選択肢から除外」

「なるほどなあ」

などと言いながら、やけに本格的なフランクフルトや手の込んでいるミニ野菜クレープなどを平らげていく宏達。

それらが全てなくなり、屋敷の使用人がラムネベースの綺麗《きれい》な色をしたノンアルコールカクテルを持ってきてくれたあたりで、ついに花火が始まる。

「うわあ……」

「……すごいです……」

大規模な花火大会初体験の澪とエアリスが、次々と打ち上げられ夜空を彩る花火に、魂を抜かれたように見入る。

徐々に大物になりながら、次々に打ち上げられる花火。

最初の大物とキャラクター部門が終わり、インターバルに規模が小さいものに移ったところで、春菜がポツリと呟《つぶや》く。

「来年も、みんなで花火見たいな……」

「せやな」

「さすがに今日みたいな規模だと私達でも厳しいけど、そのうちもうちょっと落ち着いた規模の縁日とか、宏君も一緒に回れたらいいよね」

「……まあ、がんばるから気長に待ってや」

「うん」

「私は、いつかウルスの新年祭に、皆様と一緒に見る側で参加したいです。その時は、もちろんアルチェムさんも一緒に」

「師匠が人混み大丈夫になったら、みんなで公共交通機関使ってちょっと遠くへ旅行行きたい」

「せやな。人混み平気になったら、全部やろか」

花火を見上げながら、そんなささやかな将来の約束を交わす宏達。

アルコールに浮かされながら花火に大喜びしている大人組のテーブルを背に、宏達の花火大会は歳に似合わぬしっとりとした雰囲気となるのであった。

第15話　春姉、大好き

「むう……、終わらない……」

夏休み最終日。

ずっと机に向かっていた澪《みお》が、最後の宿題の圧倒的なボリュームに音《ね》を上げかけていた。

「本当、澪も間抜けというかなんというか……」

「せっかく最初の週にほとんど全部終わらせとったのに、なんで数学の宿題だけ忘れとんねん……」

そんな澪を、呆《あき》れた目で見守る真琴《まこと》と宏《ひろし》。澪なら自力で解けると分かっていることもあり、手伝うとためにならないからと完全放置である。

「でも師匠、真琴姉《まことねえ》。小学校の算数全体の復習三十ページに加えて、一学期の範囲全体とは別に一ページびっちり一次方程式の問題集三十ページはいくら何でも多すぎる気がする」

「一カ月以上あるんやから、そんぐらいの分量はいけるっちゅう判断やろ？」

「まあ、多いっちゃ多いかもしれないけど、一次方程式はともかく、算数の復習はたかだか三十ページぐらい、大した量じゃないでしょ？　単純な四則演算のページも多いし、後半なんてほとんどが文章題だから一ページに二問か三問しかないし」

「算数を初日二日目ぐらいで終わらせて、残り一日五ページがんばれば十日もかからんと終わる分量やしなあ」

澪の苦情を、さくっと叩《たた》き潰《つぶ》す宏と真琴。

確かに宿題の量としてはかなり多いが、一日でやろうとしなければ十分終えられる分量なのも事実だ。

「てか、そもそもなんで数学だけ忘れてたのよ？」

「数学みたいな宿題がないわけない教科、意図的に無視せん限りはふつう忘れへんわなあ」

「……メールの見落とし」

「……よく気がついたわね？」

「昨日の晩、春姉《はるねえ》と深雪姉《みゆきねえ》にちゃんと宿題やったかどうかチェックされて、そこで数学が漏れてたのに気がついた」

「なるほどね……」

澪が宿題を見落とした理由を聞き、なんとなく納得する真琴。メールやメッセージの見落としというのは、ありがちなミスである。

特に澪には、転校の関係もあっていろんな連絡事項のメールやメッセージが来る。その合間を縫ってゲーム関係のお知らせメールやスパムメールが大量に届くとあっては、メールの一通や二通は普通に見落としそうである。

「正直、重要マークもなきゃ差出人もメアドそのままでアドレス帳に登録がない相手で、件名に宿題の宿の字も入ってないスパムっぽいメールなんて普通に見ない……」

「あ〜、いまだにそういう先生おるんか……」

「ん。因《ちな》みに、これがそのメール」

「……こら確かに、スルーすんでなあ……」

「……これ、場合によってはセキュリティＡＩに秒殺で迷惑メールフォルダにぶち込まれるか、下手するとその場で即座に完全削除よね」

澪に見せられたメールを見て、これはないと呆れる宏と真琴。

澪の場合、しばらくは学校関係からいろいろ届くと分かっていたためにセキュリティＡＩの設定レベルを低めにしており、そのおかげで運よく削除されずにメールが残った。

だが、普通なら添付ファイルが付いている怪しいメールという時点でサクッと無視か削除され、間違いなく後で派手に揉《も》める案件である。

「……ちょい待ち、これ一斉送信メールちゃうか？」

「……あら、本当ね」

「他の生徒のメアド、思いっきり漏れとるやん……」

「今の時代に、ここまでメールの扱いがザルというかリテラシーが怪しい教師が残ってるって、逆に奇跡じゃない？」

インターネットと電子メールという連絡手段が普及し始めてから、もうじき半世紀が経《た》とうというこの時代。この種の連絡におけるメールのマナーやルールは随分前に統一されたというのに、よりにもよって教師の中にいまだに普及し始めた頃と同じようなメールの使い方をする人間が生き残っていることに、むしろ感心してしまう宏と真琴。

今回は送信先が全部同じ中学の生徒なので、漏れると大騒ぎになるようなところに漏れてはいない感じだが、間違っても放置などできない案件ではある。

「まあ、こんな教師に巻き込まれた澪にはがんばってと言うしかないとして……」

「これ、学校側に連絡して対処してもらわんとあかん案件やんなあ……」

いつ外部に重要な情報と個人情報をセットで漏らすか分からない教師に、どうしたものかと頭をひねる真琴と宏。

今回問題なのは、宏にも真琴にもこの中学と直接的な接点が一切ないことだ。

何かアクションを起こすのであれば、在校生がいる藤堂《とうどう》家に頼るのが一番だが、それをするとなんとなく大事《おおごと》になりそうなのが悩ましいところである。

それ以前に、春菜《はるな》と深雪がこのあたりの事情を確認していないはずもないだろうし、もう対処に動いている可能性のほうが高い。その場合、自分達にできることなど恐らく何もないだろう。

などと二人で勉強の手を止めて考え込んでいると、珍しく来るのが遅れていた春菜がチャットルームに入ってきた。

「あら春菜、遅かったじゃない」

「ちょっと澪ちゃんの課題の件が長引いてね」

「あ～、やっぱりもう対処してたのね」

「さすがにそのメールはないからね」

どうやら、半ば予想どおり、春菜のほうでこの問題はちゃんと対処していたようだ。

もともと部外者なので大したことはできないのだが、それでもこれだけ完全に取り越し苦労に終わると、ちょっと寂しいというか間抜けな気持ちになってくる宏と真琴。

そんな宏達の気持ちを知ってか知らずか、春菜がどうなったのかの説明を始める。

「で、とりあえず決まったこととしては、まず澪ちゃんの数学の宿題について」

「ん」

「澪ちゃんの課題だけど、大半の生徒が今日連絡が行くまで気がついてなかったみたいでね。中にはセキュリティＡＩの削除履歴にばっちり残ってたって子もかなりの人数いたから、宿題としては取り下げになったよ」

「ってことは、やらなくていい？」

「そこがちょっとややこしくてね。数学の初日の時点で終わってなくてもいいから、再来週以降の最初の数学の時間までに、小学校の範囲の復習分と方程式を五ページ終わらせるように、だって」

「……それぐらいなら、今日の時点でどうにか……」

春菜の説明に、ほっとした様子を見せる澪。いい加減集中力も切れて、続きを解く気力が失《う》せてきていたのだ。

「あと、先生に関しては他にも同じ種類の雑なメールを送ってないかとか、そこから情報漏洩《ろうえい》をしてないか調査するから、混乱を避けるために今年度いっぱいは担当から外れるみたい。その代わりの先生の手配と引き継ぎの関係で、新学期始まってからの授業はちょっとの間、別の科目に振り替えるって」

「なんだか、今年は学校がらみの不祥事が続くわねえ……」

「まあ、今回のは宿題がらみで揉める以外は大したことにはならないかな、って感じだけどね」

「そうね。ただ、二度あることはって言うし、もう一回ぐらい何かあるかもしれないわね。特に春菜が関わってると、どうやっても体質の影響でおかしなことが起こりがちだし」

「あったとしても、できたら次は私達に直接関係ないところで起こっててほしいよ……」

どうにもうんざりした顔で、そんな話をする真琴と春菜。

経験上、こういうことは一度起こり始めると連鎖することが分かっているため、口ではかもしれないと言っているが、心の中ではすでに起こる前提でものを考えていたりする。

「……考えれば考えるほど面倒なことになりそうだから、この話は終わりにしましょう」

「……そうだね」

「それで気になってたんだけど、あんた達の畑って、まだ絶賛収穫期継続中よね？」

「うん。多分また明日ぐらいに、真琴さんと達也《たつや》さんのところにも次の野菜が届くと思うよ」

「ああ、ありがとうね。うちの両親も喜んでたし、しばらく野菜料理とかお酒のあてとかが美味《おい》しかったから、あたし的にも非常にありがたかったわ。スイカも甘くてみずみずしくて、今年はスーパーで買う必要が完全になくなったわね」

「喜んでもらえてるなら、よかったよ」

真琴の感想に、思わず安堵《あんど》のため息をつく春菜。

宏もどことなく安心したような表情を浮かべている。

野菜の味にはそれなりに自信があったが、送り付けた量が結構なものだったため、迷惑になっていなかったか気になっていたのだ。

「で、話に聞く限りでは、あたし達に押し付けた程度じゃ処理しきれないほど穫《と》れて、ついに道の駅にまで出荷するようになったって言ってたけど、そのあとどうなってるの？」

「えっとね。店の名前は聞いてないけど、どこかのレストランが道の駅に出荷しきれない分は種類に関係なく、全部買い上げてくれてるんだ。さすがに商用だと消費量も大きいから、少々穫れすぎたぐらいじゃ足りないみたい」

「へえ。順調に話が大きくなってるわね。で、それはあんたが直接交渉してるの？」

「地主の安永《やすなが》さんが代理でやってくれてるよ。高校生にやらせることじゃないからって矢面に立ってくれてるんだ。その代わり、ちゃんと中間マージンは支払ってる、っていうより売り上げから持っていってもらってるけど」

「なるほど。まあ、あんたが、っていうより藤堂家の人達が全員信用してるぐらいだから、その安永さんって人は任せて安心なんでしょうけど、売り上げごまかされたりしないようには一応注意しなさいよ」

「ん～。正直な話、別に農業で食べていくわけじゃないから、それならそれでもいいかなって思ってるんだけど……」

真琴の言葉に、ちょっと困ったような曖昧な笑みを浮かべてそう答える春菜。

正直なところ、変に売り上げが上がって大きな利益が出てしまうと、税金関連の問題が出てきて手に余る。なので、安永氏が売り上げをごまかして、というより中間マージンを多めにとっても、確定申告や納税まわりの手間が省けるのであればむしろプラスになると春菜は考えている。

実は安永氏としては、宏と春菜の野菜のついでに自分達の作った作物も卸値より高く買い取ってもらっており、そもそも中間マージンなどもらう必要がない。むしろ、雪菜《ゆきな》達の信用を失うリスクを冒してまで、売り上げをごまかすメリットがない。

ただし、ひそかにいつきを通して関係者と話し合い、初年度は宏と春菜が折半すれば税金が必要なくなる程度の売り上げになるように、仲介料の金額を調整することで合意してはいる。

税金以外にも、安永農園の売り上げ比率のほうが高いということにしておけば、少なくとも宏と春菜が目をつけられるまでの時間が引き延ばせる、というのも、こんな迂遠《うえん》でリスキーな真似をする理由である。

また、調整で余分に取った売り上げは、設備面で宏達に還元できるよう現在いろいろ計画している。

このあたりの話については、余計な気を使わせないためということで、額が確定するまでは宏も春菜も聞かされていない。

「まあ、野菜を腐らせずに消費しきれてるんだったらいいわ」

「うん。これ以上収穫量が増えない限りは大丈夫なはず、だよね？」

「最近は作物が入れ替わったんもあって結構落ち着いとるから、多分大丈夫やろう」

「……非常に不安な回答、ありがとう」

明らかにフラグとしか思えない宏と春菜の答えに、じとっとした目を向けながら乾いた口調でそう返す真琴。どうにも、今日の話題は余計なフラグが多すぎる。

現時点ですでに道の駅の処理能力をパンクさせかけているのに、質・量とも今以上になってしまうといろんな意味で終わりである。

「正直、なるようにしかならない私達の畑の問題よりも、明日からの澪ちゃんのほうが気になるよ」

「せやなあ。深雪が睨《にら》み効かせとるみたいやから、そんなアホなことするやつはおらんやろうけどなあ……」

「長いこと学校に通えてなくて、しかもこの容姿だものねえ。そういや、澪が通う中学って制服は？」

「ん、セーラー服。自分で言うのもなんだけど、変な方向に似合いすぎててちょっと怖かった」

「……ちょっと見てみたいわね、それ」

真琴に言われ、切りのいいところまで進んだ宿題を置いて立ち上がる澪。一応の慎みとかたしなみの類《たぐい》で隣室に移動し、アバターアイテムとして取り込んでおいた中学の制服を着用する。

そのまま特に意味もなくモデル歩きでリビングに戻ると、澪の姿を見た真琴が小さく息を飲んだのが伝わってきた。

「……確かに、変な迫力というか雰囲気があるわね……」

「ん。深雪姉にも言われた」

「春菜さんとはちゃう形で、美人なんがマイナス補正になっとんなあ……」

「こんなに言われて嬉《うれ》しくない美人って言葉、ボク初めて……」

真琴と宏の感想に、分かっていた事実を再び突きつけられて、表情に出さずにへこむ澪。

無表情なセーラー服姿の和風美少女というのは、確かにホラーでは定番の一つではあるが、自分がそうなるといろいろくるものがあるようだ。

「澪ちゃんの場合、表情も怖く見える原因なんだけど、それ以上に明日から転校生として通うってことに不安を持ってるのが、態度や表情の端々からにじみ出ちゃってるのが大きいかな」

「せやな。なんっちゅうかこう、制服着る、っちゅうこと自体にものすごい緊張しとる感じがすんでな」

「うん。変な緊張感があるよね」

澪の制服姿がホラー方面に振れている原因について、春菜と宏が分析する。

その分析内容に真琴と澪が納得したところで、入室音とともに達也と詩織《しおり》が入ってくる。

「あ、達也さん、詩織さん。いらっしゃい」

「おう。……それ、明日から澪が着る制服か？」

「ん。かなりホラーな感じで着るたびにダメージが……」

「あ～……。今は確かにホラー入っちまってるが、ルーフェウス学院の時の真琴と違ってそのうち着慣れて普通に似合うようになると思うぞ」

「うんうん。変な緊張感がなくなって雰囲気がちょっと明るくなるだけで、一気に印象変わると思うな～」

自分の制服姿にへこんでいる澪を、そう慰める香月《かづき》夫妻。

普通に似合うようになってホラーな雰囲気が消えたところで、恐らくジャンルが変わるだけで近寄りがたさは変わらないという予想は、これ以上澪にダメージを与えないために黙っておくことにする。

「……ボク、友達作れると思う？」

「無理だとは思わねえが、努力はいるだろうな」

「本性は、どの程度出して大丈夫そう？」

「そいつもなんとも言えないところだが、少なくとも学校でエロ系のネタやるのだけはやめとけ。家族ともども先生に睨まれそうだし、性的な面だけ早熟で頭の足りないガキが妙なちょっかいをかけてくる可能性もあるしな」

「逆に、普通のゲームとかアニメとかのネタは、最近のものなら積極的に振っても大丈夫かな～って思うよ。ずっと体動かせなかったんだから、そういうのしか楽しめなかった、っていうのは本当だしね～」

澪の不安に対して、予想できる範囲で達也と詩織がアドバイスをする。二人とも中学生だったのなんて十年以上前だが、それでも一応どうだったかの記憶ぐらいは残っているのだ。

十年あれば結構なジェネレーションギャップも起こるが、それでもそんなに変わらないであろう事柄はある。小学校高学年から中学生というのが第二次性徴を伴う思春期の入口であり、性に対する好奇心や欲求が急激に強くなってくる時期なのは、生理的なものが絡んでいるだけに、時代に関係なく共通する要素の一つだろう。

　他にも、中学一年生の二学期だと男子生徒の大部分はまだまだ小学生を引きずっているとか、逆に女子は程度の差はあれ男女関係の基本的な感覚は大人と変わらなくなっているとか、根拠のない全能感により大人に対して妙な反発を始めるとか、生理的な要素が絡むという理由であまり変わらないところはいろいろある。

　澪の場合はこれまでの経験で、この手の体の発育に引きずられて起こすあれこれに関してはおおよそ克服しているが、普通はここまで物分かりがよくも大人しくもない。

　たとえＶＲシステムの時間加速により数年長い主観時間を過ごしていても、よほど特殊な環境で育つか強烈な体験をしない限り、未成熟な脳や体に引っ張られて歳相応の行動や考え方しかできないのが普通なのだ。

「なんて偉そうにアドバイスはしたが、残念ながら生徒側の学校の雰囲気や環境が本当の意味で分かるのは、その学校の在校生だけだからなあ。俺らに言えるのはどこでも共通するようなことだけなんだよな」

「そうだよね。私だって卒業生だけど、今どんな雰囲気かなんて全然分かんないし。実践的な部分は深雪にアドバイスとフォローをお願いするしかないんだよね」

「深雪やから悪いようにはせんやろうけど、なあ。基本しっかりしとって筋の通った行動はするけど、時々周囲を見んとえらいことやってもうたりしおるしなあ……」

「深雪姉、本質的には自分の考えや気持ちに忠実に、かつ最短距離を突っ走りたがるタイプだから……」

友達ができるかどうかとは別の不安要素に、思わずため息をつく一同。

澪の社会復帰に関しては随分深雪に助けられてはいるが、その過程で素直に信頼しきれないシーンをいくつも目の当たりにしているため、どうにも安心できない。

「澪、今回ばかりはあたし達は手出しできないからがんばんなさい。何かあったら、学校終わってから愚痴ぐらいいくらでも聞いてあげるから」

「ん。ありがとう、真琴姉」

「あと、とりあえず忠告しとくと、恋バナに巻き込まれたら素直に好きな人がいるって言っときなさい。あんたの場合、下手に宏が好きだってことごまかさないほうが安全だと思うわ」

「ん、そうする」

真剣な表情で真琴が告げてきた言葉に、同じぐらい真剣な表情で頷《うなず》く澪。

他のメンバーも、それこそ相手として名前を出された宏まで真琴に対して異を唱えないぐらいには、澪の容姿は人を引きつける。

体つきはともかく、顔に限って言えば健康体になってから急激に、向こうから戻ってくる直前の単独で歩いていれば誰もが目を奪われるレベルの美貌に近づきつつある。

さらに、誰もあえて口に出しては言わないが、こっちに戻ってから健康体になった澪は、なんとも言えない危なっかしい種類の色気とエロスがにじみ出ている。セーラー服を着るとホラー風になる原因でもある、和風で儚《はかな》げでかつどこか神秘的な雰囲気と引っ込み思案な本質からくる無表情が、日頃の春菜にはない禁断の果実のような色香を漂わせてしまっているのだ。

普段身内といるときはその残念な本性をダダ漏れ全開にしているために問題になっていないが、

現段階ではアウェーである中学においてはそうもいかず、その緊張感が普段は分かるかどうか程度にほのかに香る、歳相応としか言えないレベルの色気を無駄に増幅している。

これでフリーなどと言ってはどうなるか分かったものではない。

日頃恋愛問題では腰が引けている宏が逃げを打とうとしないのも納得できてしまうぐらい、今の澪は危険物になりつつある。

どれぐらい危険かと言えば、スイッチが入ってエロス全開になったときの春菜の次ぐらいに危険だ。容姿が未完成ゆえに手を出すハードルが低くなりがちな点や、実年齢や体の成熟度合い的に手を出せば確実にアウトな点などは、下手をするとスイッチが入った春菜以上に危険である。

いっそ中途半端な猫などかぶらせず、ごく普通にエロトークを垂れ流させたほうが、変な色気が消え去って安全かもしれない。この場にいる全員が頭の片隅でそう考えてしまうあたり、澪はどこまでいってもネタ系特殊キャラの立ち位置から動けないようだ。

「あたし達に言えること、できることってこんなもんね」

「そうだね〜。あとは深雪ちゃんに任せるしかなさそうだね〜」

「春菜さん、深雪といっちゃん簡単に情報交換でききんの自分やねんし、できるだけ細かいフォローは頼むわ」

「うん、がんばるよ」

なんとなく、全員が妙に悲壮な表情を浮かべながら、明日以降の連絡事項や準備事項について話し合いを済ませる。

結局なんだかんだで、本人と同じぐらい明日からの澪の中学生活が不安になる宏達であった。

☆

「今日から皆さんと一緒に勉強します、水橋《みずはし》澪さんです」

「東京から来ました、水橋澪です。よろしく」

始業式の後のロングホームルーム。潮見《しおみ》第二中学一年三組に、かつてない大事件が襲い掛かった。滅多にない転校生というイベント。それも漫画やアニメでのお約束のような、人目を惹《ひ》く美少女の登場。これを事件と言わずして何を事件と言えばいいのか。

潮見二中の場合、藤堂深雪という他と隔絶した美少女が在籍しており、他にも数人澪と同等程度に整った容姿をしている女子生徒がいるから少しはましではある。

それでも未完成ながらも平均をぶっちぎった美貌と独特の雰囲気を持つ澪の存在は、中学生のクラスを飲み込むのに十分であった。

「水橋さんは事故の後遺症と難病でずっと入院生活をしていました。こちらに引っ越しして受けた治療の成果があって学校に通えるようになりましたが、学校に通うのは四年ぶりだとのことですので、皆さん助けてあげてくださいね」

いろんな意味で存在感を全開にする澪。

その澪が醸し出す重度の緊張感に飲まれ見入っていたクラスメイト達に、担任教師の南原梢《なんばらこずえ》先生がそう事情を告げる。

その南原先生の説明を聞き、クラスの中でも特に目立つ生真面目そうな女子生徒が、我に返って手を挙げる。

「先生、確認させてください」

「はい、どうぞ」

「学校に通えるようになったということは、病気と事故の後遺症は完治していますか？　完治していないなら、クラスメイトとして注意しておくべきことはありますか？」

「そうですね。その点について、今から話します。ただ、未承認の新薬をテストを兼ねて治療に使ったため、現在経過観察中だそうです。ですので、少なくとも二学期の体育は全て見学、激しい運動はできるだけ避けることになりますね。他に、水橋さんから何かありますか？」

「検査や診察で時々遅刻や早退をすることがあるのと、その絡みで今年は多分部活動に参加できません。今のところ特に変な発作とかは出ていないので、多分そんなに気を使ってもらわなくても大丈夫です」

女子生徒のかなり重要な質問を受け、南原先生と澪が追加説明をする。

その説明で、若干大きくなりつつあった腫れ物に触るような雰囲気が和らぐ。

「水橋さんは、視力はどうですか？」

「両目とも２・０です」

席を決めるための視力の確認に、当たり障りのない数字を告げておく澪。

実は視力は検査で測れる範囲を軽くぶっちぎり、今立っている場所から窓越しに見える一番遠い家の屋根瓦、それも普通なら手に取ってじっくり観察しなければ分からないような細かな傷や汚れまではっきり見える、などとは口が裂けても言えない。

「では、後ろのほうでも大丈夫ですね。とりあえず、一番後ろの空いている席に座ってください」

「はい」

南原先生に促され、クラスメイトの注目を浴びながらしずしずと上品に一番後ろの席に移動する澪。

別段猫をかぶっているわけではなく、極度の緊張により、シーフ系キャラとして身につけた音を立てず重心をぶれさせない歩き方を、綺麗《きれい》に背筋を伸ばしたやたらといい姿勢で実践してしまっただけである。

その妙な緊張感が再びクラス全体を圧倒してしまったようで、澪が席についてカバンの中から筆記用具を取り出すまで、一年三組の教室は転校生が来たクラスとは思えない異様な静けさに包まれていた。

澪が筆記用具を取り出し、連絡事項をメモするためにノートを開く。その音で、ずっと澪に注目していたクラスメイト達が、我に返って慌てて前を向いた。

その様子に、同様に空気に飲まれていた南原先生も我に返って、連絡事項に移る。

「それでは、連絡事項に移ります。水橋さんへの質問や自己紹介は、このあと余った時間にしますね」

プリントを配りながら、どんどん連絡事項を進めていく南原先生。

内容は主に今後の数学の授業についての改めての説明と、それ以外にもこまごまとした、だがちゃんとメモしておかないとまずそうな内容も含まれており、クラスメイト達の意識が完全に澪から逸《そ》れる。

ようやく注目されている状態から解放され、連絡事項を記録しながら小さく小さく安堵のため息を漏らす澪。

余計な注目を浴びぬようほとんど音を立てずに漏らされたそのため息を、次のプリントを後ろに回していた幾人かの生徒がたまたま目撃し、本能を直撃する妙な色気に男女関係なくゴクリと唾を飲み込む。

こちらの世界でも健康を取り戻し、順調に普通の生活に戻りつつある澪。

そんな澪は、中学デビューという形で未知なる世界に単独で送り込まれることにより、どんどん余計な才能を開花させていくのであった。

☆

「澪ちゃん、いるかな～？」

昼休み。一年三組の教室に、深雪の声が響き渡る。

昼食の準備もせずに澪を囲み、お互いに妙な牽制《けんせい》をしあいながらぽつぽつと毒にも薬にもならぬ質問を続けていた一年三組の生徒達が、その声に驚き澪の周りから離れる。

因みに、潮見市にある公立中学校は、給食ではなく全て弁当持参である。なので、転校生である澪を誰が昼食に誘うかで、牽制のしあいのような押し付け合いのような空気が生まれていたのだ。

「あ～、やっぱり予想どおりになってたか」

「ごめん、深雪姉。せっかく教えてもらってたのに、ちゃんと対処できなかった」

「澪ちゃんを含めて誰も悪くはないし、そもそもこういうときにフォローしないとわたしの出番ないから、気にせず頼ってよ」

「ん、ありがとう」

深雪の登場で明らかに雰囲気が柔らかくなった澪に、クラスメイトが息を飲む。表情の変化に乏しい娘だけに、こういった雰囲気の変化はどうしても劇的な影響を与える。

「で、この様子だと、お昼まだだよね？」

「ん。お弁当出すに出せなくて、困ってた」

「転校初日からあんまりクラスメイトと引き離すのよくないとは思うけど、これじゃあお互いに手詰まりで気詰まりでもありそうだしねえ」

「正直、ボクどうすればいいか分かんない……」

「ん〜、そうだね……。よし！　君と君に決めた!!」

澪とクラスの窮地を救おうと、ざっとクラスメイトの顔や様子を確認した深雪が男女各一人の手を引いて澪の前に連れてくる。どちらも没個性というわけではないが、さほど人目を引くような容姿も雰囲気も持ち合わせてはいない、いわゆる普通の生徒である。

「えっ？　えっ？」

「な、なんですか藤堂先輩!?　なんで俺の手を引っ張ってんですか!?」

「なんでって、このクラスにおける澪ちゃんのお世話係にするため？」

「「え〜!?」」

いきなりな深雪の宣言に、思わず大声を出す男子生徒と女子生徒。澪の周りから離れ、遠巻きにしていた他のクラスメイト達の間にもざわめきが走る。

「な、なんであたしなんですか!?」

「そりゃだって、女子の中で一番落ち着いてて、転校生の心配はしてても特に敵視もしてなきゃ媚《こ》びる気もなさそうだったからに決まってるじゃない。ね、大友凛《おおともりん》さん？」

「自己紹介もしてないのに、なんで名前知ってるんですか!?」

「この学校にいる先生と生徒、それから用務員さんの顔と名前は全部覚えてるよ。さすがに性格までは分かんないけど」

「嘘《うそ》っ!?」

「本当本当。何だったら全員指さし呼称しようか？」

そう言って、片っ端から次々名指しで声をかけていく深雪。クラスの半分の名前を呼んだ時点で、彼女が少なくともこのクラスの生徒の顔と名前を全部一致させていることを信じる一年三組の生徒一同。

「だったら如月《きさらぎ》さんでいいじゃないですか！　クラス委員なんだし！」

「如月千歳《ちとせ》さん、かあ。正直、ああいう計算高くて自分作ってるタイプは、もう少し世間知らずが治るまで澪ちゃんの近くに置いときたくないんだよね」

深雪にそう断言され、最初に澪について質問した生真面目そうな女子生徒こと如月千歳が怒りと羞恥《しゅうち》で顔を赤くしながら黙り込む。

ここでせめて深雪相手に怒って抗議の声を上げるぐらいのことをすれば、自分を作っているかどうかはともかく計算高いという点は否定できていたのに、何も言わずにやり過ごしてしまうあたり、自分を作って行動するにはまだまだ人生経験が足りない。

「なんかそれ、如月さんが性格悪いみたいな言い方ですよね……」

「そうは言わないよ。ただ、澪ちゃんはいろんな意味でちょっとどころでなく特殊だからねえ。先々ではともかく、現段階では相性悪いの分かってて、お姉ちゃんから預かってる大切な妹分を任せるわけにはいかないいんだよね～」

「あ～……」

千歳のために一応突っ込みを入れた凛が、澪がちょっとどころでなく特殊で千歳と相性が悪い、という説明にサクッと納得する。澪の雰囲気や反応から、凛自身も千歳とはあまり相性が良くなさそうという印象を持っていたのだ。

「それは分かったんですが、なんで俺まで巻き込むんですか!?」

「そりゃ、クラスメイトと上手《うま》くやっていくうえで、男子からのフォローだって必要だよね。そうでしょ、山手総一郎《やまてそういちろう》君？」

「否定はしませんけど、しませんけど……」

どうやら避けられない運命だと悟り、肩を落としながら弁当箱を取り出す男子生徒こと山手総一郎。

それにならって、どこか期待と諦めの入り混じった表情で同じように弁当を準備する凛。

「それで、深雪姉。お昼どこで食べるの？　というか、教室以外で食べていいの？」

「今日は生徒会室で。校長先生から許可もらってるから大丈夫」

昼休みのシステムについて確認を取った澪に対し、深雪がその手回しの良さを披露する。

特別な理由でもない限り、基本的に潮見二中では昼食を教室以外で食べることは禁止されている。もっと言うならば、学食や購買のような施設も校内になく、生徒が座って弁当を広げられるような場所も各種教室以外にはない。

だが、絶対禁止にするといろいろ問題が出てくるため、許可を取る必要はあるが、職員室や保健室、生徒会室に生徒指導室など、いくつかの部屋は使わせてもらえる。

今回の場合、澪は誰がどう見てもこの種の配慮が必要な生徒であり、姉同様学校の覚えがめでたい深雪からの申請であったため、他のケースよりもさくっと簡単に許可が下りたのだ。

「じゃあ、行こっか」

「ん」

深雪に促され、自分の弁当を鞄《かばん》から取り出して席を立つ澪。その手に持っているのが運動部の男子生徒が食べるのと変わらぬような、かなりのボリュームを誇る大きな弁当だったことに妙などよめきが起こる。

「……そんなに食べるの？」

「主治医の先生いわく、寝たきり時代の成長を取り戻すために、今はたくさん栄養がいる、らしい。おかげでボク、食べても食べてもすぐお腹が減って……」

澪の見た目とギャップが大きすぎる弁当を見て、凛がおずおずと質問する。

その質問に対する澪の答えに、ギャラリーの内心は、

(全然取り戻せてない!!)

という点で一致する。

なお、現時点での澪の身長は入院時より若干育って百四十四センチちょっと。少なくとも、一年三組では一番背が低い。

「はいはい、散った散った。お昼休みは有限だよ〜」

いろいろインパクトがある澪のあれこれに固まっていたギャラリーを、深雪が容赦なく追い散らす。

深雪に追い払われて、特に不満そうな様子も見せずに散っていくギャラリー。

その中に明らかに上級生が混ざっていたり、どう見ても追い散らされたことを喜んでいる人間がかなりの数混じっていたりする点に関しては、さすがの澪もいろいろ怖くて突っ込めない。

「さて、やっと落ち着いてご飯食べられそうだね」

「深雪姉、いつもこんな感じ？」

「今日は特別だよ、特別。転校生が来て、わたしが直接声かけに行ったからこうなった、って感じ」

「……深雪姉、ひそかに下僕とか愚民とかその類のオプション、持ってない？」

「何それ？」

「漫画とかによくある、書き割りのようにワラワラ現れてはことあるごとに吹っ飛ばされたり足場になったり貢ぎ物もってきたり国を運営したり盾になったりする特殊なモブ。因みに、下僕は強さの単位にされてたこともあるほうで、シタボクじゃないから要注意」

「……ねえ、澪ちゃん。最初のほうはまだしも途中から完全に意味分かんないんだけど……」

人がいなくなった途端にいろいろ全開にする澪に、ジトッとした目を向ける深雪。

付き合いの広さの関係上、そっち方面にもそれなりにたしなみがある深雪ではあるが、ここまでとなるとついていける範囲を超えている。

「……やべえ……」

「山手君、どうしたの？」

「愚民のほう、元ネタ知ってる……」

「……そっか」

いろいろ愕然《がくぜん》とした様子を見せる総一郎に、凛が慰めるようにポンポンと背中を叩く。

下僕が強さの単位、というネタに関して、父親の本棚の片隅にある文庫本にそういうのがあったなあ、などとちらっと思ったがあえて口には出さない。

部分的にとはいえ、澪が言い放ったネタに心当たりを持っているあたり、深雪の人選は恐ろしく正確だったようだ。

「なんか、俺らこのまま水橋さんに、泥沼のように深いところに引きずり込まれるんじゃ……」

「そうならないように、がんばろう？」

「おう……」

見た目や雰囲気とギャップがあるにもほどがある澪の本性に触れ、早くも先行きが不安になる総一郎と凛。

どうにか踏みとどまろうという決意もむなしく、公認のお世話係として行動させられた結果、一週間も経たずにいろいろディープなネタを仕込まれてしまう二人であった。

☆

「澪ちゃん、どうだった？」

その日の夜のチャットルーム。

なんだかんだ言ってやきもきしていた春菜が、澪の顔を見るなり真っ先にその質問を飛ばした。

「深雪姉のおかげで、公認のお世話係はゲットできた」

「……なんか、微妙に聞き捨てならない表現だけど、仲良くはできそう？」

「ん。大丈夫そう」

「そっか、ならよかったよ」

澪の返事に、春菜がほっとため息をつく。お世話係という表現に引っかかるものはあるが、上手くいきそうだと聞いて気にしないことにする。

「深雪姉が女王様なのはよく分かった」

「あ～、そこはもう、深雪だから……」

「というか、一声かけるだけでギャラリーを散らすとか、間違いなく先生よりも言うこと聞かせられてる」

「私も、あれはどうやっても真似できないんだよね。真似したいとも思わないけど」

深雪の持つ過剰な統率力に、苦笑しながら語り合う春菜と澪。今は澪のこともあって大人しくしているが、あの統率力で好き勝手に突っ走られたらいろいろと怖いものがある。

何より怖いのが、きっちり教師にも手綱をつけている感じがするところである。

本人に言わせれば、何でもかんでもいうことを聞いてもらえるわけでも無条件で従ってもらえるわけでもなく、さらにどんなに上手くお願いしても全体が思ったとおりに動いてもらえることなどほとんどなく、何より相手のことを考えないでお願いしたところで誰も聞き入れてくれない、とのことだが、とてもそうは思えないぐらいにはすごい統率力を見せているのも事実だ。

深雪が関わると聞くたびに、お互い様だと知りつつ春菜が不安に思うのも無理はないだろう。

「春姉と深雪姉の場合、そもそも出演してるゲームのジャンル自体が違う感じがする」

「……すごい例えられ方だけど、どういう意味？」

「春姉は一般的なRPGのヒロインで、基本、少数精鋭かつ影響力は大きいけど直接的にお願いとかはできないタイプ。深雪姉は国つくりとか世界統一とかそういうタイプのシミュレーションゲームの君主で、基本的に数で勝負する感じ」

「私がヒロインかどうかはともかく、おばさん達みたいに直接動かせる人とか予算の規模が大きい人に頼まなきゃ何もできない、っていうのは否定できないよね」

澪の解説に、複雑な表情を浮かべながら同意する春菜。

自分が上に立って何かするタイプではないのは、誰に言われるまでもなく春菜自身が自覚している。

「まあ、何にしても、今回は深雪に感謝しないとね」

「ん。深雪姉には、足を向けて眠れない」

「あとは、澪ちゃん自身ががんばらないとね」

「ん、がんばる」

春菜に言われ、素直に頷く澪。今の自分がどれだけ恵まれているか分かっているだけに、それに甘えるだけではなく自身の成長につなげていかねば、という思いも強い。

特に今回の場合、直接的に世話になったのは深雪だが、宏と春菜が上手くいくように祈ってくれていたのも知っている。というより、いくら現在権能を封じているといっても、一応神の座にいる宏と春菜が祈って、何の影響もないはずがない。

宏と春菜の祈りは加護となり、極度の緊張状態にあった澪が醸し出していたはずのホラーな雰囲気を、重度の緊張感という形に中和していたのだ。

視線の質から割と早い段階でそのことに気がついた澪だが、恐らく宏も春菜も無自覚であろうことと、祈ってくれたことに対するお礼というのが照れくさいこともあって、あえてそのことについては何も言わずに黙っていることにした。

「ねえ、春姉」

「何かな？」

「お世話係になってくれた山手君と大友さん、自己紹介の時にボクがホラーな感じになってなかった？　って聞いたら、特に怖いとは思わなかった、って言ってた」

「そっか。よかったね」

「ん」

ただ、何も言わずに黙っているのも不誠実な気がするので、祈ってくれていたことには気がついている、ということをそれとなく遠回しに春菜に告げる澪。

澪が何を言いたいのか理解しつつ、わざとらしくしらばっくれる春菜。

二人の間では、この話はこれで終わりである。

「ねえ、春姉。師匠は？」

「私の代わりに放課後の畑仕事やってくれてるんだ。宏君も澪ちゃんのことすごく気にしてたんだけど、私に譲ってくれたんだ」

「そっか」

恐らく同じぐらい気にかけていたであろうに、こういうときはまず、女同士のほうがいいだろうといろいろ譲ってくれた宏。

その心配りに感謝しつつ、どうにかして負担にならない形でお礼をしなければ、と考える澪。

ほぼ治ったとはいえ女性が苦手なのは変わらないため、澪の頭ですっと出てくるお礼は全部アウトなのが難しい。

「真琴姉は？」

「詳しくは教えてくれなかったけど、大事な用事があるから今日はログインしないかもって」

「そっか」

どうやってもいろいろアウトなお礼しか思いつかない。

ある意味ではレイニーと変わらない自身の発想力に愕然としつつ、いったん考えるのをやめて、いそうなのにいない真琴について確認する澪。

その問いに春菜が、聞いていた真琴の予定を告げたところで、澪のアバターが持つ携帯端末が鳴り響く。

「……リアルのほうで来客」

「そっか。行ってらっしゃい」

「ん。……春姉」

「なに？」

「大好き」

「……私もだよ、澪ちゃん」

場合によっては、今日はもうログインできないかもしれない。そう思った瞬間、衝動的に心の底から春菜に好きだと告げる澪。

そのシンプルな言葉と共に向けられた小さな、だが心の底からの笑顔に、同じく心からの笑顔と共に好きをお返しする春菜。

その後、来客として復学祝いとちょっと早い誕生日プレゼントを手に訪れていた真琴に、衝動的に抱きつきながら春菜と変わらぬほどの気持ちを乗せて大好きと告げる澪。

澪にとっての中学生活初日はいろんな人への感謝と好きを確認でき、少しでも立派な人間になりたいと思えるようになった幸せな一日となったのであった。

第16話　この権利は誰にも渡さない

「ハニ～!!」

「ひぃ!?」

家族だけで祝った澪《みお》の誕生日も無事に終わり、休みボケも完全に抜けて学校が日常のルーチンに再び定着した九月中旬。

久しぶりに市場を見に行こうと、ウルスの工房から外に出た瞬間の宏《ひろし》に突撃をかけたレイニー。

そのレイニーのいろんな意味でガチでヤバい表情に、久しぶりに宏が条件反射ではなく本気の怯《おび》えを見せていた。

「てい」

「遺体遺棄~」

「むぎゅ!?」

レイニーの表情と宏の反応を見た瞬間、とっさに近くに浮いていたオクトガルを投げてレイニーを迎撃する澪。

狙い過《あやま》たず顔面に直撃したオクトガルのおかげで、レイニーの突撃は完全に阻止された。

「きゅっ」

そんな一連の攻防を屋根の上から眺めていたひよひよが、オクトガルが離れたあとのレイニーの顔の上に着地する。

次の瞬間、白い炎に包まれるレイニー。

どうやら、完全に邪悪判定を受けたようだ。

「……単なる煩悩じゃなくてひよひよに燃やされるレベルに達してるとか、いろんな意味ですごいわね……」

「てか、レイニーはいつになったらこういうときに待てができるようになるんだろうな……」

ある意味お約束と化したやり取りを、呆《あき》れたように見守っている真琴《まこと》と達也《たつや》。ここまでぶれないと、いっそすごいのではと思えてくる。

なお、一緒に来ていた詩織《しおり》は、ひよひよが起こしたファンタジー世界ならではの不思議現象に目を丸くしているため、現在はコメント不能である。何度もウルスに来ているとはいえ、ひよひよが人を燃やすところを目撃したのは初めてなのだ。

「あの、それで、レイニーさんはいったい何の用でここに？」

最近いろいろ余裕が出てきたからか、こういうケースでは結構洒落《しゃれ》にならない感じで怒るはずの春菜《はるな》が、やけに冷静にそんな質問をする。

「殿下経由でエアリス様からお願いされた。おっぱいお化けのエルフを迎えに行くために、ハニー達を案内してほしいって」

春菜に声をかけられ、白い炎で燃やされながらレイニーが事情を説明する。

因《ちな》みに、場の空気を読んだひよひよは、レイニーを燃やすのをやめて屋根の上に移動していた。

「そういや、ここのところずっとアルチェムの顔見てなかったわね。あの娘《こ》、今何してるの？」

「エアリス様によると、世界樹の中に入ってるらしい。あの中にはこっちの人間が案内しないと入れないらしくて、道を開くのにエアリス様が聖堂にずっといなきゃいけないから、私を案内役にする、とのこと」

「……それ、ドルおじさんとかじゃダメだったの？」

「ハニー達と会えない状態で、ずっとがんばってきたご褒美。この権利は誰にも渡さない」

真琴の素朴な疑問に対し、様々な意味でやる気に満ちた目でレイニーが宣言する。白い炎がまだくすぶっていることも相まって、ビジュアル的に非常に怖い。

たとえどんなに不安があっても、今のレイニーからこの権利を取り上げてはいけない。この場にいるメンバーの意見がそれで一致するぐらいには、レイニーの雰囲気はやばかった。

「タッちゃん……、あの娘、怖い……」

「見た目は可愛《かわい》くても、元暗殺者だからなあ……」

日本で真っ当な生活をしていればまず遭遇することはない種類の表情と雰囲気をあらわにするレイニーに対し、割と本気で怖がる詩織。

そんな詩織に対して、残念ながら達也もどうにもフォローできない。

宏達の前では、澪よりよっぽど表情豊かなレイニーだが、見せる表情が方向性は違ってもどれも年頃の少女としてはいろいろアウトなあたり、育ちの影響というのは根深いものがある。

何より問題なのは、これで実はキリングドール時代も含めて男性経験ゼロ、正真正銘処女である証《あかし》も残っているところであろう。

育った環境と教育の大切さというのがよく分かる話である。

「で、迎えに行くっちゅうんはどこから行けばええん？」

「この工房の世界樹から行ける。入るとき、ハニーとハルナは私と手をつないでほしい。他の人は普通に入れる、はず」

「はず、っちゅうんが怖いなあ」

「エアリス様にとって、というより歴代の巫女《みこ》にとって初めての事例だから、確実なことは言えないって」

「なるほどなあ……」

エアリスですら予測がつかない今回の試み。それにどこまでも不安が募る。

宏達のその不安を察してか、唐突に屋根の上にいたひよひよが飛び上がり、今度は澪の頭の上に陣取る。

「きゅっ」

「なるほどな。ほな、一緒に行くんは澪だけやな。そういうわけやから、悪いけど兄貴と真琴さんと詩織さんは、留守番しとってもろてええ？」

「了解。オクトガルと麻雀《マージャン》でもやってるわ」

「じゃあ俺は、ファム達の手が空いてそうだったら、そろそろオキサイドサークルを教えておくかね」

「せやな。今後のこと考えたら、誰か一人でも使えるようになっといたほうが便利やろうし、頼むわ」

ひよひよの一声に合わせ、あっという間に今後の予定を決める宏達。

その流れるような意思決定の速さについていけなかった詩織が、慌てて口を挟む。

「あ、あの〜、私達が留守番なのはいいんだけど、ひよひよちゃんは何て言ってたの？」

「ああ、そっか。詩織さんはひよひよの言葉は分かんないんだっけ」

「というか、そもそも明確な言葉を話してるとは思ってなかったの。普段のひよひよちゃんとの意思疎通ぐらいなら、日本でペット飼ってる人の中にもできてる人結構いるから……」

「まあ、普通そうだよね。えっと、内容を要約すると、澪ちゃんだけ連れていけば十分だから、ひよひよが中に連れていってくれる、って感じかな」

「あの一声で、そんなに……」

小さく一声鳴いたようにしか聞こえないひよひよが語っていた内容に、目を丸くして絶句する詩織。神獣だとは聞いていたものの、基本的にオクトガル程度の浮遊能力があるデカい雛鳥《ひなどり》だとしか認識していなかったため、そこまで複雑な会話が成立しているとは思わなかったのだ。

「オクトガルよりひよひよのほうで、そういう反応するとは思わなんだなあ」

「まあ、こいつはオクトガルほど謎生物っぽくないっつうか、一見して単なるデカいひよこだからなあ」

詩織の反応について、興味深そうに意見を言い合う宏と達也。

ポメにオクトガルにラーちゃんと、いったい何がどうなってるのか分からない謎生物達と関わり続けている宏達からすると、ひよひよは普通すぎて驚く要素が足りないのだ。

恐らく、いずれ詩織もひよひよ程度の謎さ加減では驚かなくなるだろうが、何にしても意外な結果だったのは間違いないだろう。

「師匠、達兄《たつにい》。アルチェムが待ってるから、詩織姉《しおりねえ》のことは置いといて早く行く」

「せやな。っちゅうわけで、留守番任すわ」

「おう、行ってこい」

そう言って中庭のほうへ向かう宏達を見送ってから、まずは詩織にこちらの世界の謎生物達について レクチャーすることを決める達也と真琴であった。

☆

「ここが世界樹の中か」

「エアリス様によると、正確には世界樹が内包する異空間、らしい」

アルチェムがいるという世界樹の中は、神秘的としか表現できない空間であった。

間違いなく自分達は樹《き》の中にいる。壁などを見ればそれがはっきり分かるのに、同時に森の中にいるような印象もあり、空を見上げれば燦々《さんさん》と輝く太陽と大きな月、そしてたくさんの星空が同時に見える。

一見すると矛盾するそれらの要素が不思議な調和を見せ、内部に満ちる空気が世界樹とは何かを教えてくれる。

ここに来ることで、宏達は初めて、本当の意味で世界樹というものを理解できたのであった。

「入ってきたんはええとして、問題はアルチェムが何のためにここにおるんかと、どこに行けばええんかやな」

「あと、エルちゃんが私達を迎えによこした理由も、ちょっと気になるよね」

「せやなあ」

自分達が世界樹をアバウトに使い倒していたことを反省しつつ、当初の目的について軽く確認しあう宏と春菜。

どうやら、門の鍵代わりになったレイニーも詳しいことは聞いていないようで、宏達の疑問に首をかしげている。

「レイニー、エルから何か聞いてる？」

「エアリス様も、説明できるほどの詳しいことは分からないって言ってた。ただ、迎えに行くのに最低でもハニーとハルナとあと一人誰か、できたらタツヤとマコトも含めた、最初にこっちに飛ばされてた全員で行くべきだったらしい」

「だったら、達兄と真琴姉を置いてきたの、まずかったんじゃ……」

レイニーの説明を聞き、思わず頭上のひよひよをうかがう澪。

澪の探るような咎《とが》めるような視線に対し、ひよひよが胸を張って自信満々に「きゅっ」っと一声鳴く。

「ほんまに大丈夫なんか……？」

「きゅきゅっ」

「まあ、そう言うんやったら一応は信用するけどなあ……」

自信満々に奥を翼でびしっと指し示すひよひよに、まあいいかと諦めの混ざった表情を浮かべて従う宏達。

自信満々だった割に、ひよひよの案内は迷走した。

「こっちは明らかにちゃうと思うんやけどなあ……」

「きゅっ」

「ねえ、ひよひよ。私にはこの先の道、完全に塞《ふさ》がってるように見えるんだけど……」

「きゅきゅっ」

何度も行き止まりにぶつかり、同じ場所をぐるぐると回り、迷走に迷走を重ねること約二時間。最初の頃はどうにか隙《すき》を見て宏に引っ付こうとしていたレイニーが、たった二時間で完全にその気力を失うほどという時点で、どれほどひどい迷走ぶりだったか想像できよう。

今まで通った道全てをマッピングし終えた澪とレイニーが、普段以上の無表情でぽつりと呟《つぶや》く。

「……ボク達、完全に閉じ込められてる」

「……入口、なくなってる」

あまりといえばあまりに芳《かんば》しくない状況に追い込まれ、ついつい冷たい視線をひよひよに集中させる一同。その冷たい視線を受けても、泰然とした態度を崩さず羽繕いを始めるひよひよ。悪びれもせずに、というより、現況に何一つ問題を感じていない様子のひよひよを見て、小さくため息をついて休憩とばかりに春菜がその場に座り込んだ。

「歩きっぱなしだったし、お茶でも飲んで少し落ち着こう」

「せやな」

春菜の言葉に頷《うなず》き、それぞれがマイカップを取り出して春菜が用意したお茶を注《つ》いでもらう。程よく冷えたお茶を一口飲みこんで、全員同時に何かが抜けたようなため息を漏らした。

「いつになったら、アルチェムさんのところに行けるんだろうね……」

「なんっちゅうかこう、現状もクリア条件も分からんのが、ものすごいしんどい感じやで」

「見て分かるような変化がないから、ボク達が引っ張りまわされた意味があるのかどうかも分からない……」

「エアリス様、どうやってハニー達をおっぱいお化けのところに行かせるつもりだったのか……」

ため息の後、現状に対して一通り愚痴を吐き、カップの中のお茶を一気に飲み干す宏達。洗浄魔法でカップをきれいにしてしまいこむと、腹をくくって立ち上がる。

「せめて、何かはっきりした変化があれば……」

「そうだね。変化って言っていいかどうかぐらいのものなら、いろいろあるんだけどね……」

「……春姉《はるねえ》、変化があるって分かってたの？」

「入った時点と比較してなら、いろいろ細かい変化があるのには気がついてたよ。ただ、それが私達がうろうろした結果なのか、それとも単純に時間経過によるものなのかが分かんなくて……」

「今回に限っては、空間が繊細すぎてヤバそうやから、怖すぎてアクティブな探知もやってへんしなあ……」

「ここ、下手に権能とか使うと、探知程度でもすごい悪影響出そうだからね……」

「正直、神器の類《たぐい》を服だけにしとって正解やった感じやで」

「そうだね。危険はなさそうだったからこの装備で来たけど、フル装備だったらどうなってたか分かんないよね」

指導教官の言いつけを破り、探知すらかけていないことを告げる春菜と宏。

それを聞いて、いろいろ考えを改める澪。

指導教官に絞られたお華《はな》の一件から、宏も春菜も探知がらみは忘れなくなっている。そのことを知っていた澪は今回、二人の探知に引っかかるような種類の変化がないものという前提で、専門ではない二人が見落としそうなことはないかを主体にチェックしていた。

だが、明確な理由があったとはいえ実際には神の権能による探知は行われておらず、そのうえ宏や春菜の神としての感覚に引っかかる種類の変化は小さいながらも起こっていたとなると、いろいろ話は変わってくる。

なお余談ながら、こういうケースで明確な理由をもってあえて探知をかけていないというのは、指導教官がむしろその判断能力を大いに褒めてくれる案件である。

特に今回、探知をかけていない分ノイズフィルターも調整しており、情報を得られる範囲が狭い分普段より入手している情報量は多く、さらにそれらに適切な情報処理を行う形で不足分を補っているのだから、経験不足で推測能力が足りていない点以外は満点をくれるだろう。

経験不足の部分に関しては、誰にも危険が及ばない状況である以上、一万年後ぐらいならともかく現時点ではアドバイス以上のことを言う神々はほとんどいない。というより、言った瞬間に指導教官をはじめとした超ベテラン勢から忘れたい過去をほじくり返される形で総突っ込みを受けてもだえる羽目になるので、誰も言えないのだ。

「変化があったって、どんなのが？」

「どんな、って言われても、花が咲いたり散ったり、虫とかの現在位置が結構大きく変わってたり、地脈的なエネルギーの流れが部分的に小さく変わったりっていう、変化と言えば変化だけど変わって当たり前と言えば当たり前の内容ばかりだよ」

「……むう」

春菜の答えを聞き、小さくうなる澪。

確かに変化と言えば変化だが、どれも時間経過で普通に起こりうるものばかりである。この状況でなければ、そもそも変化があったと意識することすらないだろう。

宏も春菜も変化があった、などとわざわざ告げないのも当然である。

「あ、でも、入口に関しては多分、私達が関わってるとは思う」

「ああ、せやな。うちらが入ってきた入口が消えたんは、まずうちらが関わっとるやろうなあ。ただこの場合、入口ができたんが元に戻ったんか、僕らが入ったから元からあった入口が閉じたんかっちゅうんで、また違いそうな感じはすんでな」

「入口開くためにエルちゃんが聖堂で何かしてるって話だったから、入口が消えたのは元に戻ったほうだと思うよ」

「そういえばそうやったな」

いい機会だからと、無意識だと当たり前のことだと流してしまい盲点になりそうな要素を確認する宏と春菜。解決にはつながらないにしても、何かヒントぐらいは気がつくかもしれないと、分かっている事実をもとに軽く考察を始める。

ついでに、この中に入ってからの徒労感により記憶からすっ飛んでいるこれまでの経緯なども思い出しているが、そちらはどちらかと言わなくてもおまけである。

「……まあ、今の時点では手がかりが足らんにもほどがあるから、考えても分からんわなあ」

「そうだね。正直、考えてもどうにもならないし、今までひよひよに引っ張りまわされたのも何か意味があると思うしかないかな」

「……納得いかないけど、師匠と春姉の意見に賛成するしかない」

「私は単なる入口の鍵だから、ハニー達の方針に従う」

結局、普段の状態が分からない以上は考えるだけ無駄という結論に至り、いろいろと諦める一同。

そのタイミングで、我関せずと羽繕いを続けていたひよひよが突然飛び上がり、澪の頭の上に乗っかって、そのまま翼でズビシとある方向を示す。

「他に選択肢もないし、ひよひよの指示に従おっか」

「せやな。しゃあないから、ひよひよの案内に任すわ」

「きゅっ」

「何も察知できてないボクが言うのもなんだけど、黙って俺についてこいって台詞は、ついていく根拠を示してからにすべき」

いろいろと諦めの境地に達しつつ、わざとらしいぐらい説明が足りないひよひよにしっかりと突っ込んでおく澪。

どちらかといえばレアな澪からの突っ込みにも動じず、早く行けとばかりに再び翼で進むべき方向をズビシと指し示すひよひよ。

そんなシュールな光景にやれやれと肩をすくめ、指示に従って歩き出す宏達。

またも特に変化がないまま、先ほどと同じようにあっちこっちを迷走させられること、さらに二時間。宏達は再び先ほどと同じ場所で座り込み、うんざりした表情で休憩を取っていた。

「なあ、ひよひよ……」

「きゅっ」

「いや、普通はそろそろ焦る時間やで」

「きゅきゅ」

「……まあ、他に選択肢もあらへんし、もうちょい待つぐらいはええんやけどな」

やたら余裕を見せるひよひよの態度に、疑わしそうな視線を向けつつもう少しだけ待つことにする宏。外と中の時間経過が同じとは限らないが、同じだった場合はそろそろ達也達が心配をしていそうだ。

「で、この後はどこに行くんや？」

「きゅっ」

「もうちょいお茶でも飲んで待機しろてか？」

「きゅきゅっ」

「つちゅうか、ええ加減昼飯食わなあかん時間ちゃうん」

もうしばらく休憩ということになった途端、空腹感に襲われる宏。他のメンバーに目を向けると、同じようにかなりの空腹を覚えているようだ。

「どうせ時間待ちだったら、軽く何か食べよっか」

「ん、春姉に賛成。すごくお腹減った」

「待ち時間がどれくらいか分かんないから、ありあわせのサンドイッチとかでいい？」

「そこは任すわ」

宏の発言に反応し、あっという間に軽食を取ることで話が進む。

彼らの場合、空腹感を一度自覚してしまった時点で、相談の余地もなく結論など決まっている。

特に意見を言わなかったレイニーですら、軽く何か食べるという話に期待の表情を浮かべているあたり、諜報員《ちょうほういん》とは思えない染まりっぷりだ。

「ホットドッグとカップスープでいい？」

「おう」

「ん。春姉が楽なのでいい」

「あんまり褒められたことじゃないけど、キャベツの千切りをストックしておいてよかったよ」

すぐ用意できて簡単に食べられる、という条件で食材を確認し、春菜が用意したのはホットドッグであった。ホットドッグ用のパン（神小麦使用）とベヒモスのソーセージ各種が大量にあったことが選択の決め手である。

手早くパンに切り込みを入れ、切り込みの底にマヨネーズをたらしてキャベツをのせ、その上に魔法で軽く熱したチーズと火を通したソーセージを置いて挟み込む。ケチャップとマスタードを適量かけて完成。

因みに、チーズやソーセージに火を通すために使った魔法は、正真正銘単なる初級魔法である。徹底的なコントロールにより権能を一切反映していないので、いくら使っても世界樹に悪影響を与えることはない。

「スープはどれにする？」

「せやなあ。オニオンコンソメにしとこか」

「師匠と同じで」

「私もハニーと同じがいい」

「じゃあ、みんなオニオンコンソメでいいか」

温かいままで保管されている各種スープを見て確認を取る春菜に対し、なぜか満場一致でオニオンコンソメスープが選ばれる。注文を受け、手早くカップにスープを入れて、クルトンと細かくしたパセリを適量投入したものを配っていく。

「きゅっ」

「はいはい。ちゃんとひよひよの分も用意してあるからね」

そのまま宏達だけで食事を始めそうになり、慌てて抗議の声を上げるひよひよ。

そんなひよひよに小さく微笑《ほほえ》んで、焼き鳥の串を二本のせた皿を差し出す春菜。

春菜から皿を受け取ったひよひよは、翼で器用に串をつかんで、実におっさんくさいしぐさで嬉《うれ》しそうに焼き鳥をついばみ始めた。

「じゃあ、私達も食べよっか」

「せやな。いただきます」

「「「いただきます」」」

ひよひよが焼き鳥をがっつき始めたのを見て、自分達もいただきますをしてホットドッグにかぶりつく宏達。ありあわせを使ったファストフードとはいえ、素材が素材だけに実に美味い。

「ハンバーガーとかホットドッグとかの類って、こういうときにはすごい便利な料理やんなあ。特にホットドッグは片手で最後までいけるし」

「そうだね。さすがに落ち着いて食べられるときはちゃんとした料理を食べたいけど、何か軽く手早くっていうとすごく優秀だよ」

「ん。こういう安っぽくてジャンクな感じの食べ物、たまにすごく食べたくなるときが……」

「あ～、分かる分かる。ポテトチップスとかもそうだけど、こういう食べ物って定期的に食べたくなるよね。ものによって頻度は違うけど」

「せやなあ。僕はインスタントラーメンとかは結構食べたなる頻度高いけど、ハンバーガーとかポテチとかは月に一回も欲しならへん感じやし」

ホットドッグをかじりながら、ジャンクフードに分類される食べ物について語り合う日本人三人。

その内容の贅沢《ぜいたく》さに、価値観の違いというやつを思い知るレイニー。

ホットドッグもハンバーガーも、フェアクロ世界では決して安っぽくてジャンクな食べ物には分類されない。軽食ではあっても、三食それで済ませることに対して眉をひそめる人間がいない程度には、ちゃんとした食事としての地位を確保している。

インスタントラーメンに至っては、大量生産が始まった今でも大抵の食料品よりは高級品だ。

諜報員という立場上、普通の軍人よりはるかに貧しい食生活を長期にわたって強いられることもよくあるレイニーからすれば、もともと宏達の国では安価な食べ物だというインスタントラーメンはまだしも、ホットドッグが褒められたものではないジャンクな食べ物扱いという生活はまったく理解できないものである。

「……ハニー達が遠い……」

「あ～。こっちだと、ジャンクフードっていうのはもっと本当にジャンクな感じだったんだっけ……」

「というか、春姉。地球の先進国で食べるハンバーガーとかと違って、こっちのは基本的に無添加で天然素材」

「そうだよね。あと、こっちの人は生活習慣的に、たんぱく質も塩分もカロリーも、日本人が必要とする平均よりは多くとらないと駄目な感じだし」

「まあ、向こうやろうがこっちやろうが、ホットドッグばっかり食うとったら長生きできんのはおんなじやけど、それも微妙に意味合いがちゃうしなあ」

　レイニーの反応を見て、日本とフェアクロ世界の違いを思い出す宏達。最近は日本にいる時間のほうが長いため、食事に関してはすっかりこちらの価値観が抜けてしまっていたのだ。

「そういえば、夏休みに久しぶりにウルスで屋台出したんだけど、どこのお店もすごくメニューが増えてたよ」

「ん。調理方法も充実してた」

「焼き物か汁物ぐらいしかなかったのに、いつの間にか揚げ物とか蒸し物とかも増えてたし」

「ハルナもミオも、あれだけやりたい放題しておいて、いつの間にかも何もない」

　割と白々しい春菜と澪の会話を、レイニーがジト目で切り捨てる。

　レイニーからの突っ込みという非常にレアな一撃に、思わず視線を明後日《あさって》の方向に逸《そ》らす春菜と澪。心の中では、もう少し自重しようといろいろ反省してしまう。

　宏がいない状況でレイニーと会う機会がないため春菜も澪もそういう認識が薄いが、宏に対する変態性以外の面ではレイニーは結構まともなのだ。

　その事実を突きつけられ、しかもあろうことか宏が一緒にいる場でレイニーから突っ込みを受けたのだ。春菜にしろ澪にしろ、内心自分の行いに対していろいろ振り返っては軽く反省をしてしまったのも無理はない。

「……そこ追及しだすと泥沼やから、これ以上は触らんとこや」

「そうだね……」

「ん。これ以上追及すると、いろいろ工夫しすぎてもはや元の料理の面影しか残ってないあれとかこれとかいろいろと……」

好き放題やりすぎておかしな影響を与えた自覚がある宏達が、これ以上飯について話を広げない方向で同意する。

「そんで、軽いっちゅうても飯も終わったし、結構時間経《た》ったと思うんやけど、まだなんもないやんな？」

「うん。もうちょっと待たなきゃいけないのかな？」

「きゅっ」

「……まだうろうろせなあかんのんかい……」

「でも、次で仕上げっていうのなら、がんばろうっていう気分にはなるよね」

まだ歩き回る必要があると言われてぶつぶつ文句を言う宏を、春菜が苦笑しながらなだめる。

はっきり言って、内心では宏と大差ないぐらいだれて面倒になっている春菜だが、それを表に出しても空気が悪くなるだけだと必死になって前向きに考えている。

そんな春菜の心の中でのがんばりもむなしく、意味があるのかないのか分からない迷走がさらに三十分続く。

「なあ、今更の話なんやけど……」

「どうしたの、宏君？」

「これ、最初からエルの言うとおりに兄貴らも一緒に入っとったら、どうやったんやろうなあ」

「あ～……」

宏や春菜に備わった神のセンサーや澪の広範囲高精度センサーに対し、いまだに何ら変化が伝わってこない現状に、やる気ゲージが完全に枯渇しつつある宏が根本的な疑問を口にする。

宏としては長時間拘束されるのも、あちらこちらを迷走させられるのも、それ自体は別にかまわないと思っている。

問題なのは、現状が分からないまま、広いとは言えない空間の中を意味があるのかないのか分からない形で何度も何度も迷走させられることだ。

終わりも分からないままひたすら穴を掘っては埋める作業を続けさせられているような、そんな不毛な空気が宏の気力をガリガリ削っていく。

やっていることの不毛さでいえば生産スキルの熟練度上げも大概不毛ではあるが、同じ不毛な作業でも今回の迷走は生産スキルの熟練度上げとは意味が違う。あっちは惰性で続けていてもなんだかんだ言って手ごたえはあるし、ちゃんと目に見える形で完成品、もしくは失敗作が積み上がる。

今回のこの迷走は、現状では何一つ結果につながっていない。いかに宏が不毛な作業に耐性があっても、成否どちらかも一切分からないまま何時間も意味不明な不毛さを強いられるのは苦痛なのだ。

「きゅきゅっ」

今回の迷走の不毛感をさらに高めているひよひよが、宏をなだめようとしているのか神経を逆なでしようとしているのか分からない感じで頭の上に乗って鳴く。

「あ～、もう、分かったっちゅうねん。もう一周付き合うから、それで何もなかったら産毛むしんで」

「きゅっ!?」

宏の物騒な言葉にびびって、怯えるように鳴くひよひよ。助けを求めるように春菜達に視線を向けるが、気がつかなかったふりで露骨に目を逸らされる。

そうやってひよひよを怯えさせて留飲を下げつつ、そろそろ諦めを通り過ぎて無我の境地に入りかけながらもう一周する。

「……あっ」

「……おっ」

ひよひよの言うとおり、もう一周したところで、ようやくはっきりと分かる形でエネルギーの流れが変わった。

「なるほど。この流れやったら、次はあっちに行って……」

「そのあとこっちだよね」

「せやな。で、広場を二周して逆回り一周で……」

「ええと、このあと私がこっちに行って、宏君が向こう、澪ちゃんとレイニーさんがあっちかな?」

「ん、分かった」

神に属する存在でさえあれば誰でも分かるようになったエネルギーの流れに従い、どう動くべきかを確認しながらパズルを解くように動き回る宏と春菜。

二人の指示に従い、よく分からないなりにあっちこっちに移動する澪とレイニー。

役割は終わったとばかりに、澪の頭上に移動してスピスピと居眠りを始めるひよひよ。

目で見て分かる形での変化が一切ないまま、うろうろすることさらに十五分。ついに奥へとつながる道が開通する。

「……師匠、春姉。何の前ふりも演出もなくしれっと地味に奥へ行く道が……」

「また、すごいそっけない道やなあ……」

「ハニー。おっぱいお化け回収したら、ここ燃やしていい？」

「気持ちは分かるけど、さすがにあかんでな」

ここまで手間をかけさせておいて、何一つ達成感を味わわせてくれない出現の仕方をする道。どこまでも不親切な世界樹である。

「ここまでややこしいんだったら、せめて光るとか何か生えてくるとか、フラグが立ってるかどうか分かる形にしてほしかった……」

「まあ、現実はゲームとか物語とかとは違うから……」

「でも、さすがにこんな大昔の六十階建ての塔を登るゲームの攻略法みたいなのを、ノーヒントで延々とやらせるのはひどすぎる……」

「……ごめん。私、そのゲーム知らないからなんとも言えない……」

何やらよく分からない文句を言う澪に、正直に分からないと告げる春菜。言いたいことは察せられるが、例えに出された作品を知らないのでなんとも言えないのだ。

因みに、澪が言う六十階建ての塔を登るゲームだが、ゲーム中に一切のヒントがないのにやたら複雑な攻略手順を探す必要がある、クリアさせる気がないとしか思えないゲームであった。

一番最初はアーケードゲームであり、攻略手順を見つけるために総額でいくら筐体《きょうたい》に硬貨を飲み込ませたのか想像もできないゲームだ。

その成果が活きたか、家庭用ゲーム機版が発売された当時、インターネットもなかった時代だというのに、裏面の分も含む攻略手順が全国的に知れ渡っていた。

最大の問題は、当時（に限らないが）の学校は大部分が、ゲームセンターなどへの生徒の出入りを禁止していたにもかかわらず、このゲームを持っていた小学生の大部分が最終面までの攻略手順を知っていたことであろう。

全員が律儀《りちぎ》に校則を守っているわけではないとか、親兄弟が出入りしていて知っていた可能性があるとかを踏まえても、インターネット普及後も顔負けの速度で情報が行き渡っていたのは、なかなかに不思議な話である。

ビデオゲーム史上初の名人を公的に名乗っていたとあるメーカーの部長が、ゲームパッドにバネを仕込んで逮捕されたというデマがなぜか全国に同時に広まったのと同じぐらい、情報の伝播《でんぱ》の仕方がよく分からない事例だと言えよう。

「とりあえず、これ以上不毛なことさせられたらたまったもんやないし、さっさとアルチェム迎えに行くで」

「そうだね。肉体的には疲れてないけど、気分的にはもう何もしたくない感じ……」

しれっと現れた道。その奥に見える立派な樹を見ながら宏と春菜がそう言う。

さすがにこれ以上妨害もなかろうと思いつつ、変なトリガーを引かないように細心の注意を払って奥へと進んでいく。

中途半端に獣道感あふれる道を進み、大樹の外周に巻き付く螺旋《らせん》階段状の太いツタを歩いて上り、アルチェムの気配がする大樹の天辺《てっぺん》まで慎重に進む一行。

やっとアルチェムの姿が見えた、というときに最大の罠《わな》が待ち構えていた。

「……師匠、ストップ！」

「ひぃ⁉」

「宏君、目をつぶって‼」

最後に待ち構えていた罠。それは、なぜか全裸の状態に蔦《つた》や木の枝が巻き付いているアルチェムの姿であった。

一応見えてはまずい部分はモザイクよろしく枝や蔦、葉っぱなどで隠れているのだが、いろんなところを強調するように巻き付いている枝や蔦のおかげでほとんど意味がない、どころか全部見えているよりエロい。

一瞬とはいえそんなアルチェムの姿をばっちり確認してしまい、全裸の女をしっかり見たという点からいらぬことを連想してビビる宏。その宏の目をとっさに手で覆《おお》い隠す春菜。

後ろから薄い服越しにその立派な乳房を押し付ける形になったが、宏はともかく春菜にそこを気にしている余裕はない。

「さすがおっぱいお化け。こういうところの立ち位置はブレない」

「真似しようとか考えたら、即座に春姉からギルティ判定」

「さすがにあれは、ハルナぐらいおっぱいがないとおいしくない」

宏の目が塞がったことを確認し、そんなどうでもいいことを言い合いながら慎重にアルチェムに近寄る澪とレイニー。

ざっと調べたあと、レイニーがその場から離れて宏と春菜に声をかける。

「ハニー、ハルナ。おっぱいお化けを迎えに行って」

「あ、私達も向こうに行かなきゃいけない感じなんだ……」

「うん。私は弾《はじ》かれて、ミオだけだと反応がない」

「……なるほど」

「あと、ハルナがそれやっていいんだったら、私もあとでやりたい……」

「えっ？　……あっ！」

レイニーに指摘され、ようやく己が今どんな体勢になっているかに気がつく春菜。瞬間湯沸かし器のように顔を真っ赤にし、大慌てで飛びのく。

さすがに自身の姿勢を自覚してしまうと、そのまま続ける根性はないようだ。

「……い、い、い、今のは緊急事態やからノーカンで……」

「……ひ、宏君がそっちのほうが気持ち的に負担がないなら、ちょっと残念だけどその方針で……」

立て続けに起こったラッキースケベ的状況に青ざめながらそう提案する宏に、思わずピンク色の思考に染まりまくった本音を漏らしながら同意する春菜。

春菜の返事にほっとしつつ、全力で目を逸らしながら適当な布でやたら厳重に目隠しをする宏。

レイニーからの突き刺さる視線を必死になって無視し、目隠しが終わった宏の手を取りアルチェムのほうへ誘導する春菜。

アルチェム相手にそんなやり方をして、無事に済むわけもなく……。

「あっ、宏君。そこ、足元注意してね。……わっとっと！」

「ちょっ、春菜さん、いきなり引っ張られると……！」

至近距離で何かに躓《つまず》いた春菜に引っ張られ、腕のあたりに触れるはずだった宏の手が大きく逸れてアルチェムの胸をわしづかみにする。

さらに被害はそれだけにとどまらず、変に踏みとどまろうとした春菜の動きについていけず、宏の全身が春菜に覆いかぶさるように宙に浮き、その豊かなバストに顔をうずめる羽目になる。

「師匠！　春姉！　大丈夫!?」

「な、なんとか大丈夫だけど、ちょっと身動き取れない感じ……」

「師匠、春姉。今なんとかするからじっとしてて」

結構のっぴきならない形で絡み合った宏と春菜を救出するため、澪がパズルを解くように宏を引きはがしにかかる。

その間も変な形で固定されてしまった宏の左手は、アルチェムの胸をわしづかみにしたままである。外そうにも相手の胸の膨らみが大きすぎ、現在宏が腕を動かせる範囲ではどうにもならないのだ。

結局、宏が二重の原因でチアノーゼを起こす前に澪の救出が間に合ったが、偶然かそれとも澪が故意にやったのか、救出過程で何も触れていない右手が澪のまだあまり膨らんでいない（といっても、真琴やレイナよりは普通に大きい）胸部にきっちりヒット。

レイニー以外のおっぱいをコンプリートしてしまう宏であった。

☆

「おかえりなさい、親方」

「あ～、えらい目におうた……」

お昼時のアズマ工房ウルス本部。どうにかこうにか無事に帰還した宏が、げっそりした表情で出迎えたライムにそう告げる。

「親方、大丈夫？」

「なんとかな」

いまだに顔が青い宏を心配そうに見つめるライム。

そのライムの純真な視線に、どことなく気まずくなって視線を泳がせる女性陣。なんとなくアルチェムが申しわけなさそうにしているところが語るに落ちている。

いろいろな意味で微妙な空気になった宏達を取り持つように、ひよひよがライムの頭に乗って一声鳴く。

「きゅっ」

「わたしは気にしないほうが、親方達が楽になるの？」

「きゅきゅっ」

「うん。じゃあ、わたしは気にしないことにするの」

ひよひよに窘《たしな》められ、大人達の事情には首を突っ込まないことにするライム。

「ところで、今って何時？」

「そろそろ、お昼ご飯の用意なの」

「あ～、やっぱり時間がちょっとずれてるね。アルチェムさんはともかく、私達のご飯はどうしよっか？」

ライムに現在時刻を確認した春菜が、予想どおり時間の流れが違ったことを踏まえて、自分達の昼食について話を振る。

「あのあともかなり動いたし、ボクは普通にお腹減ってる」

「せやなあ。今食うとかんと、晩までもたんのとちゃう？」

「私は今から晩までの絶食ぐらい全然問題ないけど、用意してもらえるなら余裕で食べられる」

「アルチェムさんは修行明けだからちゃんと食べておかないとダメっぽい感じだよね」

「はい」

全員の食欲と腹具合について確認し、自分達の昼も用意することにする春菜。

いくらベヒモス肉を使っているとはいえ、所詮《しょせん》食べたのはホットドッグ一本とカップ一杯のコンソメスープだ。十代の若者の胃袋なら、一時間以上経過した現時点で、普通の定食一人前を平らげる程度の余裕は普通にできる。

「お昼はわたし達が作るの。ハルナおねーちゃん達はゆっくりしててほしいの」

「うん、分かったよ。じゃあ、お昼ご飯ができるまでの間、達也さん達に報告しておくね」

「はーい」

昼食の準備について春菜に話を通し、お手伝いをしに厨房《ちゅうぼう》へ向かうライム。

それを見送った後、食堂へ移動する宏達。

時間帯から予想したとおり、食堂には年長組が揃《そろ》っていた。

「おう、おかえり。こんなに時間かかったところを見ると、結構てこずったみたいだな」

「結構どころじゃないぐらいてこずったよ……」

「……何があったのよ？」

いろいろぐったりした様子の春菜が気になり、詳細な話を聞き出すことにする真琴。達也と詩織も気になるのか、やや心配そうな表情を浮かべながら聞き役に徹する。

「どこから話せばいいか分かんないから、最初から話すけど……」

そう前置きして春菜が話し始めたそれまでの出来事を、黙って聞き続ける年長組。その表情がだんだん呆れと労《ねぎら》いの入り混じった複雑なものになっていく。

「……春菜ちゃん達も、大変だったね～……」

「てかそれ、ひよひよ絶対途中で間違えてるでしょ……」

「私達もそれは疑ってたんだけど、でも突っ込んでも白《しら》を切りとおされるだけだから……」

「まあ、神獣っつっても雛だからなあ……」

しれっとライムについていったひよひよの行いに、迷走させられていたときの春菜達が思っていても言いづらかったことをズバッと言い切る真琴。

それに対し、達也がフォローになっていないフォローを入れる。

「で、迷走に迷走を重ねながら、どうにかこうにかアルチェムさんのところにたどり着いたんだけど……」

「正直、あのアルチェムはエロゲマイスターのボクでも引くほどエロかった……」

「おっぱいお化け自身が見せつけたいと思ってるハニーはともかく、既婚者のタツヤは一緒に来てなくて正解だった」

「ん。達兄が反応してたら夫婦の危機で、無反応だったら男として終わってる」

「おいおい……」

世界樹の中にいたアルチェムの姿に、言いたい放題言う澪とレイニー。

その内容、それも主に澪の言葉に、ジト目で突っ込みを入れる達也。

「まあ、大体事情は分かった。だからヒロの顔が青いわけか……」

「達兄は甘い。アルチェムの体質で、そんな格好になってて、男が師匠一人って状況でそれだけで済むわけが……」

「いや、俺も一瞬、アルチェムが絡んでる割には大したことねえな、とは思ったが……」

「やっぱりそんなはずはなかったのね。で、いったい何があったのよ？」

「いわゆるボインタッチありのツイスターゲーム状態になった感じ。あと、アルチェム発見直後に、春姉が当ててんのよ式目隠しを師匠に……」

「「うわあ……」」

澪の説明を聞き、宏に同情の視線を向けながら絶句する年長組。

ある意味男の夢とロマンではあるが、実際に発生するとよほどのスケベ男でもない限り、対処に困る事案である。対外的な聞こえの悪さを考えると、女性恐怖症などなくても気の弱い男なら終わったあとに青ざめかねない。

恐怖症がほぼ克服できているといっても、女性関係では気弱でビビりな宏が青ざめずに健全な範囲で男としての本能を表面化させる程度で対応できるようになるには、間違いなく世紀単位の時間が必要となる類のものであろう。

「……毎度のことながら、アルチェムのエロトラブル誘発体質はすげえなあ……」

「あの、意識がないときのこととはいえ、申しわけないです……」

達也の感想に続けて、トランス状態でちゃんとした意識がなかったとはいえ、最後のラッキースケベ式ツイスターがなくとも迷惑をかけていたことには違いないアルチェムが、実に申しわけなさそうにそう言う。

「春菜にしてもアルチェムにしても、神すら抵抗できないあたりものすごい体質よね……」

「ねえ、タッちゃん、真琴ちゃん。私ね、そんなちょっとエッチって表現を三歩ぐらい踏み越えたレベルのラブコメみたいなラッキースケベが発生する事例、実際に起こったって聞いたの初めてだよ……」

「あたしだって、アルチェムと関わるまで現実に起こるものだとは思ってなかったわよ……」

「なんかもう、本当にごめんなさい……」

エロトラブル誘発体質持ちの爆乳エルフなどという、エロ漫画でもそれほどお目にかからない無駄な属性てんこ盛りの存在と、その人物が巻き起こす想像を絶するレベルのエロトラブルに、どこか遠い目をする年長組。

そこに、レイニーが実に不満げに口を挟む。

「今回の最後、私はすごく不満……」

「どう見ても確率を超越してんだし、ヒロに回避できるようなもんじゃねえんだから、大目に見てやれよ……」

「違う。ハニーが女体にもみくちゃにされてるのが問題じゃない」

「じゃあ、なんだよ？」

「一連の出来事で、私だけ最初から最後までハニーにタッチすることもハニーにタッチしてもらうこともできなかった……」

「いや、それこそ勘弁してやれよ……」

いろんな意味でぶれないレイニーの言葉に、ぐったりしながら達也が突っ込みを入れる。

常日頃の言動を考えれば予想してしかるべきだった発言だが、今回は驚くほど大人しかったために油断したらしく、達也ともあろうものが普段より疲れた様子を見せている。

「ハルナは二回もハニーに押し付けてるのに……」

「しかも春姉、ひそかに喜んでたし……」

「……うう。予想はしてたけど、やっぱりこっちに飛び火した……」

結局、最後の最後に春菜のむっつりな感じがするあれこれに話が飛び火し、ようやく落ち着いた宏が気まずそうに視線を逸らしたことでいろいろとヒートアップ。

ヒートアップした割に案外大したことのなかった内容に、健全な年頃の恋する乙女なんだからしょうがない、と年長組から慰められて、トドメを刺されたようにがっくりする春菜。

結局、世界樹の中での迷走とラッキースケベがらみの話だけで昼の食事の時間が終わり、最後までアルチェムが何の修行をしていたのか聞かずじまいのまま、この日は終わるのであった。

第17話　だってこのお芋、私と宏君の手作りだから

「体育祭に文化祭か～」

「僕とか春菜《はるな》さんは、何するにしても細心の注意を払わんとあかんイベントやな……」

敬老の日も過ぎたある日のロングホームルーム。席替えで隣同士になった宏《ひろし》と春菜が、その議題についてひそひそと言葉を交わす。

潮見《しおみ》高校の文化祭は、間に体育祭を挟んで毎年十一月下旬に行われる。これが終わればさほど間をおかず期末試験に入り、三年生に至ってはそこからセンター試験やら入試本番やらと一気に試験漬けになるシーズンが訪れる。

そのため、年内最後の、人によっては高校生活最後の馬鹿騒ぎとあってか、それはもう余計な気合いが入った行事となる。

その割を食ってか体育祭は借り物競争以外さほど盛り上がりを見せないのだが、これに関しては高校生ともなると中学まで以上に運動部の人数とレベルで勝負が決まってしまう面が強くなるため、文化祭のことがなくても、ある程度しょうがない部分はある。

本来、文化祭の出し物に関してはもっと早くに決めるものなのだが、今年はストーカー先輩がらみで教職員の手が塞《ふさ》がり、生徒会のほうも実行委員会を開く余裕がなかった。

一時は今年の開催そのものを見送る方向に進みかけ、実行するにしても飲食関係は禁止すべきではないかという意見もあったが、結局は例年どおりで大丈夫だろうということで話がまとまったの

が夏休み前だったのだ。

その後、急ピッチで実行委員会の会議が進み、ようやく各クラスに話を通せたのが先週末。結果、早い段階で演劇などのステージを使う出し物を行うと決めていた部活やクラス以外は、今日まで話し合いが持てなかったのである。

「まずは体育祭の参加種目か」

「宏君は何に出る？」

「借り物競争と二人三脚は断固として拒否や。絶対碌《ろく》でもないことになりおる」

「そうだね。私もその二つは遠慮したい」

「あと、男女混合の競技も全員参加以外はパスさせてもらうとなると、障害物競走かパン食い競争あたりやなあ」

「そっか。……なんか、私が障害物競走に出ると、それはそれでまずい気がするよ」

「春菜さんは自動的に女子のリレーに出ることになるやろうし、他の種目はパスでええんちゃう？」

などと相談しているうちに、百メートル走などの花形競技は推薦という名の押し付け合いの末、どんどんと運動部所属の人間で埋まっていく。

組分けの仕方一つとっても様々なバリエーションがある体育祭だが、潮見高校の体育祭は一年から三年までの同じ番号のクラスを一つのチームとして、全五チームでの対戦というシステムになっている。

学年固有の競技というのはなく、また、騎馬戦のような最低限の練習はしていないと怪我人が出る種類の事故が起こるような競技も、教師の目が届く練習時間を確保できないという理由で排除されている。

結果としてどうしても競走種目に偏りがちになり、文化祭と違って外部からの観客がいるわけでもないこともあって、大多数の生徒にとっては日頃やる機会がないような種目で軽く汗を流しつつ、あまり見る機会のない運動部の勇姿に感動するイベントとなっている。

「次、パン食い競争は……」

「あ、僕出るわ」

「東《あずま》か。あと男子一人、女子二人だな」

「だったら俺出るわ」

「他にいないんだったら、あたし出る」

「私も」

なんだかんだと言いながら競技の参加者がサクサクと決まっていき、毎年どこのクラスでも一番揉《も》める借り物競争の出場者に話が進む。

「まず最初に、大いなる思いやりの心をもって、東と藤堂《とうどう》にだけは押し付けない方針でいいか？」

「「「「「異議なし」」」」」

体育委員の男子・梅宮《うめみや》が出した提案に、満場一致で同意するクラスメイト達。

少なくとも宏にとって過酷なネタが仕込まれている可能性が高く、当人が出なくても春菜が出るとそっちに巻き込まれるかもしれないとあって、宏の事情をちゃんと理解しているクラスメイト達は、良心が咎《とが》める結果を避けるために一致団結したようだ。

毎年毎年、実行委員が悪ノリして、碌でもないお題を突っ込む借り物競争。変なお題の場合、ちゃんとクリアできるように観客の生徒の中に適当に探し物を仕込むのが常だが、仕込まなくても大丈夫なお題だからといって、ちゃんと借りられるとは限らないのが厄介なところだ。

何より、時折公開処刑のようなネタを直前に混ぜ込む委員もおり、そういうときの内容は見ているほうがあまりの哀れさに直視できないようなものなのが基本なのがなおのこと厄介である。

因《ちな》みに、過去に一番ひどかったお題は一昨年の三年が仕込んだ『現在使用中のCカップ以上のブラジャー』というもので、それをよりにもよって男子の回に仕込んだ挙句に自分のを借りるように仕向けた女子の実行委員には、いろんな意味で畏怖《いふ》のこもった視線に加え、校長、教頭、および生活指導の先生からの徹底したお説教がプレゼントされている。

この時、変にノリがよかった実況担当の放送委員女子（当時一年生）が、

「さすがにここで脱いで貸すなんて恥ずかしすぎて絶対嫌ですが、それ以前に現在わたくし、身につけてるブラはBカップです。実際のバストは多分C以上ではあっても、ブラのサイズはBなのです！　まだ入ると油断して予算使いこんでしまい、かなり小さくなったブラに無理やり押し込んでいるとはいえ、今つけてるブラのサイズはあくまでBカップなのです、って何言わせるんですか！」

と派手に自爆したというエピソードが残っているのはここだけの話だ。

なお、この女子生徒、あとで下着代をカンパしてもらうという恥の上塗りと引き換えにちゃんとしたものを身につけるようになった、という逸話が残っている。

体を張った自爆芸で成長期ネタを振ったためか、今では潮見高校屈指の巨乳に育っており、サイズ的には春菜よりワンサイズ小さいにもかかわらず、春菜以上に胸をじろじろ見られるというなんとも言えないキャラが定着している。

余談ながら、この時の宏はお題が聞こえた時点で必死になって耳を塞いで目をつぶり、ガタガタ震えながら嵐が過ぎ去るのを待っていた。そのあまりの必死さに、とても声をかけられなかったとは当時のクラスメイトのコメントである。

「今年の実行委員には突飛《とっぴ》なやつはいないが、それでも恋バナ系は普通に仕込んでくるはずだ。あと、タグが付いていて未使用だと分かるものであれば、ジョークとして下着は解禁されたという噂《うわさ》もある。それが本当であれば、三枚千円のブリーフあたりを仕込んでくる可能性が否定できないわけだが、それを踏まえたうえで生贄《いけにえ》になっていい、というやつは挙手だ」

梅宮の説明を聞き、その場に沈黙が流れる。

当然のことながら、誰も挙手などしない。

「では、推薦だが、前提として山口《やまぐち》はもうすでに三種確定、運動部の連中はリレーに温存しておかないとよそからブーイングが来るから、基本的にそれ以外の人間で頼む」

「こういうのは、ノリがよくてリアクションが面白いやつにやらせるのが鉄板だろ？」

「道理だな。では、誰がいい？」

「そりゃ、男子だったら田村《たむら》じゃね？」

「えっ!?　俺かよ!?」

サクッと生贄に名前を挙げられ、目を白黒させながら絶叫する田村。そういう美味《おい》しい反応をするからこういうときに生贄にされるのだが、性分のようなものなので当人も分かっていてついやってしまうらしい。

「どうせ本人以外から反対意見は出ないだろうから、男子は田村でいいな？」

「「「「「異議なし!!」」」」」

梅宮の確認にクラス全員が異議なしを唱和する。その中に田村が入っているあたり、最初からこの展開を狙っていたのか、それとも腹をくくったのか難しいところである。

何にしても、反対意見すら口にする前に強引に決められたというのに文句も言わずに引き受けるあたり、どちらにしても人のいい話ではある。

「では、女子のほうだが……」

「……なんか、田村君に悪いからあたしがやるわ」

続いて梅宮が女子のほうに話を振ると、しばしの沈黙の後に女子のクラス委員である児玉《こだま》がおそるおそる手を挙げる。

このクラスに染まるだけあって基本的にノリがいい人物ではあるが、クラス委員をやるぐらいなので真面目な性格もしている。一種目にしか出場しないのに、クラス委員をやりながら人に嫌なことを押し付けることに対して気が咎めてしまったのだ。

「いいのか？」

「ええ」

「なら、児玉で決まりだな。あとはリレーだが、藤堂、女子と男女混合、両方頼めるか？」

「うん、大丈夫」

「だったら、他は運動部から二種目以下の人間を選んで埋めればいいな。こっちで勝手に決めていいか？」

梅宮の意見に誰も異を唱えず、体育祭の出場種目は比較的あっさり決定する。

「では、ここからは文化祭だな。春田《はるた》、安川《やすかわ》、頼む」

女子の体育委員で今回書記に徹していた森町《もりまち》が、提出用の種目一覧表に参加者の名前を記録し終えたのを確認し、文化祭実行委員の二人に場所を明け渡す梅宮。

梅宮の言葉を受け、教壇の前に立った文化祭実行委員女子の安川が会議をスタートさせる。

「長丁場になって申しわけないけど、文化祭で何やるか決めるところまで付き合ってね。まず最初に大前提として、三年生は無理に出し物をやらなくてもいいんだけど、どうする？　やりたい人、挙手で」

まずは意思統一ということで、何かをやるかどうかを確認する安川。

やりたい人、という質問には、全員が迷わず手を挙げる。

「全員やりたい、ってことでいいのよね？　空気に流されて反対意見言えなかった、って人、別に誰も怒らないから正直に言ってくれていいのよ？」

あまりに迷いなく全員が挙手をしたものだから、思わず重ねて確認してしまう安川。

それに対して、クラスメイト全員が口々に、

「ここでやらないって選択肢はないっしょ」

「そうそう。せっかく藤堂さんが堂々と合法的かつ効果的にアピールできる機会だっていうのに、参加しないなんてもったいなさすぎるわ」

「あと、東と藤堂なら絶対何かやらかしてくれるって期待してるのに、そのチャンスをふいにするなんてありえねえ！」

などと、宏と春菜について言いたい放題言ってくれる。

その内容を聞き、納得したように頷《うなず》く安川。

春田のほうも問題ないとばかりに板書を始める。

「非常に納得できる意見が聞けたことだし、満場一致で参加ってことで次に進めるわね。出し物は何をやりたい？」

「その前に、野放図に話が広がらないように、条件を付けておいたほうがいいだろう」

「ああ、そうね。山口君の言うとおりね。じゃあ、条件だけど、一応私達は受験生だから、準備期間全部を作業にあてなきゃいけなくなるような大掛かりなものはやめておいたほうがいいわね。かといって、フリーマーケットみたいな簡単すぎるのも、東君と藤堂さんを見てニヤニヤできないからなし。それから、当然予算の制限があるから、大掛かりでなくてもお金かかるものはダメ、ってところかしらね」

安川が出した条件に、納得したように全員が頷く。

そのまま条件を吟味し、出した結論が、

「飲食系か？」

「それしかなさそうだよなあ」

というものであった。

「食いもん関係やるんやったらそれでええけど、あんまり料理できる人間当てにしたらあかんで。具体的には、主に春菜さんのことな」

飲食系と聞き即座に釘《くぎ》を刺す宏。すっかり屋台にはまっている春菜を野放しにするのは、いろいろと危険にもほどがある。

「文化祭の趣旨からいっても、ある程度得意不得意は踏まえるにしても、私とか春菜とかがずっと料理してるって状況は駄目よね」

釘を刺した宏に便乗し、蓉子《ようこ》も意見を言う。

宏と蓉子の言葉に、料理ができる人間に任せっきりでいいんじゃないかと思っていた何人かが、そっと目を逸《そ》らす。

「あと、飲食系だと衣装とか凝りたい、って思いそうになるけど、手間の問題で今回は避けたほうがいいかも。せいぜい、制服に揃《そろ》いのエプロンが限界かな」

「そうね。エプロンぐらいなら買っても安いし、同じデザインのものを揃えるのも難しくないわね」

「最悪、手芸部の子に手伝ってもらって、自分達で作るって手もあるし。ただ、伝手《つて》とかないと、布買って作るほうが高くつく可能性はあるけどね」

自分が集中砲火を受けそうな気配を察し、別の問題に話を逸らす春菜。

意図を察しつつも、春菜の指摘も重要な点なので、話に乗っかる蓉子。

「衣装とかは、何を売るかのあとに決めたほうがいいんじゃない？　っつうかさ、東。やるとしておすすめとかある？」

「おすすめっちゅうんは特にないけど、カレーだけはやめといたほうがええで。諸般の事情で、売りもんにするとなると春菜さんが絶対こだわりすぎるから」

「あ〜、カレーとラーメンって、家で作るときでもやたらとこだわる人いるよなあ……」

田村と宏の会話に、クラス全員が納得した様子を見せる。特にカレーはラーメンより家庭料理として浸透している分、自分で調合したスパイスを使うレベルのこだわり派も多い。

普段ならそれでもいいのだが、今回は文化祭だ。生徒のレベルには極端なばらつきが存在し、また、あまりこだわりすぎると予算と手間の壁にぶち当たってしまう。

「そうなると、カレーは禁じ手ね……」

「提供するのが楽なだけに惜しいなあ……」

「でも、藤堂さんのレベルに合わせられると、厳しいのも確かなのよね……」

禁じ手と決まったことで、納得しつつも惜しむ声があちらこちらから上がってくる。素人の集団にとって、コストを抑えやすく仕込みも提供も比較的簡単で、さらに見栄えがして失敗しづらいという点で、カレーを超えるメニューはなかなかないのだ。

所詮《しょせん》高校の文化祭なので、どんなメニューを提供するにしても、誰もそんなハイレベルなものは期待していない。それを踏まえても、一品で完結しつつ大量に作って売るという点で、カレーよりハードルが低い料理はそうそうない。それだけに、それを禁じ手にされると、実に悩ましいことになる。

「あとは、誰がやっても大丈夫そうって観点だと、フランクフルトとかか？」

「それか、クレープとかみたいなおやつ系かしら」

「……どれもかぶりそうっつうか、そもそもその系統は運動部の専売特許って感じだよなあ……」

「……教室使うんだから、そういう外で模擬店出したほうが強そうなものって厳しいと思う」

カレーに代わるメニューということでいろいろな意見が飛び交うも、即座に反対意見が出されてどうにも決め手に欠ける。そんなこんなであらかたありそうなメニューが出揃ったところで、宏がポツリと呟《つぶや》く。

「十一月末っちゅうたら大概寒いし、いっそ焼き芋でも売るか？」

「焼き芋？」

「難しくないか、それ？」

「焼き芋そのものは、機材さえあれば大して難しいもんやないで。基本的に機材の中に芋ぶち込むだけやし、せいぜい、ちゃんと火が通ってるかどうかのチェックが面倒なぐらいや。機材はまあ、当てがないわけやないから、なんとかするわ」

「できるんだったら楽でよさそうだけど、それだけだとさすがにやることが少なすぎるっていうか、忙しいわりに人数持てあますことになりそうじゃない？」

宏の案に食いつきつつ、気になった点を安川が突っ込んでいく。

それに対して、少しばかり考え込む宏。

「せやなあ……。芋つながりで芋煮っちゅう名目で作った豚汁でも売るか？」

「だったらいっそ、あったかいものいろいろってことで、おでんも一緒に出しちゃうとか……」

宏のアイデアに、春菜がさらに体が温まるものとして、単品で売れる煮込み系料理の代表ともいえる料理をつけ足す。

なお、宏が芋煮を豚汁と言い換えたのは、単純に現在このクラスには身内に芋煮の本場の人間がいる生徒がいないので、実質的に豚汁としか言えないものしか作れないと分かっているからである。醤油《しょうゆ》で作ればいいじゃん、という意見もあるが、食べたことがないものをレシピだけでそれっぽく作っても、これで大丈夫という確信を持ちづらい。

なので、少々日和《ひよ》って安全策を取り、生まれも育ちも本場という人の中にでもたまに豚汁と大差ないと認める人がいる、もっと正確に言えば豚汁と大差ない地域があるため味噌《みそ》仕立てのものを作ることを提案したのだ。

そのあたり後ろめたさがあるらしいのだが、だったら素直に豚汁と言えばいいのに、芋つながりと言ってしまった手前豚汁とは言いづらいらしい。そういう部分はいちいち難儀な男である。

「別に、全部できるっちゅうたらできるけど……」

「ガスとか電気、ものすごく食いそうよね……」

「せやねんなあ。おでんと芋煮はまあええとして、焼き芋が電気なんかガスなんかとかは確認せんと分からんしなあ」

全部やるとなると実に大掛かりになりそうなアイデアの数々に、熱源が足りるかどうかを気にし始める宏と安川。

一応仮にも学校であり、もっと大規模で電力を食う行事も時々行っているのだから、このぐらいでブレーカーが飛んだりはしないと思いたいのだが、焼き芋を量産するための機材がどういう仕様になっているかが分からないので、なんとも言えないのだ。

「でもまあ、焼き芋っていうのはありだと思うわ。機材のあてがあるんだったら、他に意見がなさそうならそれで決まりね」

「焼き芋異議なし！」

「やろうぜ、焼き芋！」

「焼き芋は反対なし、と。あとはおでんと芋煮、というか豚汁だけど、そっちはどうする？」

「申請だけして、ガスと電気が大丈夫そうだったらそのままやったらいいんじゃないか？　ダシとかの仕込みが難しくて面倒そうなところは、東と藤堂に任せるしかなさそうだし」

結局宏と春菜が適当に提案した内容がそのまま通る形で、出し物についてクラス全員が合意する。

「じゃあ、これで申請はしておくわ。で、東君。悪いんだけど、近いうちに焼き芋の機材について確認したいんだけど……」

「お願いね」

「今からメッセージ送っとくから、返事あったら連絡するわ」

安川と宏のやり取りで、この日のロングホームルームは終了する。

「ねえ、美香《みか》。ちょっと思ったんだけど……」

「どうしたの、蓉子ちゃん？」

「おでんのダシとか、東君と春菜に任せっきりにしちゃって大丈夫だと思う？」

「あ～……」

蓉子の不安に対し、同意するような声を上げる美香。料理、宏、春菜、という組み合わせで好きにさせると、絶対に暴走するのが目に見えている。

「でも、蓉子ちゃん。難しいところとか決め手になりそうなところとかは、結局最終的に東君と春菜ちゃんに任せちゃうことになると思うんだ」

「そうなのよね……」

お互いの認識の一致を見て、諦めやら悩ましさやらいろんな感情が入り混じった複雑な表情を浮かべる蓉子と美香。

二人の不安をよそに、文化祭の出し物は、なんだかんだで宏と春菜が中心となって進めていくことになるのであった。

☆

「体育祭に文化祭、ねえ」

「まあ、文化祭はともかく、体育祭は借り物競争とリレーと全員参加の綱引き以外は、盛り上がり方もほどほどって感じだけどね」

「高校生にもなると、よほど盛り上がる競技があるか学校全体のノリがいいかしない限り、体育祭って結構そういう感じよね」

「うちの場合、優勝したからって何があるわけでもないしね」

ロングホームルームがあった日の夜。宏達は、神の城の食卓で夕食を食べながら、二学期最大のイベントについて話をしていた。

集まっての夕食になった理由は実に単純で、いまだに豪快な収穫を見せる家庭菜園の野菜を食すため、春菜に懇願されたのだ。なぜわざわざ神の城なのかというと、一度帰宅さえしていれば移動時間がかからないからである。

余談ながら、神の城での食事ということで、冬華《とうか》は大人しく春菜の膝の上でご飯を食べている。

今まで特に触れていなかったが、日本に帰ってきて以降、神の城での食事の時は基本的に冬華は春菜の膝の上にいる。

宏に関しては、初《しょ》っ端《ぱな》にいろいろあったせいで、冬華を膝に乗せると相当身構えてしまう。なので、ライムと違って冬華が宏の膝の上で食事をしたことは一度もない。

このあたりは冬華の自業自得であろう。

「で、文化祭のほうは、そこまで凝ったことはできないだろうからって、焼き芋とか豚汁とかおでんとか、事前準備もそこまで必要じゃないものを売ることにしたんだ」

「豚汁とおでんはともかく、焼き芋って結構大変じゃない？」

「それに関しては、綾瀬《あやせ》教授の発明品を借りるつもりでおるんよ」

「あの人、そんなものまで作ってたのね……」

機材についての予定を聞かされ、感心とも驚きともつかない表情になる真琴《まこと》。

宏以上に何でもありな天音《あまね》だが、焼き芋製造器のような一般家庭で食べるぐらいなら通販で十分すぎる性能の製品が売られているものまで自作しているとは思わなかったのだ。

「なにかの実験のついでに新技術の検証も兼ねて作ったって言ってたよ。で、二回ぐらい使って倉庫行きだって」

「なんか、ものすごく無駄なことしてる気がするなあ、それ」

「実験機っちゅうやつは、大部分がそういう運命やで」

「というか、達兄《たつにい》。焼き芋製造器とか、一般家庭でも一回か二回使ったらそのまま忘れ去られる運命」

「まあ、そうなんだがなあ。つつうか澪《みお》、お前そういうところだけ一般常識が備わってるんだな」

澪の実に正しい指摘に、思わず苦笑する達也《たつや》。箱入り娘もいいところだった澪から、そんな正しい指摘が飛んでくるとは思わなかったのだ。

「他にも、ご家庭で屋台やお店のあれが作れる！　って類《たぐい》のものは、大抵何回か使ってそのまま忘れ去られるよね〜。うちもタッちゃんと結婚したときに実家から押し付けられた餅つき機、一回しか使ってないし」

「そう考えると、似たような器具の代表格であるたこ焼きプレートの、大阪での活用率は異常」

「大阪やと、小学生にもなればどんなどんくさい子でも、たこ焼きぐらいは大概焼けるからなあ……」

日本の便利グッズや面白道具の類について、思わずそんな話で盛り上がってしまう宏達。割とどこの家庭でも、探せばそういう何かが出てくるものだ。

「で、店のガワとかはどうすんだ？」

「まだ決まってない。というか、何やるかの申請が通ってから決める感じ」

「機材の電力とかガスの使用量が分からんと、完全な許可は下りんねんわ」

「なるほどな」

未決定の理由に納得し、ゴーヤチャンプルーをつつきながら軽く焼酎に口をつける達也。さすがにホームセンターで調達した苗なので味では神の野菜に大きく劣るが、それでも普通にスーパーで買えるゴーヤよりは美味《うま》く、酒も飯も進む。

「そういえば、澪のところは体育祭とか文化祭の類、どうなのよ？」

「体育祭に関しては、ボクは基本見学。表向きは治療の副作用とか含めた経過観察中だからだけど、本当の理由はまだ運動能力のごまかしがきかないから」

「でしょうねえ。宏と春菜も、それでものすごく苦労してたものね」

「因みに、中学だからか、体育祭は名前が運動会だった」

「へえ。運動会と体育祭って、どこで線引きになるのかしらね？」

澪の補足を聞き、そんな疑問を漏らす真琴。

真琴の疑問に、他のメンバーも首をかしげるだけで特にコメントはしない。

「……まあ、分かんないわよね、そんな細かいこと」

「正直、高校は体育祭だった記憶はあるが、中学が運動会だったか体育祭だったかとなると、もう覚えてねえしなあ。それに、よその中学がどっちか、なんて話になったら余計に知るわけねえし」

「タッちゃんに同じく、かな」

「私は澪ちゃんと同じ中学だから、参考にならないしね」

「中学時代のことなんざ、思い出したくもあらへん」

「別にどうでもいい疑問だし、分かんないなら分かんないで忘れちゃっていいわよ」

主に宏を中心に微妙な空気になったことを受け、さっさと話題を切り上げる真琴。どうせ風呂にでも入れば忘れる程度の些細《ささい》な、心底どうでもいい疑問だ。

「で、澪。基本的に見学、って言ってたけど、見学じゃないのって何かあるの？」

「ん。応援合戦で目立たないところに立たされる。一応参加しましたっていうアリバイ作り」

「ああ、確かに参加した気分になれつつ激しい運動とか一切ない、当たり障りのないやり方ね」

「そう。鉢巻きして三三七拍子するだけだから、いくらでもごまかせる」

微妙な空気を払拭《ふっしょく》するように、他に気になっていたことを確認する真琴。

真琴に乗っかり、唯一参加する種目（？）について説明する澪。

学校側もいろいろ慎重に気を使っているのが分かるその扱いと、澪自身の現状との乖離《かいり》の激しさになんとなく申しわけなくなり、思わず遠い目をする宏達。

「今年いっぱいは特例措置で、体育は全部見学なんだよね、確か……」

「体弱いと勘違いさせて気ぃ使わせてんのんが、ちょっとどころでなく申しわけない感じやでな……」

「実はその特例措置、今年いっぱいじゃなくて今年度いっぱいに延びそうな感じ」

「……もしかして、他の患者との兼ね合い？」

「ん。もう一人いた同年代の子が、どうにも体力の回復とかが遅れてるみたいで、ボクも何があるか分かんないからって延長する方針らしい」

春菜の確認に頷き、補足説明を入れる澪。

澪に使われた薬に関しては、治験での効果こそ百パーセントではあったものの、やはり予後の経過が思わしくない人が数人出てきている。

むしろ、澪ほど副作用だの後遺症だのが出ておらず、予後の回復が早かった患者のほうが稀《まれ》である。後遺症や副作用による薬害こそ一件も出ていないものの、筋力の回復とリハビリに時間がかかって社会復帰が八月になった患者が大多数だったのが、今回の投薬の結果なのだ。

「配慮のおかげでスク水でこの貧相な体さらして自虐ネタする事態だけは避けられたのが嬉《うれ》しい」

「貧相って、中一ぐらいだったら今のあんたとそんなに変わんないんじゃない？」

「真琴姉、今時の中一を甘く見ちゃダメ。ヘタすると、今の深雪姉《みゆきねえ》のサイズでも小さいほうに入りかねない」

「うへえ……」

今時の中学生の発育について聞かされ、思わずうなる真琴。

実際のところは、さすがに現在BとCとの境界線上にいる深雪が平均以下、ということはないのだが、それでも澪のクラスに一人いるEカップの大台に乗っている女子を筆頭に、どこのクラスにもDぐらいある子は二、三人いる。

澪のお世話係に任命された凛《りん》もさりげなく深雪と大差ない体形だったりしており、澪の言い分はやや誇張されてはいても嘘《うそ》とまでは言えないところにある。

少なくとも、現在の澪が身長でも胸でもクラスで最下位争いをしていることだけは事実だ。

「ねえ、ママ」

「どうしたの?」

「みおお姉ちゃんだけ体が小さくなったの、どうして?」

「えっと、どう説明したらいいかな?」

主に澪の胸元に視線を向けながらの冬華の質問に、どう答えたものかと頭をひねる春菜。澪だけでなく全員の肉体時間が巻き戻った理由を、どう説明すればいいのかが思いつかないのだ。

「ん〜。冬華は、一度私達の体の時間がこっちの世界に初めて来たときまで巻き戻った、っていうのは知ってる?」

「うん」

「その時にね、こっちで体が成長した分がなかったことになって、こっちに飛ばされる前の体格になったんだよ。澪ちゃん以外は飛ばされる前から成長期が終わってたから、巻き戻ってもちょっと見た目が若くなるぐらいで変化がなかったんだけど、澪ちゃんはちょうど体が大人のものになってる最中だったから、目立つ形で体格が変わっちゃったの。私達の場合は若くなるっていっても、基本的に一年ぐらいだと全然分からないぐらいだしね」

「へ～」

春菜の説明に、感心しつつ納得する冬華。

どうやら、そもそもなぜに巻き戻ったのか、というより巻き戻す必要があったのか、という点に関してはどうでもいいらしく、そちらに関しては質問してこない。

「あと、うんどー会とかたいいくさいって、どんなもの？」

「うわあ……。何も知らない相手に説明するのに、一番難しい質問が来たよ……」

冬華の質問に、非常に困った表情を浮かべてしまう春菜。これに関しては現物を見せるのが一番なのだが、どうやって現物を見せるか、となると悩みが深い。

「そうだね……。今度、私の小学校時代の運動会とか、そのあたりの映像がないか探してくるよ」

「それかいっそ、実際に運動会をするかね」

「ああ、それもいいよね」

冬華に説明する方法をあれこれ話し合っているうちに、またしても話が大きくなる種類の提案が飛び出す。

そのままいつものノリで突っ走りそうになっている春菜と真琴に対し、慌てて達也が割って入る。

「ちょっと待てちょっと待て。やるっつって、どこでやるんだよ？　あと、どうやって参加者集め

るんだ？」

「場所は……、ここにグラウンド作って？」

「もしくは、ウルス中に点在してる憩いの広場を使わせてもらうか、ね」

「いっそ、エルちゃん経由でレイオット殿下を巻き込んで、ウルスのイベントとしてやっちゃうとか」

「待て待て待て。どれもこれも絶対に無駄に話がデカくなるぞ！」

予想どおり、深く考えずに企画を立てようとする春菜と真琴に、達也が全力で阻止の突っ込みを入れる。

「つうか春菜、思いつきの企画で王族を巻き込むな！」

「でもこの場合、むしろ巻き込まないとあとで絶対拗《す》ねて文句言ってくるよ？」

「だからこそ、いちいち巻き込むなっつってんだよ！」

春菜の悪びれない言い分に、据わった眼でそう言い返す達也。

拗ねて文句を言ってくるレベルとなると、巻き込んだ場合は絶対に全力を出すのが目に見えている。いくら今更だとしても、これ以上ウルスに余計な影響を与えるのは気が引けるのだ。

「やるやらんに関しては、場所の問題とかレイッちら巻き込むかどうか以外にも、どの年齢層をターゲットにするかっちゅうんも問題になってくんでな」

「まあ、大人向けと子供向けで種目とか変わってくるのは当然だし、同じ種目をやるにしても大人と子供はグループ、もしくは大会そのものを分けないとだめだろうけど、それって別に大した問題じゃないよね」

「いや、そんな些細な話やなくてやな。子供の部でやった場合、多分やけどファムとライムが無双すんで」

「……ああ、問題ってそっちのほうか。言われるまで気がつかなかったよ」

珍しい宏からの突っ込みを受け、素直に考えが及んでいなかったことを告白する春菜。

ファムとライムに関しては、常日頃の濃すぎる経験と鍛錬の結果、八級ぐらいの冒険者と互角程度の身体能力は持っている。一応年齢制限があって十級のままではあるが、普通に勝負させれば、ウルスにいる冒険者の半数近くはファムはおろかライムにも勝てない。

ゴブリンのような成熟が早い種族を別にすれば、年齢一ケタでファムやライムに勝てる子供などまず存在しない。

そうなってくると、子供だけで運動会をやってもあまり盛り上がらない可能性がある。

「春菜ちゃん、工房がある地区の子供達って全体的にすごく運動神経いいよね～」

「それ多分、ファムちゃんとライムちゃんが一緒に遊んでるからだと思うよ。よく鬼ごっことかかくれんぼとかやってるから、そのせいじゃないかな？」

「おやつとかも、うちの食材使ったのを持ち出しては配ってたわね」

「……チーム戦になると、ますます勝負にならないかあ……」

宏の突っ込みから、次々に問題点が引っ張り出されていく。

フェアクロ世界はスキルの存在による影響から、地球に比べて身体能力の個人差が激しい。上手《うま》く鍛えた人間だと、それこそ漫画やアニメに出てくる超人さながらのすさまじい動きを平気で行ったりする。

ビルの三階程度まで軽いジャンプで飛び乗れる人間がゴロゴロ……とまではいわないが、普通にどこにでもいる世界で運動会となると、相当しっかり企画を立てないと危険だろう。

「あとな。外でやる場合、冬華をここから出してもうて大丈夫なんか、っちゅうんもあるんよ」

「あ～……」

さらなる宏の突っ込みに、春菜が気がつかなかったとばかりに声を上げる。

「正直なところ、精神的な意味ではそろそろ外に出して他人との交流を図らんとヤバいとは思うんやけど、生まれた経過が経過だけに、冬華の肉体が外に適合できるんかどうかっちゅうんと、外の世界のほうが冬華の体から変な影響受けんかどうかっちゅうんが分からんのよ」

「そうねえ。確かにそこは厄介なところよね」

「っちゅうて、冬華に運動会の実物見せるっちゅうんが企画の始まりやねんから、冬華をここに置き去りっちゅうんは本末転倒やしな」

「そのあたり、誰にアドバイスをもらえばいいのかが分からないんだよね」

「アルフェミナ様とかに聞けばええ、っちゅうたらそうやねんけどなあ……」

宏が言葉を濁した理由を察し、冬華以外全員が小さく頷く。

アルフェミナをはじめとしたフェアクロ世界の神にアドバイスをもらえば、まず間違いなく宏達の話し合いの内容がそのままエアリスに漏れてしまう。

割と真面目で貧乏くじ係のアルフェミナも、なんだかんだと言って祭りの類は大好きだ。運動会のような分かりやすいお祭りに食いつかないわけもなく、この相談を持ち掛けた時点でエアリスを誘導し、なし崩しに宏達を巻き込んで国を挙げての一大イベントまで育て上げるのは目に見えている。

　上手くそのあたりを隠して冬華のことを相談すればいいのだろうが、この手のパターンだとそういう思惑を無視して冬華本人が運動会のことを口にする可能性が高い。子供というのは、そういう秘密は守れないものである。

　それで冬華の外出がＯＫであればウルスの運動会に骨を折るのは構わないが、冬華がまだ外に出られないとなったら目も当てられない。

「あんた達の指導教官にアドバイスもらうのは？」

「聞いてみんと分からんところやけど、多分もらえんやろうなあ」

「どうしてよ？」

「単純な話で、こういうのは本人見せんと正確な判断できんけど、教官らがここに出入りするにはまだまだ神の城自体の完成度が低くてなあ……」

「アルフェミナ様みたいに、眷属《けんぞく》とか巫女《みこ》の類をこっちに寄こしてもらって、その目を通して確認してもらうのは？」

「教官は、そういうの持ってへんねん。持てんわけやないけど必須やないのに持つといろいろ気にせなあかんことが出てきて、その割に大してメリットあらへんから、ものすごい煩わしいんやと。実際、おったところで、お華《はな》さんの代わりにうちら探させるっちゅうんすらできんしなあ」

　宏の説明に、なんとなく納得する真琴。よくよく考えてみれば、世界各地の神話でも、部下だの予言者だの巫女だの化身だのを持っていない神なんて、いくらでもいる。

　現実問題として、フェアクロ世界の神々のように巫女なしでの干渉が厳しいルールで縛られているとか、信仰心がそのまま存在の維持に直結しているとか、そういった居ないことのデメリットが大きいあり方をしている神以外、眷属や巫女の類を持つ必要性はあまりない。

なので、現在眷属や巫女の類を持っている信仰などに依存しないタイプの神々は、大半が過去のブームに乗って特に必要もないのにそれらを得た神である。

その後、ブームの終息に伴い、必要がないから持つのをやめたり何も持っていないのも寂しいからとスマホを普通の携帯電話に切り替えるノリで眷属から低コストな巫女に切り替えたりと、かなりいい加減なことをしているのが実態だ。

切り替えられたり眷属から外されたりした側はたまったものではないが、基本的に神々というのはそういうものなので特に問題にはなっていない。というより、問題になっても放置されて終わりである。

「まあ、相談だけはしとくから、運動会のほうは保留な」

「そうね」

「映像のほうは探して用意しておくから、冬華はいったんそれで我慢してね。文化祭のほうも、それっぽいの探しておくから」

「うん！」

現時点では結論が出せぬと判断し、冬華への説明はホームビデオなどでの映像を使ってすることで話を終わらせる宏と春菜。ついでに、どうせ聞かれるだろうと文化祭についても先手を打って宣言しておく。

実際に冬華に運動会を体験させるというのにも惹《ひ》かれるが、実現にはハードルが高すぎる。

「で、話変えるけど、焼き芋のほうはいつきさんが機材の受け取りと持ち込みやってくれるんやっけ？」

「うん。持ち込みの許可取らなきゃいけないから、今の時点ではまだいつとは言えないんだけど、日程が決まったらその日の放課後に持ってきてくれるって」

「丸投げで悪いけど、そのあたりのこととかはよろしく頼んどいて」

「伝えておくよ」

話題転換のついでに焼き芋の機材について確認を取り、事務的なやり取りを済ませる宏と春菜。

そのまま、話題は文化祭全般に移る。

「で、運動会で盛大に脱線して聞きそびれたけど、澪のところの文化祭ってどんな感じ？　というか、そもそも文化祭ってあるの？」

「模擬店とかは一切なしで、午前中と放課後は各クラスと部活の展示物を見て回って、午後は全員体育館に集められて舞台系の出し物を見学する感じ。当然、部外者の出入りは一切なし」

「ああ、なるほど。お堅い内容の研究発表会みたいな感じなのね」

「ん。ついでに言うと、一年は発表の時間や生徒の準備能力の問題で、クラスでの展示や出し物はなし。やるのは二年生以上と文科系の部活だけ」

「なるほどね」

「真琴姉のところは、どうだったの？」

澪の中学の話を皮切りに、真琴や香月《かづき》夫妻の中高での文化祭に話が及ぶ。

運動会同様地域性がたっぷり表れる内容に、この日の夕食は大いに盛り上がるのであった。

☆

そして、その週の金曜日。

「へえ、これが芋焼き機かあ……」

「単に焼き芋作るだけの機械なのに、すごいメカニカルでハイテクっぽいよなあ……」

放課後にいつきによって持ち込まれ、宏と山口の手で教室に運び込まれた芋焼き機に、クラス中がどよめいていた。

「サイズの問題で二人がかりで運んだが、この重さだったら屋外なら一人でも運べそうだな」

「せやな。いったいどんな材質でできとんのか不安になる軽さやで」

机を寄せて作ってもらった空間に、全高百五十センチ、直径八十センチほどの大きな筒状のメカを設置しながら、正直な感想を言い合う宏と山口。

このサイズだというのに、持ち上げた感じではペットボトルの飲み物二十四本入りの箱と大差ないぐらいの重さしかなかった。正確な重さは分からないが、実際のところは十〜十五キロといったところであろう。

軽いとは言わないが、若者なら運べと言われて普通に運べる重さである。

「で、どうやって使うんだ?」

「ちょい待ち、いま取説見とるから」

好奇心がうずいてしょうがない、という態度の春田に待てを言いつけ、一緒に用意されていた取扱説明書を確認する宏。

　春菜はその間、一緒に持ち込んだ芋を一番近くの水道まで運び、再度確認しながら洗って布巾で拭いていく。

　洗い終わった芋は、ある程度まとめて蓉子と美香が教室へ運ぶ。

「……なるほど、内部のジェネレーターで無限にエネルギー供給しおるから、電源の類はいらんねんな。あと、中のシステムで電力使うて蒸し焼きにするからガスも不要と。ジェネレーターの起動のために水電池使うんか」

「ジェネレーターで無限にエネルギーを供給ってところですでに突っ込みどころだが、そこは置いといて……水電池ってなんだ？」

「電解液に普通の水使うタイプの電池があるんよ。災害時の緊急用に、水注ぐだけで電力供給開始するやつがあってな。そんなすごい電力は出せんけど、最近のんやと一回の水の補充で災害用の省電力型ラジオ一週間ぐらい、っちゅうんもあったなあ」

「へえ、そんなにもつのか。ってか、そもそもそんな電池があること自体知らなかったぞ」

「逆に言うたら、その程度しかもたんってことやけどな。まあ、超どマイナーな電池やから、知らんでも別におかしないわなあ」

　そう言いながら、指定された場所に水を入れる宏。

　水ならなんでもいいと書かれてはいたが、今回はまだ未開封のミネラルウォーターを分けてもらい、ペットボトルの蓋《ふた》を使って注いでいく。

　どうやらその程度の量で十分に起動するらしく、起動中のランプが点灯してスタンバイモードに入った。

それを確認したあと、一番上の蓋を開けて洗い終わった芋を数本入れると、中で芋が転がっているらしい音が聞こえ、スタンバイランプが運転中ランプに切り替わる。

「で、このあと十五分ほどしたら最初に投入した芋が完成、と」

「十五分か……」

「まあ、そんなもんやろ。因みに、特殊な内部構造のおかげで、一回で百キロ以上一気に焼けるそうやで」

「……物理的に容積が合わなくないか、それ……」

「綾瀬教授のやることやねんから、いちいち常識を気にしとったらあかんで」

そう言いながら、次々と芋を放り込んでいく宏。

「で、この芋焼き機、何の実験のために作ったんだ？」

「取説読む限り、内容物にダメージ与えんと容積ごまかして大量に詰め込めるようにする技術と、水電池で起動するジェネレーターの技術みたいやな」

「……暴走とか爆発とかしないだろうな、それ」

「そんなもん、教授が貸すわけないやん。それにそもそも、このジェネレーター、結局産業用に使えるレベルにまでは出力上がらんで、電熱系の調理器具ぐらいにしか使えんから、製造コストとの兼ね合いで今んところお蔵入りっちゅう代物らしいし」

「だったらいいんだが……」

取説を見せながらの宏の説明に、納得いかないながらも一応追及をやめる山口。

説明書にも三日連続での使用実績ありと書かれているのだから、とりあえず大丈夫だろうと思っておくしかない。

余談ながら、宏以外は原理を聞いても理解できないこのジェネレーター。安全性試験のためにあえて暴走させて爆発させたことがあったのだが、爆竹並みの派手な音をかました割に爆発そのものは子ポメ程度のささやかなもので、少なくともこれ単体では爆発事故など起こしようがないことが確認されている。

当然ながら粉塵《ふんじん》爆発などの原因になる可能性ぐらいはあるし、加工すれば爆弾や兵器にすることは可能だが、それを言い出せばどんな電池だって爆発物に改造できるのでキリがないところである。

「そろそろ最初に入れた分が完成やな」

焼け具合をパネルで確認しながら質問に答えていた宏が、完成間近だと告げる。その瞬間、女子達の空気が変わる。

「こういうんはレディファーストっちゅうことで、まずは女子から食うてもらってええか？」

「お、おう」

「そ、そうだな」

「まあ、すぐには女子全員に行き渡らんから、最初の一個は味見と毒見も兼ねて春菜さんかなあ」

「そうだね。芋を持ち込んだのも私だし、機械作ったのも私の身内だしね」

そう言いながら、宏から手渡された最初の一個を受け取り、二つに割って皮をむく春菜。

その瞬間、教室中に、どころか隣のクラスにまで、焼き芋の芳醇《ほうじゅん》な香りが漂っていく。

「……うん。ちゃんと焼けてるし変な味とかもしないよ。芋が傷んでないのは当然として、機械の臭《にお》いとかも特に移ってないよ」

「そかそか。ほな、どんどん配ってくからどんどん食うて。熱いから火傷《やけど》せんように気ぃつけてや」

春菜の答えを聞いてそう宣言し、宣言どおりに次々に芋を取り出して配っていく。

「あつ、あつつ…………、美味しぃ！」

「すごい立派なお芋だよね、これ」

「この大きさ、焼き芋屋さんで買ったら、五百円じゃ済まないわよね」

渡された芋の大きさと味に、口々に喜びの声を上げる女子生徒達。

それを見ていた男子の胃袋が小さくなり、生唾を飲み込む音が各所から聞こえてくる。

「女子には行き渡ったみたいやし、お待ちかねの男子の分や」

「おう！　やっとか！」

「正直、いい加減たまらん！」

そう言いながら宏から芋を受け取り、皮をむくのももどかしいとばかりに豪快に割ってかぶりついていく男子達。大ぶりの芋は、瞬く間に若い胃袋の中に消えていく。

「ねえ、もうお芋は終わり？」

「あとは職員室と生徒会室に持っていく分やからなあ」

「そっかあ、残念……」

「まあ、また前日あたりに試運転兼ねて焼くから、その時にしこたま食うたらええやん」

「うん、楽しみにしておくね」

どうやら物足りなかったらしい美香が女子の代表として宏に確認し、答えに納得して引き下がる。

そのやり取りを聞いていた安川が、ふと気になったことを口にする。

「このお芋、結構な数だけどお金出さなくていいの？　藤堂さんのお家《うち》はお金持ちみたいだから気にならないかもだけど、さすがに段ボールひと箱分はちょっと……」

「お金に関しては大丈夫だよ。気にしないで」

「一応、各クラスの予算から出せるんだけど、本当にいいの？」

「うん。だってこのお芋、私と宏君の手作りだから」

「へっ？」

「せっかくの手作りだし、みんなで食べようと思って持ってきたんだ。決まったのが結構急だったから熟成期間がちょっと足りてなかったけど、結構いい味でよかったよ」

芋を手作りするという言葉の意味を一瞬理解できず、その場で固まる安川。

その様子を見て、宏が助け舟を出す。

「なあ、春菜さん。自分とこの畑で育てた作物って、手作りっちゅう表現は正しいんか？」

「間違ってはいないと思うけど……」

「手作りっちゅうといろいろ語弊があるから、自家製でええやん」

「ああ、確かにそうだね」

宏の指摘を受け、素直に言葉のチョイスを間違えていることを認める春菜。

その会話を聞いていた蓉子が、ポツリと呟く。

「サツマイモを手作りって、二重の意味で間違ってるわよね……」

「まあ、東君と春菜ちゃんだから」

蓉子と美香のその会話は、宏と春菜を除く全員一致でクラスの総意となるのであった。

第18話 それを聞くのは今更過ぎるのです

「ヒロシ様、運動会というのはどういうものなのでしょうか？」

エレーナの結婚式および成婚パレードを翌週に控えた、九月最後の週末のアズマ工房。

宏《ひろし》達が来ているということで打ち合わせに訪れたエアリスが、和室に通されて開口一番、その質問をぶつけてきた。

「……誰にもネタ振ってねえのに、結局そこに行きつくのか……」

「まあ、時間の問題ではあったでしょうけどねえ……」

自分達の間ではもう終わっていたはずの話を蒸し返され、思わず乾いた声でうめく達也《たつや》。

時間が経《た》っていろいろ冷めた真琴《まこと》も、達也の言葉に同意するようにそうコメントする。

「ねえ、エルちゃん。一応予想はつくんだけど、念のためにちょっと確認。運動会の話ってどこから出てきたの？」

「アルフェミナ様とダルジャン様からです」

「……ああ、やっぱり」

「そらまあ、他にはおらんわなあ……」

予想どおりのエアリスの答えに、遠い目をする春菜《はるな》と宏。こういうケースでダルジャンが噛《か》まないわけがないのだ。

「アルフェミナ様がエルちゃんに話を持っていくのは、まあ分かるんだよね……」

「せやなあ。こっちに関していえば、瘴気《しょうき》をきれいにできる祭りは多いほうがええもんなあ……」

「ただ、ダルジャン様が絡んでるとなると、絶対にまともな内容で伝達ってしてないよね」

「そらもう、間違いないわなあ」

元凶についてそうぼやきあい、小さくため息をついて気持ちを切り替える宏と春菜。さすがにいつまでもエアリスの疑問を放置してはおけない。

「運動会については冬華《とうか》に説明するための映像を見てもらえば、大体理解できるかな？」

「せやなあ。まあ、エルに関しては冬華と違うて向こうに行けるから、実際の運動会を見学してもらうっちゅうんも不可能ではないんやけど……」

「見学してもらうっていっても、見てもらえる運動会ってあったかなあ」

「それが問題やねんわ。学校の運動会とか体育祭は、中学以上になると家族すら観戦させてくれへんところが結構多いからなあ」

「そうなんだよね。うちの体育祭もそうだし、二中も保護者の観戦はなかったし」

何かなかったかと頭をフル回転させ、記憶をひっくり返して検討し、自身が直接かかわっている範囲では厳しいと判断してため息を漏らす宏と春菜。ちょうど運動会シーズンだというのに、あるようでないのだ。

「ねえ、春姉《はるねえ》。うちの町内会はやってないみたいだけど、春姉の伝手《つて》の範囲で地域の運動会とか、ないの？」

「二中の校区内だと、たしか川本町《かわもと》の子供会がやってた記憶はあるけど、部外者の見学とかどうだったかなあ……」

「春姉。子供会がやってるパターンは多分、違う町内会だとちょっと厳しい」

「だよね。因《ちな》みに、うちの町内会は基本、その手のはほとんどないよ。町内会でのお付き合いなんて地域の大掃除と習い事、あとはいくつかのおうちでサロンみたいなことやってるぐらい。みんなお金持ちだからか、正直、町内会としてよりそれ以外のところでのほうが、顔を合わせる機会も一緒に行動する機会も多いらしいし」

「ん。最初からああいう高級住宅街に、その類《たぐい》のは期待してない。というより、セレブの集団なのに町内会があるのが驚き」

春菜の説明に、表情を変えずにサクッとそう言ってのける澪《みお》。

「そのあたり追及すると話それまくるから置いとくとして、あとは企業関係やけど……」

「それこそ、納入業者とかでもなきゃ参加も観戦もできないよね」

「僕が期待しとんのは綾羽乃宮《あやはのみや》関連やねんけど、どうなん？」

「今年はやってなかったはず。ただ、うかつに確認取ると、それを理由にお金と権力で強引に実行しそうだから聞くに聞けないんだよね」

「確かにそうやなあ……」

次々に出てくる意見。それら全てが没となり、他に何かないかと探り出したところで、エアリスが小さく声をかける。

「あの、説明が難しいのであれば、それはそれでよろしいのですが……」

「ああ、ごめんごめん。説明が難しいっていうより、映像で見るだけだとピンとこないかなと思って、どうにか参加できないか検討してたんだ」

遠慮がちに口を挟んでくるエアリスに、春菜が慌ててそう告げる。

「このあと時間があるんだったら用意してある映像を見せるよ。神の城で冬華と一緒に見てもらったらいいかな？」

「せやな」

「ねえ、春菜ちゃん。その映像って、どんなもの？」

「えっと、私と深雪《みゆき》の小学校時代のものと、神楽《かぐら》ちゃんの去年の映像かな？　一応、中学、高校のもあるけど、中学はともかく高校のはあまり盛り上がってないから」

「そっか。……今思ったんだけど、春菜ちゃん。神楽ちゃんの保護者枠にエル様を入れてもらうとか、できないかな～？」

「あっ」

詩織《しおり》の提案を聞き、盲点だったと声を上げる春菜。神楽の通う小学校の運動会はエレーナの成婚パレードの翌週なので、日程的には問題ない。

余談ながら、潮見《しおみ》高校の体育祭は平日に行われ、潮見第二中学の運動会はその前日となる。なので、春菜達がエアリスを神楽の運動会に連れていくのも問題ない。

「ちょっとおばさん達に確認とってみるよ」

「その辺は任せるわ」

「で、結論出たところでそろそろ突っ込んでおくわね。思いっきり運動会の話に意識が向いちゃってたけどさ、今日の本来の目的はエレーナ様の結婚式関係の話よね？」

「せやせや。完全に話それとったわ」

なんとなくエアリスに運動会をどうやって教えるかの結論が出たところで、真琴から本来の議題について突っ込みが入る。

その突っ込みを受けて、宏が話を修正する。

「っちゅうても、うちらが気にせなあかんのは、お祝いの品をいつどこに持っていけばええんかと当日どんな格好で行けばええんか、あとはどういうスケジュールで動けばええんかだけやけどな」

「そうだね。今回に関しては、私達は基本的にはただの一参列者だし」

「基本的には、いろいろと気楽な立場よねえ」

宏の言葉に同意する春菜と真琴。王族の結婚式に参列する、というのが気楽な立場と言ってしまえる自分達の図太さに思わず苦笑しながら、達也が先を促す。

「気楽っつっても王族の結婚式なんだから、やっぱりそれ相応の服装ってのは必要だと思うんだがな。エル、具体的にはどのレベルにしておけばいい？」

「そうですね……。神衣となると、ちょっと行きすぎだと思いますので、もう少し落として……。そうそう、ヒロシ様が神衣を作る前に普段着にしていた霊布の服、あれぐらいがいいかと思います。普通ならスパイダーシルクでも十分すぎるのですが、一応ハッタリとしてそのあたりにしていただけたら、と」

「あのランクの生地で礼服を仕立てる必要は？」

「礼服までいってしまいますと、今度は主役であるお姉様とフェルノーク卿より目立ってしまう可能性が高くなります。ですので、気になるというのであれば、ちょっとしたフォーマルなよそ行き、もしくは略礼服、という程度のデザインのものを用意してくだされば幸いです」

「要は、普段着にする程度のスーツがあればいいってことだな。ヒロ、できるか？」

「できるっちゅうか、詩織さんの分以外は出番なかっただけで霊布の略礼服は用意はしてあんねんわ。プレセア様んときに着る予定で、布団のついでに一緒に仕立てたんやけど、そのままでええっちゅう話になってもうて、結局一回も着いひんかってん」

「そうか。あの時はそうだったな」

宏の言葉に、納得したように頷《うなず》く達也。

こう言っては何だが、宏とて結婚式に参加する以上フォーマルな服を用意するぐらいの常識は持ち合わせているのだ。用意する服の度合いをそのレベルにしたのも、エアリスが口にしたようなことをちゃんと考慮したからである。

結局そのあたりの常識と気遣いは、相手方の特別扱いにより完全に無駄になったのだが。

「にしても、あの時は霊布の服だからそんなもんかとか思ってたが、よくよく考えればすごい特別扱いだよなあ」

「そうねえ。まあ、そもそもの話、王族の結婚式なのにあたし達みたいな庶民が参列できるって時点で、かなりの特別扱いだけどね」

自分達の特別扱いぶりに、思わずしみじみとそう漏らす達也と真琴。

それを言い出せば、いくら慣れてしまっているといっても、王族の結婚式というスペシャルにもほどがあるイベントに平気で参加できる時点で、宏達もかなり特別な精神をしていると言えなくもない。

なぜなら、詩織は達也や真琴ほど平然とはしておらず、本当に参加して大丈夫なのか、と内心でずっとビビり倒しているのだから。

「でもさ、プレセア様の時は普段着ぐらいのがちょうどよかったっていうんだったら、今回は大丈夫なの？」

「今回は、うちから素材提供したからな。染料一個取っても品質が全然ちゃうし、最高級のスパイダーシルクやったら、性能以外の面はそこまで霊布に劣るわけやないしな」

「それに、地球でもそうなんだけど、見栄えだけなら生地の差は割とどうとでもなるんだよ。特に、デザインに関しては王室は超一流の人を抱えてるわけだし、素人がデザインした無難にフォーマルな霊布の服になら普通に勝てると思うよ」

「なるほどねえ」

宏と春菜の説明に、真琴が納得の声を上げる。

「詩織さんのはまあ、今から用意しても間に合わんことはないけど、どうせデザインは統一したあんねんから、春菜さんか澪の予備を着てもらえばええやろ。サイズ自動調整かかっとるから着れんことはないし」

「まあ、それでも別にかまわんのだが、どんなデザインなんだ？」

「ぶっちゃけると、つける小物とかで冠婚葬祭どれにでも対応できる、非常に分かりやすいデザインの黒いスーツやな。就活とかでもよく見るぐらいの感じやで」

「ああ、なるほどな」

「試着したら分かるけど、おおよそ外しようがないデザインのはずや。小物類とかは前みたいに春菜さんとエルに調整してもらう感じやな」

「そうだな」

自分達の服について達也が納得したところで、思い出したように宏が確認を取る。

「あと、今の話やと、ファムらは制服でよさそうやけど、そのあたりはどない？」

「そうですね。ファムさん達は、普段の制服で十分すぎると思います」

「ジノらは出席させるとかわいそうなことになりそうやけど、出席させたほうがええ？」

「こちらとしてはぜひ出席していただきたいところですが、仮に欠席でも特に無礼ということもありません」

「さよか。でもまあ、今後もうちの規模を大きくするんやったら、ジノらぐらいでもこういう場に出る機会は増えそうやからなあ。ちょっと根性入れて出てもらおうか」

「そうですね」

宏の鶴の一声で、ジノ達四人もエレーナの結婚式に参列することが決まる。

身分的に本来絶対関わり合いにならないであろう世界に強制的に放り込まれたうえ、いい機会だからとライムの礼法の先生に一緒にがっつり絞られ悲鳴を上げることになるジノ達だが、そのあたりの事情についてはここでは割愛する。

「で、次の話だが、結婚祝いはどうすればいいんだ？」

「今日は目録だけ預かって帰りますので、現物はお姉様の新居に送っていただければと思います」

「新居のほうは、受け入れられる状態になってるのか？」

「アズマ工房からのものであれば、大丈夫だと思います」

「となると、オクトガル便で届けたほうが分かりやすいか。なあ、ヒロ。オクトガルが運べる大きさと重さなのか？」

「ん～、せやなあ……。嵩《かさ》は高いけどまあ、なんとかなるやろう」

用意したもののサイズと数を頭の中で計算し、そう結論を出す宏。メインの贈り物はアヴィンとプレセアに贈った布団と同じものなので、嵩はともかく重さは大したことはない。

「と、なると、あとはどういうスケジュールか、だな」

「せやな」

「感じからいって、金曜日の夜の時点でこっちには来てないといけないよね？」

「そうですね。可能であれば、城か神殿に一泊していただければと思います。スケジュール的に、当日もお城にお泊まりいただいて、翌朝に朝食を取っていただいてから帰宅していただくのが、皆様にとって一番楽な流れになるかと存じます」

そのエアリスの言葉に、宏達の視線が達也に向かう。

「当日一泊は最初から想定しとったからええねんけど、前乗りでの一泊か……。うちらはまあ、どうとでもなるけど、ネックになるんは兄貴やな」

「お城に泊まるんだったら、夜の七時にはこっちに来てないとだめだよね」

「ん。ボクの親とか見てると、社会人が夜の七時に家に帰りつくのは結構困難」

「……そうだな。面倒だから、有休をとっちまうか。どうせ繰り越せない有休が大量に残ってるしな」

少し考え込んで、さくっと有給休暇を使うことに決める達也。

日本人のサラリーマンにありがちな話だが、達也も有休は毎年大部分を捨てている。基本的に休みを取るのは体調を崩したときか役所などへ行く用事があるときだけで、住民票をとるとかその程度の用事は許可を取ったうえで外回りのついでに済ませることも多い。

そういった用事もそうそうあるものではなく、営業部のエースである達也は大きなプロジェクトに複数同時に関わっていることもざらで、結果として遊びに行くために休む、という選択も取りづらい。それどころか取引先に泣きつかれて休日出勤することも多いため、代休も溜《た》まりやすい。

結果として就職してから有給休暇を使った回数は三度ほど、日数も累計で十日はいかない。そのうち大部分は結婚式関連と新婚旅行で、それもほとんどは代休を使ってこなしている。

今年は宏達や澪のことで結構休みを取っているほうだが、それで人事部が、休みを取る達也にも素直に休みを取らせてくれる上司にも驚いているあたり、達也も社畜一歩手前と言えなくもない。

ちゃんと相応に給料を出し、残業代も休日出勤手当もちゃんと付けたうえで福利厚生もしっかりしているからブラック企業扱いはされていないが、達也もなかなかきつい会社に勤めている。

「なんかさあ、それいろんな意味で大丈夫なの？　って心配になるんだけど」

「忙しかった原因の大部分は、外回りしてるうちにデカいプロジェクトを複数取っちまったことだからな。年度変わった時点で最後の一個も一段落して、次の準備期間って感じだから手が空いてるんだよ」

「そういうこと言ってると、昇進してさらに大変なことになったりするんじゃないの？」

「いやまあ、主任に昇進はするんだがな……」

有休について真琴につつかれ、つい情報を漏らす達也。入社して四年半、一年半の研修を終え営業部に配属されて三年。社内で規定されている最短年数での主任昇進である。

「あら、それはおめでとう。ってか、そうなるとあんまりこっちには出てこれないんじゃないの？」

「今までだって、月に二回ぐらいだっただろ？　それが月に一回とか一日だけとかになるだけだよ、多分」

「それで済めばいいんだけどね」

「不吉なこと言うなよ……。ってか、俺の昇進の話はどうでもいい。来週のスケジュールだ」

「そうね。で、どういう感じで動けばいいの？」

真琴に聞かれ、エアリスがスケジュールについて話を進め始める。

「では、順を追って説明させていただきます。まず、大聖堂での式典は十一時から十二時までの予定ですが、今回は参列する貴族の数が大変多いので、皆様にはできるだけ早く大聖堂に入っていただきたいのです」

「具体的にはどれぐらいだ？」

「そうですね。……皆様の立場にかかわるもろもろを踏まえると、恐らく遅くとも十時前には入っていただかないと、いろいろと面倒なことになるかと思われます」

「なるほどな。だが、十時前なら、別に城に泊まらなくても……。って、そうか。下手をすると、通用門をくぐるときに面倒なのに捕まるかもしれねえか」

「はい。ですので、誰にも邪魔されぬよう、王家の客専用のフロアに一泊していただければ助かります」

エアリスの言葉に頷く宏達。

宏と春菜が神になったことが微妙に漏れ気味だからか、一時期のように複数の王家と親しく付き合っていることはつつかれなくなったアズマ工房。その分、どうにかしてお近付きになりたい連中も増え、ファム達この世界での一番弟子グループはおろか、ジノ達新米組にもちょっかいを出してくる貴族や引き抜きをかけてくる商会や工房などもちょこちょこ出てきている。

さすがにウルスを拠点にしている法衣《ほうい》貴族や、在地貴族でも王家に直接声をかけられるような高位の貴族および頻繁にウルスに来る貴族は、無理にお近付きになろうとするような真似はしない。

だが、地方にいてあまりウルスに来る機会がない貴族はそのあたりの空気を知らず、そのくせ行商人やら御用商人のおかげでアズマ工房の名前と扱っている品物のレベルだけは知っているものだから、とにかく面倒なちょっかいをかけてくるのだ。

「そうなってくると、ジノ達も城に泊めてもらう必要があるわね」

「ん。ちょうどいい機会だし、いまだに見習い的他人事《ひとごと》気分が抜けてないジノ達に、自分達の立場をきっちり理解させて覚悟決めさせる」

「せやな」

真琴の一言に、澪がスパルタなことを言い出して宏に承認される。

レイオットの手によってアズマ工房に送り込まれた時点で最初から逃げ場などないのだが、かろうじて許されていた現実逃避の余地まで潰《つぶ》されていくジノ達。それを誰も哀れだと思わない点に対して、心の中でそっと十字を切る詩織。

無論、詩織自身は、こちらに顔を出す以上ロイヤルな人間関係やそれに付随する面倒ごとを回避することは不可能、という点をしっかり認識し覚悟を決めている。

「前日の夜から当日の式典までは分かったよ。それで、式典後はどんなスケジュールなの？」

「はい。式典が終わり、大聖堂から退場した後、フェルノーク卿とお姉様がお色直しをしている間に、皆様には軽食を取っていただきます。このあたりは、アヴィンお兄様とプレセアお姉様のパレードと同じですね」

「ああ、うん、そうだね。私と宏君は、軽食取った後厨房《ちゅうぼう》直行だったけど」

「その後、パレード開始から晩餐会《ばんさんかい》の終了まで、皆様は私達ファーレーン王家と共に行動していただくことになります。今回の晩餐会はいくつかの会場に分かれて同時に行われますが、皆様に参加していただくのは、王家および新郎新婦の関係者、宰相をはじめとした身内と呼んでしまっていい一部閣僚のみで行う、比較的少人数での会食となります。ですので、恐らく皆様が顔を合わせたことがないのはフェルノーク伯爵一家だけだと思いますので、身構えずに参加してくだされば結構です」

「ジノ達には、さらに試練が上乗せされるっちゅうわけやな」

「先ほどのミオ様の言葉ではありませんが、たとえ見習いといえども、抜けられない形でここに籍を置いている以上、他人事では済まない立場にいると言えます。それに今回に関しましては、それほど作法にうるさい人はいませんし。早いか遅いかだけの問題ですので、覚悟を決めていただくしかないかと」

「せやわなあ。ちょうどええから職員全員がああいうん経験しとくために、ひとまず練習台になってもらおか」

宏の言葉に、にっこりほほ笑んで頷くエアリス。もとより、王家だけでなく参加者全員が、その心づもりでいたのだ。

エアリス達が身内と呼んでしまっていいと言い切るような貴族は、基本的によほど偉そうな態度で王家を馬鹿にしたような口をきかない限り、特に咎《とが》め立ててくるような人間ではない。

ジノ達の初体験にはちょうどいい相手ともいえるうえ、どうせ早いか遅いかの違いでしかない。

「確認せなあかんことはこんなところか」

「そうだね。っと、そうそう。金曜日の晩ご飯は、どうしよっか？」

「もし差し支えなければ、こちらでご用意させていただきますがいかがですか？」

「なんだかんだで、多分七時前後になると思うんだけど大丈夫？」

「ええ。それに、城の料理長も、簡単なものだけとはいえ、最近ついにワイバーンを調理できるようになりまして。特訓の成果を皆様にお見せしたいとのことです」

「だったら、ご馳走《ちそう》にならないとだめだよね」

料理長の努力の成果を聞かされ、あっさりそう結論を出して他のメンバーをうかがう春菜。

他のメンバーも特に異論はないのか、すぐに頷いて同意する。

「じゃあ、打ち合わせはこれぐらいにして、何か手伝えることがあったら何でも言って。今日と明日は手が空いてるし」

「そうですね。では、お言葉に甘えて……」

春菜の申し出に甘え、晩餐会の飾りづくりや一部儀式用の機材の新調、平民に振る舞う祝い料理の食材調達など、アズマ工房にとって得意技ともいえる頼みごとをいくつか口にするエアリス。

その内容に実に楽しそうないい笑顔を浮かべ、すぐさま行動を開始する宏達。

そこに暇を持て余しているオクトガル達も加わり、にぎやかにかつ無駄に高効率に式典のお手伝いを終えるのであった。

☆

そして、時は流れて結婚式前日の六時半頃。

「手土産よし、正装の準備よし。じゃあ、行こっか」

準備万端整えて、春菜が職員達に宣言する。

「ほら、とっとと諦めて背筋を伸ばすのです」

「そうそう。どうせ早いか遅いかの違いなんだからさ」

宣言を受けて、早くもビビッて腰が引けているジノ達を叱咤《しった》するノーラとファム。城への出入り、それも王族エリアへ行くことも珍しくなくなった今、顔見知りばかりとなった城への移動ぐらいで、ファム達に恐れるものなどない。

「親方、ジノ達がヘタレて余計なことを言う前に、さっさと移動しましょう」

「テレスも、えらいスパルタやん」

「そりゃもう、私達はこの子達と変わらないぐらいの腕の頃から、カレー粉やインスタントラーメンがらみで王宮への出入りをさせられていたんですから。いい加減、そろそろ先輩に城へのパシリを押し付けてる現状に疑問を持ってもらわないと」

「そらまあ、そうやわな。偉いさんに挨拶して御用聞きするんを新米のパシリ扱いしてええかどうかは置いといて」

テレスの口にするあまりに豪胆なパシリの内容に、思わず笑いながらそう同意してしまう宏。

偉いさん相手に機嫌と注文を取る行為を商談として扱わなければ、確かにやっていることは単なるパシリではある。

「そういや、テレスとノーラはレラさんと一緒にお見合いパーティに出てたわよね。最初の一回は企画そのものが盛大に滑っちゃったみたいだけど、その後どうなの？」

「……ノーコメントでお願いするのです」

「……一応、その後も二回ほどあった、とだけ」

「って言ってるけど、レラさん的にはどうなの？」

「まあ、新しいお友達は順調に増えていますね。全部女性で、しかも私の歳と本来の身分を考えると、ずいぶん年下でかつ身分が上の友人ばかりですが」

頑として語らぬ、という態度のノーラとテレスからコメントを引き出すことを諦め、レラからいろいろ話を聞こうとする真琴。

その質問に対するレラの返答を聞き、宏達は厳しそうな前途に天を仰ぐ。

「親方、母さんは別に今更無理して参加しなくてもいいんじゃない？」

「せやなあ。友達っちゅう風に言い切れる相手が増えとんねんやったら、別に新しい連れ合い作るんにこだわる必要はあらへんわなあ」

「というかね、親方。直接参加してないアタシが言うのもなんだけど、アタシ達を邪険にせずかつ元の身分についてもごちゃごちゃ言わないで、工房の仕事とか運営に余計な口を挟まず自分の仕事と家庭のことにだけ専念する、なんて好条件の男いるの？」

「広い世界のどっかにはおるかもしれんけど、求人の類は専門外やからなあ」

「あと、仮にそういう人がいても、優先順位は母さんじゃなくてテレスとノーラのような気がするんだけど……」

「おっとファム、それ以上はいけない。それ以上はテレスとノーラに対して気の毒だ」

切れ味鋭く厳しい意見を言いそうになったファムを、達也が割り込んで止める。

実際問題として再婚になるレラより、彼氏いない歴が年齢とイコールであるテレスとノーラのほうが優先順位も切実さも上なのは間違いない。だが、それをギリギリとはいえまだ年齢一ケタのファムに言われるのは、それはそれでテレスとノーラにとってシャレにならないダメージになる。

「てか、話が変なところに飛び火する前に、さっさと行くぞ。俺の都合で遅くなっちまってんだから、さっさと行かないと向こうに申しわけない」

話が際限なく広がりそうだと踏んで、移動を促す達也。結局仕事を休めなかったうえ、奮闘空《むな》しく家に着いたのが六時過ぎだったということを気に病んでいるらしい。

「まあ、達也さんはお仕事だったからしょうがないし、そのあたりは王様達もちゃんと分かってくれてるから大丈夫だと思うけどね」

「だからって、だらだらしてていい理由にはなんねえよ」

「まあね。じゃあ、行くよ」

そんな達也の焦りを受けて、微妙に苦笑を浮かべながら春菜がサクッと転移を発動する。歩いたり馬車を使ったりすると目立つうえ遅くなるので、転移で楽をすることにしたようだ。

普通ならこの人数を転移で運ぶとなると、短距離でも洒落《しゃれ》にならないコストがかかる。また、転移魔法はコスト以外にもクールタイムなどの制約が厳しいタイプの魔法なので、ファーレーン王家の人間でもなければこんな気軽な使い方はできない。

だが、もはや時空神となった春菜にとって、同じ世界の中で移動する分には、転移のリスクやコストは普通に歩くのと変わらない。なので、かつてと違ってこちらの世界で転移をためらう理由はほとんどなかったりする。


「いらっしゃいませ、皆様。お待ちしておりました」

どうやら、春菜達が転移してくることを分かっていたらしく、転移した先の城門前広場ではエアリスがいつもの年配の侍女を従えて待っていた。

城門前広場全体にエアリスの手で人払いの結界が張られ、パッと見て死角になる位置にはドーガをはじめとした護衛がさりげなく配置されている。

国を挙げてのビッグイベントを直後に控えるだけに、城を含めたこの一角は、浮かれつつもどことなく物々しい雰囲気が漂っていた。

「こんばんは、エルちゃん。今日はいろいろよろしくね」

「はい」

春菜の挨拶ににっこり微笑《ほほえ》むと、人払いの結界を解いて城まで先導するエアリス。

宏達にとっては勝手知ったる通り道ではあるが、今日は時間が時間で、しかも今まで一度も城に出入りしていないジノ達がいる。

なので、一応門番に話は通っているが、面倒を避けるためにエアリスが通行証代わりをするのだ。

「ご苦労さまです。話は通っていると思いますが、こちらは私の客人です」

「はっ！　お通りください！」

緊張感を漂わせたまま、宏達を通す門番。今日はいろいろあったからか、顔見知りである宏達相手だというのに、表情も態度も硬い。

恐らくエアリスが一緒でなければ、普段のように顔パスというわけにはいかなかったであろうことは間違いない。

「……実家を出て事実上貴族でなくなってから、初めて城に上がることになるとは思わなかったぞ……」

「……貴族としての勉強が役に立ったと喜ぶべきか、今更不十分な勉強でこの世界に足を踏み入れなきゃいけないことを嘆くべきか……」

初めて中に入ったウルス城を見ながら、貴族出身の双子、ジェクトとシェイラが小声でぼやく。

一週間ほどのスパルタ教育で貴族時代の勘を取り戻したおかげで、ジノ達よりは態度の面で様になってはいるが、それでも所詮《しょせん》はいつ平民に転落してもおかしくない貧乏貴族だ。身分的にも掃いて捨てるほどいる騎士爵のうちの一家でしかなく、よほどの事情か偶然がない限りは、王族と面会することはおろか城の貴族エリアに入ることすら簡単ではない身分である。

当主ですらその程度の家において、あろうことか平民落ちが確定している末っ子が雇い主や先輩のおまけとはいえ聖女たるエアリスに親しくしてもらって、挙句の果てに国王主催の夕食に招待されているのだ。なまじっか貴族としての感覚があるだけに、そのプレッシャーは半端ではない。

「そういえば、ジェクトとシェイラの実家の話って、聞いたことなかったわね」

「ん。というか、ジノ達の家庭環境とか経歴もよく知らない」

「レイっちが連れてきた相手やからって、深く気にしてへんかったもんなあ」

「そうそう。でも、考えてみれば、どういうきっかけで殿下がジノ君達を見つけたのかっていうのはちょっと不思議だよね」

「普通に考えて、接点とかなさそうだしなあ」

ジノ達の家庭環境およびどういうきっかけでアズマ工房に来たのか、などという、今更それかと突っ込みたくなるような話題で盛り上がる日本人メンバー。良くも悪くもそういうことを気にしない宏達に、思わず苦笑が漏れるファム達職員第一期組。

基本的に、善良なれどわけありな連中が揃《そろ》っている工房だけに、雇い主のこのあたりの鷹揚《おうよう》さは、ありがたくもあり不安でもある部分だ。

「まあ、今更やしどうでもええか」

「そうだね。ただ、言いたくないこととか忘れたいこととかは別に言わなくていいけど、私達が知っておかないとまずいこととかあったら、いい機会だから教えてくれると助かるかな？」

「親方、ハルナさん。それを聞くのは今更すぎるのです」

「うん。ちょっとどころでなく反省はしてるよ」

今更すぎる話に、容赦なくノーラが突っ込みを入れる。

その会話に、エアリスがくすくすと上品に笑い声を漏らす。

「まあ、別段隠してることとかは特にないからいいんですけどね。俺の場合、もともと大家族の真ん中ぐらいっていう微妙なポジションだったから、独立した時点で親兄弟とはほぼ縁が切れてますし。それに、今親しい人間って、全部アズマ工房に所属してから知り合った相手ばかりなんですよね」

「私のほうは、まだイグレオス神殿にも籍が残っている、というぐらいですね。籍が残っているからと無体なことはするなとイグレオス様から神託が下っているそうですし、可能性としてはせいぜい、もっと腕が上がったら魔道具作りの教師になってくれと頼まれそうということぐらいなので、そっちのほうは心配いらないでしょう」

痛くもない腹を探られるのは勘弁願いたいとばかりに、問題になりそうな要素について白状するジノとカチュア。

さっさと逃げを打った二人に、微妙に恨めしそうな視線を向けながらジェクトが口を開く。

「俺達の場合、仕送りしてる関係上、実家と縁が切れてないことが問題になるかもしれません。父と兄はまだいいのですが、嫁いだ姉二人、というよりその婚家がどうなのかが、俺達には分からなくて……」

「多分、現時点では大丈夫そうだから私達がここにいるのだとは思いますけど……」

「別に、ちょっとぐらいやったら実家優遇したってもかまわんで。もちろん、自分らの腕でできる範囲に限るけどな」

「いやいやいや！　駄目になるときって、そういうところから駄目になるんですよ！」

「お兄ちゃんの言うとおりです！　下手に優遇なんてして天狗《てんぐ》になった挙句に実家が取り潰しになるなんて、最悪もいいところですから！」

宏の悪魔の誘惑に対し、全力で抵抗するジェクトとシェイラ。

このあたりの慎重さと潔癖さがここにいる理由なのだろうが、ジリ貧になり始めるとひっくり返せない匂いがプンプンする気質である。

「そろそろ食堂に到着しますので、そのあたりのお話は食事をしながら、ということでいかがですか？」

「せやな。っちゅうか、食事用意してもらえるんはありがたいんやけど、よう考えたら今日ってエレ姉さんが実家で食う最後の夕食やろ？　エルはこっちで食うみたいやけど、家族水入らずでのうてええん？」

「そこは気にしないでください。家族団欒《だんらん》に関しましては、今晩お味噌汁《みそ》でもいただきながら私の部屋でゆっくりじっくりと行う予定ですので」

「それはそれでどないなんよ？」

最後の団欒についてなんとも微妙なことを言うエアリスに、思わず宏が突っ込む。

実のところ王侯貴族の結婚だと、結婚式前日の花嫁は主にウェディングドレス関係の理由で大した食事などできない。食べてもいいのだが、あまりしっかり食べてしまうと、翌日地獄を見るのは本人だ。

それが分かっているため、基本的に新郎新婦は式当日の昼食ぐらいまでは空腹感に耐えながら小腹をうめる程度の軽い食事で我慢し、夕食でそれなりにまともなものを、夜食で帳尻合わせの食事をとることで耐え忍ぶのだ。

他にも、新郎新婦は夕食が終わるぐらいの時間まで最後の準備で手を取られるため、結局まともに家族団欒の時間を取れるのは寝る前の夜食時ぐらいになってしまうという事情もある。

それを知っているがゆえに、家族も夕食ではなくその後の軽い夜食で最後の団欒を楽しむのが常となっている。

明日嫁いでいく家族が空腹に耐え忍んでいるというのに、その目の前でちゃんとした夕食をバクバク食える神経をした人間は、王族といえどそうはいないのである。

「今日はジノさん達の予行演習ということで、私以外の王家の人間はいません。一応、目に余る点があれば指摘はしますが、主にこういう環境で堂々と食事をすることに慣れていただくのが目的ですので、そんなに身構えずに食事を楽しんでください」

「なるほどね。ってか、特にジノ達の緊張が目に余るってだけで、あたし達日本人組とライム以外はみんな似たようなものなのよね」

「ん。ノーラ達も王家の人との食事にこそ慣れてるけど、他の貴族がいる正式な晩餐会は初めて」

「ノーラとしては、条件的にはそんなに変わらないはずの親方達が、そこまで落ち着き払ってるのが不思議でしょうがないのです……」

なんだかんだと言って緊張がにじみ出ているノーラの言葉に、思わず微妙な感じの曖昧な笑みを浮かべてしまう宏達。

「そらまあ、うちらもなんだかんだ言うて場数は踏んどるしな」

「そうだよね。エルちゃん助けて治療したエレーナ様と一緒にここに連れて帰ったときは、散々あっちこっちの晩餐会だとかお茶会だとかに引っ張りまわされたしね」

「大部分は春菜と達也がどうにかしてくれたけど、あたし達だってまったく参加せずに引きこもり、ってわけにはいかなかったしね」

「ん。ボクみたいな平民の未成年にも、機会って意味では容赦なかった」

「あれだけ引っ張りまわされりゃ、そりゃ嫌でも慣れるわな。もっとも、あの時俺らを引っ張りまわした貴族の半分は、もういなくなってるが」

微妙にぼかしながらカタリナの乱の頃のことを告げ、ノーラの疑問の答えにする宏達。

宏達の言葉に、タート一家以外の全員がなんとなく納得する。レラ達がよく分かっていないのは、当時の環境的にそんな上流階級の事情など気にする余裕がなかったため、そのあたりの空気感がいまいち分かっていないからだ。

「何にしても、いずれお前さん達もこういうところに顔を出すことになろうから、今のうちにちゃんとした会食に慣れて、マナーをきっちり身につけておいたほうが楽だぞ」

「そうだね。ファーレーンは言葉遣いにはすごく寛容な国だけど、マナーに関してはいつまでも大目に見てくれるわけじゃないから」

達也の言葉に春菜が同意する。

実際、特に描写してはいないが、なんだかんだと言って宏達は全員、フェアクロ世界のほぼ全ての国と地域で、社交界に出て外交問題などを起こさないレベルのマナーを身につけている。結構無礼なことをしているように見えるが、それもちゃんと許される範囲を見切ったうえで問題にならないように行っているのだ。

もっとも今となっては、こちらの世界で宏達の言葉遣いやマナーに文句を言える国はなくなっている。派手にかしこまったりといったことをしないだけで、宏や春菜と直接対面すれば、相手が神もしくはそれに類する存在であることは本能的に分かってしまうため、無礼だなんだと騒ぐ気がなくなるのが理由だ。

親しくない人間は神の威にあてられ、親しい人間はそんなものの影響など一切受けない代わりに、最初から細かいことなど気にしない付き合いをしている。

宏と春菜ほどではないにしろ、真琴と澪も似たような感じだ。

生産と戦闘を足したエクストラスキルの数がひそかに十個を超えた澪と、邪神戦の結果レベルが四ケタに届きつつある真琴は、肉体性能だけで言えば亜神とでも呼ぶべき領域に足を突っ込んでいる。宏達ほど顕著な影響はなくても、このクラスになればよほどの愚か者でなければ、対面しただけで敵に回せば終わると分かってしまうのだ。

達也はまだ普通の人間の上限程度ではあるが、国家運営にかかわるほどの立場を持っている人間は、ウォルディス戦役と対邪神戦の英雄相手にその程度の些細《ささい》なことで騒ぎ立てるほど愚かではない。

そういう面でも、宏と春菜同様、わざわざマナーや言葉遣いごときで騒いで藪蛇《やぶへび》になるような救いようのない人間はほとんどいないのである。

「ボク達がいるときにマナーぐらいで目くじら立てる人はこの国にはいないから、失敗するつもりでやるのが吉」

「そうですね。ですので、今日と明日は指導をしてもらう、ぐらいに思っていてください」

ちょうど食堂の扉の前に到着したところで澪とエアリスにそう言われ、ライム以外は浮かない顔をしながらも不承不承という感じで頷く。

ライムは日頃の成果を見せるのだと意気込んでいるため、職員組では唯一顔が明るく前向きだ。

その後、指定された席に座った職員達は、トロール鳥のコンソメスープと三種の前菜盛り合わせからスタートしたフルコースに悪戦苦闘することになり……

「やっぱり、ちゃんとライムと一緒に勉強しておくべきだったのです……」

「日頃から食べ方そのものは綺麗《きれい》だとはいえ、親方達が妙に完璧すぎるのがつらい……」

「アタシ的には、一緒に勉強してたはずのライムにここまで差をつけられてることにへこむよ……」

非常に上品にかつ美味《おい》しそうに食べる宏達や、貴族出身のはずのジェクトとシェイラより完璧なマナーで食事を進めていくライムに大いにへこまされることになる。

なお、料理長渾身《こんしん》の一皿であるメインディッシュ、ワイバーンもも肉のステーキは、

「去年はまだまともに焼くんもできんかったこと考えたら、だいぶがんばったんやなあ」

「ただ、まだまだ合格点はあげられない感じかな？」

「ん。王宮伝統のロイヤルソースを使うのは悪くないけど、ソースの調整が足りてない。ワイバーンにソースが負けてて、そのうえでワイバーンの素材の味を損なってる」

と、料理長の今後の向上を願って、かなり厳しい採点が付いたのであった。

☆

その日の夜。エアリスの自室。

「お姉様、このたびは本当におめでとうございます」

「ありがとう」

ようやく解放されたエレーナを、温かい味噌汁とともにエアリスが迎え入れた。

「……ふう、落ち着くわ」

味噌とダシの香りを楽しみ、具のない味噌汁を一口音を立てずにすすって、吐息と共にエレーナが漏らす。

なんだかんだ言って、明日の結婚式のためにずっと緊張が続いていたのだ。

「もうそろそろ、お父様もいらっしゃると思います」

「ええ」

「お味噌汁を用意させていただきましたが、何か軽く召し上がりますか？」

「明日がつらくなりそうだから、我慢するわ」

「明日一日の我慢とはいえ、もう少しぐらいは召し上がっても大丈夫だと思いますが……」

エレーナの体調を心配しエアリスがそう告げるが、エレーナも譲る気はないらしく、やんわりと、だが頑として食べ物を口にしようとはしない。

そこへノックの音が聞こえ、侍女とのちょっとしたやり取りの後、現王室の人々が揃って入ってきた。

「姉上、おめでとうございます。いよいよ明日ですね」

「姉上、おめでとう」

「ありがとう」

入室してすぐ、マークとレイオットがエレーナに祝いの言葉を告げる。

「父親としては、肩の荷が下りたような明日が来てほしくないような複雑な気持ちよ……」

「そうですねえ。アヴィンも海の向こうに婿入りしましたし、子供達もずいぶん減ってしまいました……」

しんみりと呟《つぶや》くファーレーン王・レグナスに同意するように、正室であるエリザベス妃が明日には残り三人、まだ一歳半ほどの双子を入れても五人になる子供達を思いため息をつく。

「レドリックさんもエリーゼさんも、たくさんの兄弟がいるというのにほとんどの兄や姉と面識を持たずに育つのですね……」

「本当に、なんとも寂しい限りです……」

アヴィンの母で側室第一妃のレナーテが嘆くように末っ子のことに言及すると、マークの母で第二妃のミモザが心の底から同意する。

余談ながら、正室であるエリザベスは子供達全員を呼び捨てだが、レナーテとミモザは自分の子以外はさん付けである。別段決まりがあるわけではないが、暗黙のルールとしてそれが定着している。

「それはそうと、エレーナ。明日は結構な長丁場になりますが、ちゃんと食べていますか？」

「あまり食べると地獄を見そうなので、ほどほどにしていますが……」

「ほどほどではいけません。他の娘ならまだしも、貴女《あなた》は完治してから日が浅いのです。病み上がりとまでは言いませんが、体重が戻りきっているわけでもないことぐらい、母はお見通しなのですよ？」

「ですが……」

「体重も体力もいまいち戻りきっていないのですから、消化がよく滋養のあるものを食べなければ、明日一日は乗り切れません。それとも、式やパレードの最中に倒れて、夫となるユリウスに妻の体調管理もできず無理をさせて倒れさせた男という汚名を着せるつもりですか？」

「……それは……」

エリザベス妃の有無を言わせぬ正論に、思わず言葉に詰まるエレーナ。

エレーナの緊張と不安に、その点が関わっているのも事実である。

「エアリス。アズマ工房のほうから、何かいいものをもらっていませんか？」

「……そういえば、確か……」

エリザベス妃に確認され、夕食後に宏と春菜が作ってくれたものを思い出す。それを腐敗防止と容量拡張がかかった食料庫から探し出し、取り出して姉の前に出す。

「……これは？」

「茶碗《ちゃわん》蒸《む》しです。速やかに必須栄養素を吸収しつつ、カロリーが脂肪に化けずゆっくり一日かけて燃焼するよう工夫を凝らしてくださったそうです」

「……その条件を満たすために、とんでもない食材が使われていそうな気がして仕方がないのだけど、あえて追及はしないわ」

小さな茶碗に神の名を冠した食材をバランスよく詰め込み、エレーナの体質や予想される体調に合わせてとことんまで調整しつくした究極の茶碗蒸しを手に、小さく苦笑を浮かべるエレーナ。

さすがにこれを出されてしまっては、自身が空腹を慣れと根性で抑え込んでいることを自覚せずにはいられない。

適温まで冷めた茶碗蒸しを上品にひと匙《さじ》すくい、ゆっくり口に運ぶエレーナ。

口に入れた瞬間、ダシの芳醇《ほうじゅん》な香りが口いっぱいに広がり、遅れて濃すぎない程度に濃厚でありながらどこか優しいダシの味と滋養たっぷりであることを主張するまろやかな卵の味、そして様々な具材から染み出したうまみ成分が混然一体となって、エレーナの味覚と思考を優しく塗り潰す。

その味に、気がつけばエレーナは無心になって匙を口に運び続けていた。

「……なんだか、ようやく人心地がついた気がするわ……」

「お姉様が少しでも元気になられたようで、本当によかったです」

ちょうど一杯分で心身ともに満足したエレーナが、ため息交じりに正直な気持ちを口にする。

その本音に、にこにこと微笑みながらエアリスが頷く。

「それにしても、今後こうして団欒の席を囲む年頃の娘は、エアリスさん一人になるのですね……」

「本当に、寂しくなります」

「エリーゼが年頃になるまで、あと十年ぐらいはありますからねえ……」

「その頃までに、余は内孫の顔を見ることができるのであろうか……」

三人の妃《きさき》とレグナス王の言葉に、気まずげに視線を逸《そ》らすレイオットとマーク。いい加減せめて婚約者ぐらい作れと、遠回しに言われたことを理解しているのだ。

恐らくどう転んでも自分の子供は外孫になるエアリスは、そんな様子をニコニコと見守るばかりである。

「そうよのう。いっそリーファ殿下もこちらに来ていただくか？」

「それもいいかもしれませんね。どうせ、ウォルディスが我が国の手を離れるのは、どれほどがんばったところで殿下の子供の代になるのですし、殿下自身もレイオットのことを憎からず思っているのですし」

「リーファ殿下がレイオットさんと結婚したところで大した問題にはなりません。二つの国の王位継承者同士が結ばれて、その子供に各々の国を譲った事例も過去にいくつかありますしね」

「エアリスさんは、どう思われます？」

レグナス王の言葉にエリザベス妃とレナーテ妃が乗っかり、ミモザ妃がエアリスに意見を聞いてくる。

獲物を狙うような三妃の視線と、助けを求め縋《すが》りつくようなレイオットの視線を受けて、ニコニコと笑顔を浮かべたままエアリスが口を開く。

「そうですね。リーファ様に機会を差し上げる意味でも、時折こちらに来ていただくのは問題ないかと思います」

「エアリスっ……」

「お兄様、リーファ様以上に心を許せる女性でも連れてこない限りは、お母様方を納得させることは不可能だと思いますよ」

「……だが……」

「リーファ様を女性として見ることができないのであれば、そうきっぱり告げるのが本当の優しさです。そうでないのであれば、大人しく認めて心を通わせながら時が熟すのを待てばいいのです。婚約などの話が出るにしてもあと三年は待つ必要があるのですし」

妹の、どこまでも女性らしい意見にどう反論していいか分からず、言葉に詰まるレイオット。

それを見たエアリスが、さらに追撃をする。

「リーファ様の境遇につけこんでたぶらかしたような気がする、というお兄様の引け目も理解はできますが、女心というのはそれほど単純なものではありません。それに、私と違ってお兄様の場合、リーファ様のほうから好意を示してくださっているのです。好いてくださっているのだから好きになれ、などというお兄様もリーファ様も侮辱するようなことは申しません。ですがせめて、そういう逃げの態度だけは改めて、好きなら好き、女性として見られないなら見られない、まだ自分でも分からないのであればもう少し待ってほしいと、正直に告げるのが誠意というものですよ」

どうやら、自身の境遇と照らし合わせて思うところがあったらしい。エアリスが有無を言わせず一息に言い切って、妙に優柔不断なレイオットにトドメを刺す。

「エアリスさんも大人になって……」

「本当に、立派になりましたね……」

いつの間にやら本気で恋愛や結婚について語る歳になったエアリスに、感慨深げにそんなことを言う側妃達。

「本当に、寂しくなるわね……」

「エレーナ」

「お母様？」

本当に心底寂しそうにぽつりと呟いたエレーナを、エリザベス妃がそっと抱きしめる。

「たまにならば、こっそり参加しに来てもいいのよ？」

「……とりあえず、今はお気持ちだけありがたく受け取らせていただきます」

こっそりとそんな魅惑的な言葉をささやいてきた母親に、微笑みながらきっぱりと言い切るエレーナ。

こうして、エレーナの王女としての最後の夜は、穏やかに和やかにゆっくりと過ぎていくのであった。

こぼれ話　ウルス城鉄道計画

「まず、大前提として、今まで徒歩でなんとかなってた距離やから、そんなスピード出す必要はないねんな」

「うん。というより、あまりスピード出しても危ないから、速くても時速二十キロを超えるかどうかぐらいに抑えておかないと駄目だよね」

「ん。逆に、十キロぐらいだとややありがたみが薄い」

「そのあたりに調整すると、あんまりレールも線路幅もごつくできひんわな」

詩織《しおり》が初めてウルスを訪れた日の夜。

レイオットから依頼を受けた宏《ひろし》は、春菜《はるな》と澪《みお》の意見を聞きながら鉄道の設計をしていた。

「僕がイメージしてんのは、遊園地とか入園料取られるタイプのおっきい公園とかにある、半分アトラクションになってるようなタイプの電車やねんけど、その辺どう思う？」

「運用自体はそれでいいと思うけど、利用する人数を考えると車両はああいうのだとまずいよね」

「ん。用途的にも、最低限ちゃんとした屋根はないと駄目」

宏の持ちだした例に対し、調整すべき点を指摘する春菜と澪。

今回の路線は、城に住む人達の通勤の足として運用するのが基本となる。

無論、物資の移動にも使うし、洗濯物の回収や書類の提出など、通勤時間帯以外にも利用する人間はいくらでもいるだろう。

そのあたりを考えると、少なくともアトラクション程度のものではいろいろ足りない。

「師匠、お召し列車とかどうする？」

「使う頻度的なもんを考えると、用意するかどうか迷うところやなあ」

「なくてもいいとは思うけど、最初は絶対乗りたがるだろうし」

澪が出してきた議案に対し、うむむ、という表情で考え込む宏と春菜。

言っては何だが、単に外周をぐるっと回るだけの路線だ。

レイオット達がそんなに頻繁に使う用事などない。

「ん～……。王族用のお召し車両についてはあとで考えるとしても、偉い人が絶対使わないとは言い切れないから、ちょっといい座席とかある車両は必要だよね」

「ん。ただ、通勤用っていう用途を考えると、使用人や一般兵、下級騎士が使う車両は座席なしの立ち乗り限定車両でいいと思う」

「ああ、なるほど。座席の有無で使う身分を変える、と」

「ん。路線をどの城壁に沿わせるかで距離変わるけど、一番内側の第一城壁だったら時速二十キロで一周一時間はかからないから、立ち乗りで問題ない」

「逆に一番外側の第四城壁だと……、最低でも二時間半はかかっちゃうか～」

面倒な問題を棚上げにし、そもそも車両の編成や構造をどうするかに話を移す春菜達。まず距離をどう見るかで考える。

ウルス城は城塞《じょうさい》都市だった頃の名残で、上級貴族専用の貴族街を囲う一番外側のものを含めて四つの城壁がある。

そのうち一番内側の第一城壁は城本体とアルフェミナ神殿に鎮守の森に相当する森林を守るように囲い込んでいるもので、一番長いところで五キロ強の長さ、全周では十七キロほどとなる。

逆に一番外側の第四城壁の内側のエリアには、上級貴族のやたら大きな建物がこれでもかというほど建てられており、外周を一周すると数十キロの長さになってしまう。

もっとも、よほどのことがない限りはここを端から端まで移動することなどないので、外周を一周した経験がある人間は今のところ存在しなかったりするが。

なお、一般的にウルス城といえば第一城壁の内側のみを指し、また王家や政府がウルス城と認識しているのは第三城壁の内側までとなっているが、第二城壁および第三城壁で囲われている区画についての詳細はここでは割愛する。

「……てか、宏君。今思ったんだけどさ、別に外周を一周させなくてもいいよね？」

「ん？　ああ、そうやな。単に寮と訓練場とか使用人の職場とかつなぐだけやったら、このあたりをぐるぐる回しとくだけでええんか」

「まあ、それでも一周で何キロかにはなるけどね」

春菜の指摘に、言われてみればと頷《うなず》く宏。

城壁の総延長がやたら長い理由は鎮守の森にあり、その鎮守の森に常日頃から出入りする人間は限られている。

なので、そこを通るように線路を通す必要はまずないと言っていいだろう。

「つちゅうことは、第一城壁内側のこの区画にこう通せば、必要そうな場所全部経由したうえで一周十五分ぐらいになるわけか」

「そうだね。敷設や運用の訓練としては、その路線がちょうどいい感じじゃないかな？」

「ん。それに、いろんな身分階層の乗客が使うから、そっち方面の訓練にもちょうどいい」

指摘を受けて修正した宏の案に、春菜と澪も賛成する。

その後十分ほど、駅をどうするかなどを相談し、計画案が完成する。

「ほな、実際に現物大で設置してみてチェックやな」

「そうだね」

ここまでできれば即実験、とばかりに神の城にウルス城を再現し始める宏。

幸いにして神の城は土地が余りまくっており、また今の宏なら拡張も好きなだけ行える。

というか、誰もツッコミを入れないまま、いきなり実物大で作り始めてしまうあたり、元の世界で生活していても、相変わらずな面々である。

「ここらは高架にしたほうがよさそうやな」

「そうだね。逆にこっちは歩道橋をつけて線路をまたげるようにするといいかも」

「師匠。ここはいっそ、お城の建物を拡張して駅舎を組み込んだほうがいい」

実際に原寸大で作ったことで出てきた問題を修正し、どんどん計画をブラッシュアップしていく宏達。

こうして驚くほど高い完成度となった計画案は、レイオットに一発で採用されるのであった。

春菜ちゃん、がんばる？
フェアリーテイル・クロニクル

MFブックス

春菜ちゃん、がんばる？ フェアリーテイル・クロニクル 2

2020年5月25日　初版第一刷発行

著者　埴輪星人
発行者　三坂泰二
発行　株式会社KADOKAWA
〒102-8177　東京都千代田区富士見2-13-3
0570-002-001（ナビダイヤル）
印刷・製本　株式会社廣済堂

ISBN 978-4-04-064719-7 C0093

企画　株式会社フロンティアワークス
担当編集　下澤鮎美／佐藤 裕（株式会社フロンティアワークス）
ブックデザイン　ragtime
イラスト　ricci

本シリーズは「小説家になろう」（https://syosetu.com/）初出の作品を加筆の上書籍化したものです。

この作品はフィクションです。実在の人物・団体・事件・地名・名称等とは一切関係ありません。

MFブックス
マジック★メイカー
〜異世界魔法の作り方〜
著者＝鏑木カヅキ
イラスト＝転
STORY
魔法に憧れたまま死んだ男は、気づくと異世界にシオンとして転生していた。転生した世界に魔法がないことを知ったシオンは「ならば自分で作るしかない」と魔法の研究を始めて!?目指せ、異世界魔法のパイオニア!
この異世界、魔法がない!?
だったら作ればいいじゃない!

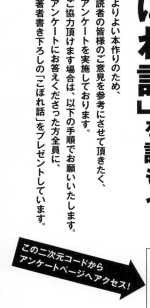